COLLECTION SÉRIE NOIRE
Créée par Marcel Duhamel

Parutions du mois

2585. UN ÉTÉ JAPONAIS
(ROMAIN SLOCOMBE)

2586. N'OUBLIE PAS D'AVOIR PEUR
(MARC-ALFRED PELLERIN)

2587. SÉRAIL KILLERS
(LAKHDAR BELAÏD)

2588. LONG FEU
(OLIVIER DOUYÈRE)

MARC-ALFRED PELLERIN

N'oublie pas d'avoir peur

nrf

GALLIMARD

Les nuages galopent, les nuages tourbillonnent
Et la lune fantomatique
Éclaire la neige qui vole :
Trouble ciel et trouble nuit.

Мчатся тучи, вьются тучи;
Невидимкою луна
Освещает снег летучий;
Мутно небо, ночь мутна.

Alexandre Pouchkine,
Les démons

Ces vers de Pouchkine à tous ceux, amis de longue date ou de rencontre, qui m'ont aidé à découvrir la Sakha-Yakoutie, à m'en éprendre.

Remember to be afraid
N'oublie pas d'avoir peur

Menaçante litote empruntée à un personnage du roman de Frédéric Prokosch, *Les Asiatiques.*

Quarante-huit heures avant le début du récit qui va suivre.

*

Ni jour ni nuit. Ciel de chaos figé. Soleil inerte, vautré sur l'horizon. Argentés comme des ventres de poissons, les bras multipliés du fleuve Lena cisaillent la toundra brune, tâtonnant vers l'océan glacial arctique.

Glissant à la surface des eaux, des terres, des marais, l'ombre minucule d'un biplan se faufile entre celles des nuages. Aux commandes, Piotr Tchoub, un Ukrainien, ancien pilote de chasse, vétéran du Grand Nord, savoure une émotion presque sacrée à voler au large de la pauvreté des choses, des mots. On revient d'une tournée chez les oubliés, villages essaimés dans l'immensité, épaves d'une histoire en décrue.

Le chef de la mission, un physicien sakha, scrute le paysage, ses yeux bridés réduits à deux fentes.

Soudain sa main droite tressaille, va toucher le coude du pilote puis désigne un point noir sur le bras principal du fleuve.

Le biplan vire. À l'arrière, une passagère toung-houze écrase dans ses paumes un cri apeurée. Au milieu du fleuve, le point noir grossit, devient navire. À l'ancre, sans feux, loin des rives estompées par le crépuscule, il crie silencieusement misère. Misère, comme tout ce qui navigue encore sur la Lena. Descendu à moins de cent mètres, le pilote devine les pavillons de la Russie et d'une compagnie maritime depuis longtemps engloutie. Il connaît d'avance la réponse du capitaine : on ne lui a pas fourni de nouveau pavillon. Traînant des savates en plastique, une massive femme blonde émerge du poste de pilotage, lève la tête. Une Russe. En soutien-gorge et culotte. Puisqu'on ne lui fournit plus de vêtements de travail !

Renonçant à déchiffrer sur la coque les lettres à demi effacées par la rouille, le pilote branche le micro, demande le nom du navire :

— *Espoir du Travail*. Porte-containers venant de Tiksi.

— Pourquoi êtes-vous stoppé ?

Chacun de ses mots, ou presque, scandé par un juron (il n'y aura bientôt plus que ça dans la langue russe) le marinier répond qu'on doit s'arrêter ainsi chaque soir. Plus de bouées ni de balises pour guider la navigation nocturne. Batteries mortes ou volées par les pêcheurs.

Le biplan s'éloigne du navire. Une voiture sans

roues y dort sur deux containers. Un chien en poil d'été galope, de poupe en proue, remuant sa queue, amical point d'interrogation. Le pilote lui sourit intérieurement. Mais une humeur sombrement familière l'a envahi. La vie déserte le fleuve Lena. Le Grand Nord agonise.

Juste une bouteille. La dernière. Une petite. Toute fraîche. La radio prévoit 32 degrés. Et Volodia le journaliste a soif. Machinalement digne, il oblique vers le plus proche magazin. Accroupies ou assises sur les marches bétonnées du perron, des femmes, sakhas ou russes, exposent à la sauvette, silencieusement, sans insistance. Pommes de terre. Rasoir électrique. Sachet de graines de tournesol. Manuel d'anglais-sans-peine. Bouquet d'aneth. Casquette façon base-ball, aux inscriptions japonaises. D'un air de compétence, les ménagères en course toisent ce déballage en gravissant pesamment l'escalier. Une fois dans le magazin, revigorées par la relative fraîcheur, stimulées par la rivalité, elles circulent avec autorité entre les étals, observent, comparent. Pour être servie la première, chacune fait celle qui n'a pas vu les autres. Des hommes falots, qu'on dirait entrés là par erreur, se laissent bousculer, dérivant, comme involontairement, vers le comptoir des alcools. Dans leur poing serré contre la cuisse, la monnaie toute prête. Trente mille roubles anciens. Le prix d'une bouteille d'un demi-litre de la vodka la moins chère. Volodia le journaliste prend la file et prépare ses roubles. Son allure respectable de Sakha instruit, l'affabilité de son ton, lui méritent le privilège d'une bouteille tirée du frigidaire, fraîche, embuée.

Mais, sorti du magazin, il sent la chaleur l'empoigner. Devant lui, sur le trottoir, avec des gestes de nageurs, hommes en tricots de corps et femmes en robes légères se hissent dans un autobus bondé. Par le capot grand ouvert, soufflant une odeur de caoutchouc brûlé, le moteur, de raté en raté, n'en finit pas de mourir.

Volodia prend à droite. Devant lui, avec une grâce de pouliche, une jeune fille saute une tranchée. Volodia apprécie mélancoliquement. Au fond de la tranchée, à la surface moirée d'une eau croupissante, des moustiques s'affairent. Vingt mètres plus loin, une planche sert de passerelle. Volodia, en habitué, l'éprouve du pied, franchit l'obstacle. Qui donc a eu l'idée, et la suite dans l'idée, de poser cette planche ? Pourquoi les dalles destinées à recouvrir le fossé traînent-elles là, dans le sable ? Et depuis quand ? Questions que Volodia ou un de ses confrères journalistes auraient jadis fait poser par des lecteurs imaginaires dans *Le Journal de la Jeunesse Sakha*. Histoire d'y répondre sur un mode pompeusement civique. Aujourd'hui, les jeunes sautent le fossé sans y penser. Les moins jeunes cherchent un gué. Un anonyme, dans un réveil de bon sens, traîne parfois sur quelques mètres une planche abandonnée, en fait une passerelle. Que des milliers de pieds vont polir.

Pendant des jours. Des semaines. Le temps qu'un anonyme emprunte la planche. Ou la bascule dans l'eau, par désœuvrement.

Volodia se sent mouillé sous les bras, entre les omoplates. Le trottoir est à l'ombre des immeubles. Une rangée de saules y végètent, troncs à peine plus gros qu'un poignet. Au coin d'un immeuble, il tourne à droite, en plein soleil, à travers un terrain vague. Égrenés comme des fourmis, des passants suivent un cheminement tortueux. À leur suite, Volodia longe docilement un grillage clôturant nul ne sait plus quoi. Un trou dans le grillage ouvre sur un pont improvisé avec un escabeau rouillée. On peut ainsi enjamber une canalisation hors-sol dont l'emballage isolant se déguenille en lambeaux grisâtres. Piétinant dans une flaque, sous une fuite de l'énorme boudin, trois garconnets sakhas, torse nu, jouent à s'éclabousser. En robes blanches et couettes noires prises dans des nœuds géants de mousseline rouge, deux fillettes les observent, envieusement réprobatrices. Volodia sourit malgré lui, puis fronce les sourcils en pensant à l'hiver déjà proche, aux conduites crevées, gelées, aux privations d'eau courante. Franchie la canalisation, le sentier bifurque. Volodia hésite. Un chien qui somnolait se lève, s'éloigne, obliquement prudent. Traînant son ombre, Volodia rase à présent une barre de logements surélevée par les mille pattes de ses courts pilotis en béton. De sa vie, Volodia ne s'est jamais aventuré sous un immeuble. Il a vu, pendant les mois sans neige, y plonger, s'y poursuivre, en surgir, des enfants, des chiens. Il a vu s'y glisser des vagabonds, des ivrognes. Et voilà qu'il se sent soudain attiré par cette manière d'entrejambe de la ville. Il est presque sûr de ne connaître personne dans ce coin. Coup d'œil devant. Derrière. À droite. Plongeon dans l'ombre fraîche et fétide de ce sous-plancher sans nom où rouille et pourrit ce qui ne peut servir à rien, à personne. Vite rompu de marcher cassé en deux, Volodia, souffle court, se trouve une place à l'abri d'une buse de ciment oubliée là. Assis dans le sable poussiéreux, il s'y adosse, ouvre son attaché-case, sort la bouteille, déchire la colerette d'aluminium qui en habille le goulot. S'y écorche l'index. La douleur, la vue de son sang lui donnent soudain envie de pleurer. Gosse, il pleurait souvent. De peur, à l'idée de souffrir. De honte ensuite, d'avoir montré sa peur.

Avec les dents, il finit par arracher le dernier lambeau d'enveloppe métallique. La capsule vient avec. Et les larmes avec la première lampée de vodka. Volodia pleure sur son index qui commence à saigner. Volodia pleure sur Volodia et sa déchéance.

Brusquement, quelque chose bouge devant lui. Il sent sa bouteille lui échapper, arrachée. Par un garçon, un Sakha, en treillis militaire délavé qui en boit des goulées animales. Quand il reprend son souffle, la bouteille est vide. Geste du pouce frottant l'index. Docile, Volodia sort son porte-monnaie, compte trente mille roubles anciens, les tend, se recroqueville. Si ça pouvait s'arrêter là !

Mais le voleur le regarde, interrogateur.

— Tu viens pas, le Papa ?

Volodia secoue la tête, lamentable. Et le garçon s'échappe vers la lisière d'où glisse un quart de jour. Volodia sanglote. On vient de l'appeler Papa. Dire que sans sa femme... ou plutôt avec elle... si elle n'avait pas été, bien sûr, ce qu'elle était... il aurait pu avoir un fils. Devant qui se tenir. Vivre dans l'honneur.

Denver. Colorado. Un parallélépipède de verre bleuté répercute aveuglément les reflets des buildings voisins. Au vingtième étage, les bureaux de Richard Spencer, directeur adjoint de la Polar Petroleum. Dans le coin-repos d'une salle de réunion, Spencer et trois négociateurs sibériens venus de Sakha-Yakoutie.

Costume bleu sombre et chemise blanche, un peu ridiculement au large dans un fauteuil dont le prix engloutirait sa paye annuelle, le professeur Viktor Alexandrov, physicien, chef de la délégation sakha. Un homme mince, naturellement élégant. Les verres épais de ses lunettes à monture d'acier réfractent, concentré par les paupières bridées, un regard intensément spéculatif. Son bras droit pend nonchalamment à l'extérieur de l'accoudoir boudiné de cuir.

En face du Sakha Viktor Alexandrov, dans un fauteuil jumeau, mais l'emplissant au point de le faire paraître plus étroit, l'Américain Richard Spencer, directeur adjoint de la Polar Petroleum. En chemisette. Court, ventru, puissant. Couronne de cheveux gris. Visage de poupon colérique, sautant de l'impatience butée au défi moqueur.

On discute un projet magnifique. Une campagne de prospection dans l'Océan Glacial, couvrant tout l'espace maritime de la république sakha. Dès que possible, la mise en exploitation de deux puits sous-marins de pétrole, de trois puits de gaz et de plusieurs unités de raffinage. De quoi ranimer la côte arctique et tout le nord du pays, régions habitées majoritairement par des Sakhas.

On travaille depuis trois jours, en mordant sur les nuits. Deux hommes secondent Alexandrov. Semion Tamirski, comme lui un Sakha. Costaud débonnaire à la peau très sombre, aux yeux rieurs à l'abri de pommettes rebondie. Géologue, hydrologue, le meilleur spécialiste du pays en prospection d'hydrocarbures. L'autre est Piotr Tchoub, Ukrainien géant, maigre aux joues creuses, pilote de chasse reconverti, depuis la perestroïka, dans le droit international des affaires. Toute la journée, les Sibériens ont bu du thé. Les Américains, tous très jeunes, sauf leur boss, ont travaillé au café.

Vers six heures, comme les soirs précédents, Spencer a ouvert le bar. Whisky pour un camp. Vodka pour l'autre. Avec un sourire de sympathie complice, Spencer refait à Viktor Alexandrov son plein de vodka. Entre les paupières presque fermées du Sakha, le regard est vigilant. Spencer, bien sûr, n'imaginait pas le chef de la délégation se saoulant comme un Peau-Rouge. Mais la réserve polie de l'autre commence à l'irriter.

Viktor a cinquante ans. Il lui arrive pourtant de se retrouver soudain l'orphelin de jadis, l'enfant trop mince pour compter sur la force, horriblement seul avec son jugement, sa détermination. Ces plongées obscures, ce sentiment d'irrémédiable abandon le prennent toujours par surprise. Comme en ce début de soirée, dans ce bureau incendié par les reflets d'un invisible soleil couchant.

Depuis leur arrivée à Denver, par prudence, les Sibériens n'ont parlé travail que dans des endroits neutres. Ce matin, très tôt, ils sont allés faire le point en marchant dans un parc. Sémion est revenu sur les procédés technologiques sélectionnés par la Polar Petroleum. Impeccables. Et tout particulièrement en matière de respect de l'environnement. De son côté, Piotr a reconnu que le contrat était exemplairement rédigé.

Ce soir, cartes enfin roulées, écrans mis en veille, on a tous, faut l'avouer, beaucoup bu. Semion et Piotr, en paix. Ils ont donné leurs avis. À Viktor de décider. Responsabilité démesurée. Pourquoi le président de la république lui a-t-il soudainement, au retour d'une mission dans le Grand Nord, confié ce dossier, donné carte blanche pour négocier et même signer ce contrat ? Alors qu'une commission parlementaire y travaillait depuis des mois.

Verre à la main, douloureusement conscient de la gravité des heures à venir, Viktor résiste à l'ivresse. Pas de pensées ni d'images claires. Un de ces pêle-mêle de songeries nuageuses qui vous ombrent l'humeur. Les grues immobilisées des ports yakoutes, les flancs crevés de rouille des navires marchands. Et, le matin même de leur départ de Yakoutsk, ces trois manifestants devant l'immeuble de la présidence. Les pauvres morceaux de carton d'emballage qu'ils tenaient devant leurs poitrines en guise de pancartes. *Mineurs de Sangar. Sans salaire depuis un an.* Écrit maladroitement, au crayon bille. Et c'est pareil à travers tout le pays. Pour tous les métiers.

Viktor ferme les yeux. On n'a quand même pas pris un commencement de pouvoir pour faire comme ceux d'avant. Il faudrait, sans délai, ranimer, presque déjà ressusciter les provinces arctiques. Il revoit ces immeubles désertés des ports du Grand Nord, fenêtres et portes barricadées, crucifiées par l'exode. Ces voisins, ces collègues russes, sibériens depuis des décades, des générations parfois, quittant malgré eux la Yakoutie pour une patrie qui ne va pas les reconnaître. À quoi bon cette fausse revanche sur le colonisateur russe, à quoi bon se retrouver entre Sakhas, si c'est pour laisser aux enfants des pères désœuvrés, assommés d'alcool, titubant vers la déchéance ?

Le contrat proposé par la Polar Petroleum permet d'espérer. Mais les Américains veulent tout contrôler. État dans l'état. Or les Sakhas ont lutté et doivent encore lutter pour desserrer l'emprise de la Russie sur leur pays. L'autonomie sakha, encore aléatoire, on ne l'a pas envoyé, lui, aux États-Unis pour la mettre aux enchères. Les Américains exigent d'effectuer la prospection sans assistance, sans contrôle sakha. D'en avoir l'exclusivité. De conserver secrète la propriété des résultats. De contrôler l'embauche du personnel sakha. Comment le député Adamov, président de la commission parlementaire chargée des négociations, a-t-il pu seulement envisager de céder si complètement aux demandes de la Polar Petroleum ?

Par-dessus son verre, Spencer observe le Sakha. Sans chercher à cacher son impatience. Ni sa hâte presque coléreuse de le voir signer. D'encaisser sa prime. Dont ces trois fonctionnaires ne peuvent imaginer le montant. Des gratte-petit. Malgré le genre prince mongol de cet Alexandrov.

Alexandrov qui vient, à l'instant, de prendre sa décision. On ne signera pas. C'est sûr. Plus sûr que si le président lui-même venait de lui en donner l'ordre par téléphone. Spencer, vigilant, sent ressusciter son interlocuteur. Qui s'arrache à son fauteuil, se déplie, tend le bras, vodka au poing.

— À ces trois journées de travail, Richard ?

Surpris dans leur bien-être un peu hébété, Semion et Piotr se lèvent.

Alexandrov a parlé en russe. Piotr traduit.

— Et pour rester loyal, Richard, je préfère vous dire, dès ce soir, que nous ne signerons pas le contrat dans sa rédaction présente. Je vous ai exprimé mes réserves. Vous connaissez nos contre-propositions. Piotr Tchoub les a rédigées. C'est à partir d'elles qu'il pourrait être utile, demain, si vous le désirez, de reprendre nos échanges.

Spencer a écouté, regard baissé. Viktor Alexandrov tient toujours son verre à hauteur de poitrine.

Quand l'Américain relève les yeux, Viktor brandit sa vodka, la vide. Semion l'imite. Piotr ne boit pas encore. Prêt à traduire une éventuelle réponse de Spencer. Qui ne bouge pas. Le temps passe. Pèse. Gênant.

Enfin, Spencer explose de rire, boit, rit, s'étrangle presque, des larmes aux yeux. Prenant Viktor par l'épaule, il l'entraîne gaiement hors de la salle de travail vers le palier. Semion et Piotr suivent.

Dans l'ascenseur, en toute bonne humeur, Spencer demande à Piotr :

— Loyal ! C'est vraiment trouvé ! Comment dis-tu ça en russe ?

Pleine nuit. Une sonnerie rompt le sommeil de Viktor Alexandrov. Par téléphone, la réception annonce monsieur Richard Spencer. Peut-il monter à la chambre de monsieur Alexandrov ?

Viktor le reçoit torse nu. Lightweight, évalue Spencer. Ce type doit s'entraîner. Sport de combat. Comme tous ces Yeux-Bridés. Spencer est certain que le Sakha comprend mieux l'anglais qu'il ne l'affecte. Exagérément lentement, il commence.

— Excusez-moi de vous réveiller, Viktor, mais je devais vous parler seul. Vous me comprenez ?

Viktor sourit sans répondre.

— Ce contrat est vital pour moi. Pas seulement pour la Polar. Pour moi. Vous comprenez ?

Spencer n'est pas gêné mais intrigué par la façon dont Viktor le dévisage, l'observe. On dirait presque un médecin.

— Un million de dollars si vous décidez de signer. Pour vous tout seul, Viktor. Vous comprenez ? Vous choisissez la banque. Vous choisissez le pays : Suisse, Bahamas, n'importe où. Ça ne fait pas de différence.

Viktor le regarde, sourcils levés.

Spencer risque un rire un peu fabriqué, pas trop sûr d'être vraiment drôle :

— C'est loyal, non ?

Viktor va vers la table où voilà moins d'une heure, juste avant de se coucher, il a encore travaillé le dossier. Il prend sa calculette, se tourne vers Spencer, interrogatif.

L'Américain répéte.

— Un million de dollars. Vous comprenez ? Vous voulez que j'écrive ?

En souriant, Viktor fait non de la tête, pianote.

Spencer se sent moins tendu : « Il traduit ça en roubles, en années de belle vie. »

Pour signifier au Sakha qu'il peut prendre son temps, Spencer s'assied sur le lit défait.

Viktor n'a aucun mal à se contrôler. Il s'y entraîne depuis l'enfance. Il réfléchit. Est-ce que la Polar corrompt ainsi tous ses interlocuteurs ? Est-ce réservé aux fonctionnaires de la Fédération de Russie ? Aux responsables du tiers-monde dans lequel Viktor sent bien que Spencer classe les Sakhas ? Est-ce qu'il a tenté sa chance avec le député Adamov et les membres de la commission parlementaire ? Et si le député Adamov avait accepté ? Et qu'il soit le seul, lui, Viktor Alexandrov, assez bête pour refuser ? N'ayant jamais envisagé de se vendre, il n'y est pas préparé. Pris de court par le destin. Que penserait sa femme, Lydia, si, dans quelques années, tous deux noyés dans des problèmes d'argent, lui-même ayant perdu sa position, en exil, peut-être, leur pays gouverné par on ne sait quelle clique, il lui avouait avoir un jour refusé un million de dollars ? Et leur fille Ulyana ? Viktor a soudain besoin de temps. Ses yeux restent fixés sur l'Américain mais sa pensée est ailleurs.

Au bout d'un moment, Spencer fait une grimace rapide comme un tic, puis se recompose une expression faussement pensive. Sous le regard opaque du Sakha, il sent son propre visage se figer en masque. La peau paralysée, étirée, comme par le séchage d'un maquillage trop épais, maladroitement appliqué.

« Mais qu'est-ce qu'il a en tête ? Il s'imagine peut-être qu'il va m'hypnotiser. »

Viktor demeure immobile. Rien de ce qu'il éprouve, de ce qu'il pense, ne peut se deviner. Une minute. Deux minutes. Spencer se lève, marche lentement vers la porte, l'ouvre en prenant son temps, comme pensivement. Sort.

Viktor ne se rendort pas. Sans goût, sans même y chercher le sombre entrain qu'on peut trouver à se démolir, il débouche, entame une des bouteilles de vodka qu'un hôte attentionné — Spencer, sans doute — a placées dans le mini-bar de sa chambre. Il a besoin d'alcool comme anesthésiant. Pour mener à vif sa propre autopsie. Bien au-delà d'un examen de conscience. Car sa conscience d'écolier communiste modèle, sa conscience de chercheur, sa conscience de chef de famille, sa conscience nationale de Sakha, toutes ces entités successives et plus ou moins collectives lui sont, cette nuit, sans usage. Elles l'ont armé, pourtant, toutes ces morales. Lui ont servi de cadres, l'ont justifié de se maintenir dans ses engagements ou de s'en libérer. Mais elles masquaient, niaient, tentaient même d'anihiler ses propres forces. Intimes. Singulières. Animales.

Vers la fin de la nuit, Viktor, complètement assommé, bredouille avec un ricanement d'ivrogne :

— Ce qu'il te faudrait, camarade, c'est un bon shaman.

Et il se laisse avaler par le sommeil.

Quatre heures plus tard, accueillant à neuf heures pile la délégation sibérienne, Richard Spencer a le faux sourire du bon perdant. Il prend Viktor par le bras, l'entraîne à l'écart.

— Deux millions.

— Je ne comprends pas l'américain. Parlez à Piotr. Il traduira.

Et Viktor, triturant machinalement sa calculette dans la poche de son veston, rejoint la salle de conférence. Six hommes debout autour de la table. Viktor Alexandrov et Semion Tamirski, les Sakhas, Piotr Tchoub, l'Ukrainien. L'Américain Spencer, encadré par deux de ses jeunes assistants. Qui préféreraient, ça se voit, être ailleurs. Figurants totalement ignorants de la pièce qui va se jouer.

Chacun tripote le dossier de sa chaise. Spencer parle debout :

— Inutile de nous asseoir si ces gens-là refusent de signer notre contrat.

Regard vers Viktor Alexandrov.

— C'est oui, ou c'est non ?

— Nous n'acceptons pas d'être exclus des campagnes de prospection.

Piotr traduit. Spencer crie :

— Alors, c'est non ?

Alexandrov, reprenant les termes anglais de Spencer :

— Alors, c'est non.

Brusquement, bruyamment, Spencer pose son attaché-case sur la table. Cliquètement des serrures. Il sort des pochettes de billets d'avion, les brandit.

— Je vous propose un contrat qui donnerait du travail à des milliers de gens, chez vous. Mais vous, vous préférez les laisser crever de faim. Pourquoi ? Parce que vous n'avez pas faim. Les fonctionnaires, il leur reste toujours quelque chose à confisquer aux autres. Mais moi, Richard Spencer, vous savez qui nourrit ma femme, ma fille ? C'est pas les États-Unis. C'est pas la Polar Petroleum. C'est mon travail.

Et Spencer répète « Mon travail », en se frappant violemment le front.

Puis, parlant plus lentement, soudain calmé, presque abattu, la voix tombée, il déchire les billets d'avion avec une minutie maniaque :

— Ça vous amuse de démolir mon travail. De me ruiner. Et de rentrer chez vous. Après un coup de tourisme aux frais de ces idiots d'Américains. Eh bien, puisque ça vous amuse, vous y reviendrez. Plus tôt que vous ne croyez. Et à vos frais. Pour me supplier de vous laisser signer.

Regardant Viktor :

— Et toi, n'oublie pas d'avoir peur !

Piotr achève de traduire. Claquant la porte, Spencer est déjà passé dans la pièce voisine.

Ses deux adjoints restent. Au garde-à-vous. Dans l'attitude qu'on adopte pendant les minutes de silence officielles. L'air de ne pas savoir quel air prendre. Jusqu'alors inaudible, le chuintement des ordinateurs en veille emplit le bureau. Piotr ferme les yeux. Sourit. Sa figure presque exagérément allongée, sa peau très brune lui font une de ces énigmatiques têtes de bois sculpté qui vous dévisagent dans l'ombre des chapelles romanes.

Tendu à l'extrême, mais impassible, comme entièrement retiré à l'intérieur de lui-même, Viktor, empochant son inséparable calculette, évalue l'affront collectif. Le ridicule inconfort de leur situation.

Semion, Piotr et lui n'ont avec eux que de l'argent de poche. Deux cents dollars chacun, pas plus, économisés sur leurs salaires étiques. De quoi rapporter quelques présents à la parenté.

Devant l'université de Yakoutsk. Évacuant un panache de gaz aux franges grises, un break Lada stationne, moteur en marche, sur la dalle de béton crevassée, à demi chavirée, qui sert de parking à l'immeuble des services académiques. Au volant, un jeune Sakha en treillis militaire délavé, cheveux en brosse courte, larges épaules, nez amoché de lutteur. Ce matin, Inokenti le déserteur se sent une grande tendresse pour la vie. Bénéfice d'une solide cuite, partagée la veille avec un vieux pleurnicheur inconnu. Si Inokenti s'est saoulé hier, c'était à cause d'Ulyana, son amoureuse. De leur dernière fâcherie. De sa résolution, prise avant-hier, de ne plus chercher à la voir. Résolution balayée ce matin. Car c'est Ulyana qu'il attend, devant l'Académie. Elle doit passer vers les dix heures, chercher ses résultats, régler ses papiers d'inscription. Elle l'a dit l'autre jour, au téléphone.

« Tu sais, Inokenti, quand j'aurai mes résultats, ce qui me ferait vraiment plaisir ? » Il ne savait pas, bien sûr. Elle est si différente de tout ce qu'il a connu comme filles. « Ce serait d'aller à la campagne. En voiture. » Il s'était senti rétréci, lui qui n'avait même pas une paire de sneakers de rechange. Mais, ce matin, en revenant à lui, il a traversé en courant la moitié de la ville pour aller chez son frère Vassili. Là-bas, il s'est d'abord plongé la tête dans un seau puis il a parlé d'Ulyana, a dit qu'il avait besoin d'une voiture. Vassili, mécano à son compte, lui a confié ce break. Et Inokenti se retrouve devant l'Académie, guettant Ulyana. Pour être certain de pouvoir redémarrer, il laisse tourner le moteur. Mais cinq minutes d'attente suffisent à ronger son entrain, sa confiance en lui. Si Ulyana n'était pas contente de le trouver là ? Avec elle, on ne peut jamais savoir. Étudiante. Fille d'un gros bonnet, Viktor Alexandrov, un savant. Inokenti serre les poings, mortifié de se sentir otage des humeurs d'une fille. Sans y penser, il coupe le contact, descend de voiture.

Qu'est-ce que c'est que ce tout-terrain, garé sur le trottoir, carrément devant le perron du bâtiment ? Astiqué comme une boucle de ceinturon. Pas une bosse. Pas une rayure. Vitres fumées. Neuf, si ça se trouve. Si Inokenti était un chien, les poils de son échine se hérisseraient, ses babines se retrousseraient. Dis-moi un peu ce que ça fait là ? Cinq minutes passent. Trois fois, Inokenti regarde sa montre. Mains aux poches, il s'enfonce les ongles dans les cuisses. Le soleil donne en plein. Mais ce n'est pas de soif que sa gorge est sèche. Parfois, ainsi, en attendant Ulyana, la rage le prend. Et la peur de ce que cette rage pourrait lui faire commettre. Alors, il s'en va. Téléphone une histoire. Une invention qu'elle ne croit pas ou, pire, n'écoute pas. Et Inokenti redevient le balourd qu'elle secoue à chaque retrouvaille.

« Si c'est de me voir, Inokenti, qui te met dans cette humeur ! » ou bien : « Franchement t'étais plus amusant avant. Quand on s'est rencontrés ! ». Quand ils s'étaient rencontrés, c'était au stade, pour un concert de rock. À l'entracte, pendant que les miliciens de garde étaient en train de courser d'autres fraudeurs, Inokenti avait réussi à escalader une grille. Dans un des tunnels qui mènent aux vestiaires, il était tombé sur une bande de hooligans occupés à bousculer une fille. En avait assommé trois contre le béton du tunnel. Les autres avaient reculé. La fille était plus que belle, avec des cheveux comme une rivière qui lui coulaient jusqu'à la taille. Ils avaient filé en courant. Elle, ne lâchant pas sa main. Il l'avait emmenée dans le parc de la Culture et des Loisirs. Mais là, pas question de lui faire toucher les épaules. Désappointé, il lui avait demandé si elle était pas maîtresse d'école. Elle avait ri. Lui aussi, mais de moins bon cœur.

Mais qu'est-ce qu'elle faisait ? Dix heures et demie déjà !

L'intérieur du bâtiment. À l'extrémité de l'angoissant couloir bordé de bancs, la porte du bureau des admissions s'ouvre. Des têtes se tournent. Ulyana sort, démarche légère, enivrée de joie de vivre. Elle ne voit pas les deux rangs d'étudiants malades d'inquiétude, assis ou debout, tenant à la main leurs dossiers cent fois vérifiés. Cinq cents candidats pour vingt places. Et elle, admise première. Au bout du couloir de la peur, le hall d'entrée. Sur une des marches du grand escalier déserté pour les vacances, un transistor éclaboussé de peinture séchée diffuse une mélodie qui ne dit rien à Ulyana. Deux hommes bruns, dans des costumes de ville éreintés, rafistolent sans entrain la rampe descellée. Leurs visages sont émaciés, noirs d'une barbe de plusieurs jours ; leurs yeux sombres et vaguement insolents. Ni Sakhas ni Russes.

Arméniens ? Géorgiens ? Tchétchènes ? Des khatchis, en tout cas. Son état de béatitude fait surmonter à Ulyana ses préjugés. Elle sourit aux deux ouvriers.

Bonne idée de ne pas être allée à Tachkent avec maman. À la dernière minute. Motif : son inscription à la faculté. Vraie raison : profiter de sa liberté. Papa aux États-Unis, maman chez des cousins, là-bas, en Ouzbékistan. Tous les deux partis en même temps, c'était rare. La première fois, peut-être. Ulyana sourit à l'idée de se retrouver toute seule dans l'appartement. Seule, sans souci, à se réjouir de son succès, à rêver à l'avenir. Dans cette joie, pas une pensée pour Inokenti.

Dehors, derrière la porte vitrée, c'est le grand soleil. Ulyana pousse la porte vigoureusement, joyeusement, à deux mains. Stationné à ses pieds, au bas du perron, un gros tout-terrain japonais, version ville, sans une éraflure, lavé du matin, vitres fumées, aveugles comme des lunettes noires. Enfant de nouveaux riches, juge de haut Ulyana, attachée aux principes de sa famille. Nouveau riche ou pas, c'est quand même bien de la chance d'avoir une voiture. Ulyana descend en courant la dizaine de marches qui mènent au trottoir.

La portière du tout-terrain s'ouvre, lui barre le passage. Deux hommes qui ont descendu l'escalier derrière elle, deux hommes bruns, en costumes de ville éreintés, aux visages émaciés, noirs de barbe, aux regards haineux, la poussent brutalement sur le siège arrière, montent avec elle. L'auto a déjà démarré.

Ulyana crie. On lui enfile un sac sur la tête. Elle se débat. On la maintient sur place, poignets serrés. Ça lui fait mal. Le tout-terrain japonais roule vers les faubourgs nord. Ulyana, soudain, pense à Inokenti.

*

Ulyana kidnappée. Là ! Sous son nez ! Rien pu. Rien su faire. Inokenti lâche le démarreur qui cesse de hennir. Carburateur noyé. Foutue bagnole ! Elle était si bien partie, tout à l'heure. Enragé à tirer sur son bouton, à pomper du pied, Inokenti n'a même pas pensé à regarder le numéro du tout-terrain. Brutalement, il attrape le volant à deux mains, baisse la tête en la rentrant dans ses épaules, et, tirant sur ses bras, donne un coup de front au volant. Puis un second. Puis un troisième en s'injuriant. Il saigne, mais ça va mieux. Pas question d'aller à la Milice. Pourtant, pour Ulyana, il doit le faire. Mais pour leur dire quoi, à la Milice ? Qu'il passait par hasard et qu'il a vu des khatchis en voiture enlever une étudiante. Et comment sait-il qu'il s'agit d'une étudiante ? Une jeune fille, en tout cas, qui sortait du bâtiment de l'Académie. Décrire ses vêtements. Mais il a encore oublié d'y faire attention. Et la Milice l'interrogerait. Que faisait-il devant le bâtiment de l'Académie. En panne ? Venant d'où ? Allant où ? Dans une voiture appartenant à qui ? De toute façon, Inokenti devrait donner son nom aux miliciens. Inokenti quoi ? Krotov. Tiens ! Tiens ! Inokenti Krotov, ça ne serait pas le jeune espoir exclu de la fédération de lutte pour usage et trafic d'amphétamines ? Appelé, du coup, à l'armée. Déserteur au bout de quinze jours, après avoir démoli un adjudant.

Inokenti se retient de flanquer à son volant une nouvelle série de coups de front. D'abord, bouger la voiture d'ici. Que les miliciens, en venant sur les lieux, aillent pas la repérer, se poser des questions. Ensuite, téléphoner à la milice :

J'leur dirai : Une étudiante nommée Ulyana Alexandrova vient de se faire enlever à tel endroit, de telle façon.

Y m'demanderont : Et vous qui racontez ça, vous êtes qui ? Juste en pensant à cette question, Inokenti trouve la réponse.

J'leur dirai : Ici le porte-parole des Brigades de Libération Sakha. Nous revendiquons cette action. D'autres vont suivre.

Et puis je raccrocherai. Y seront bien obligés de se remuer.

Maintenant, surtout, pas rater le démarrage. Starter un peu tiré ? Ou pas tiré du tout ? Accélérer d'entrée ou attendre l'allumage ? Par cette chaleur, le trop-plein d'essence se sera évaporé. Savoir ? Avec cette voiture qu'il conduit pour la première fois. Chacune son truc. Capricieuses.

Inokenti inspire lentement, ferme les yeux. Doigts vibrants sur le bouton. Plante du pied effleurant l'accélérateur. Un, deux. Explosion. Pétarade. Ronflement boiteux mais soutenu. Puisqu'elle roule, autant ramener sa Lada à Vassili. Il y en a pour cinq minutes.

« Je téléphonerai de là-bas ».

Dans la cour de chez Vassili, Inokenti gare la voiture où il l'avait prise une heure plus tôt.

« Les papiers, si je suis pas là, tu les laisses dans la boîte à gants. »

En se fouillant pour les retrouver, Inokenti sent quelque chose dans le fond de la poche de son treillis. Une carte de visite. Le vieux d'hier. Sous l'immeuble. Sa tête quand Inokenti avait rapporté la première bouteille.

— Tu croyais que j'allais pas revenir ?

Le vieux avait rien répondu.

— Toi, tu serais pas revenu ?

C'était vache. Mais la question était venue toute seule à Inokenti. Par humanité, presque. Pour donner au vieux la chance de répondre, main sur le cœur, en honnête ivrogne « Tu me prends pour qui, petit ? » Au lieu de ça, le vieux avait refléchi, marmonné, commencé à pleurer.

— Dans le temps, je t'aurais dit : « Oui ». Mais maintenant...

Inokenti lui avait conseillé de ne pas raconter sa vie. Qu'on ne se connaissait pas. Le vieux avait bu, pleurniché, souri. S'était attendri.

— Tu pourrais être mon fils. Quel âge as-tu ? Ton prénom ?

Après six voyages au magazin, quand la septième bouteille avait été vide, Inokenti avait bougé le premier. À quatre pattes. Pas seulement pour pas se cogner la tête. Parce qu'il aurait été infoutu de tenir sur ses jambes.

Et le vieux l'avait appelé avec une insistance de gosse largué :

— Attends-moi ! Me laisse pas !

Inokenti s'était arrêté. Avait regardé le vieux qui essayait de ramper vers lui, faisant du sur-place, labourant le sable des genoux, des mains.

— Personne ne m'aime. Tu m'aimes, toi, Inokenti ?

Et les yeux déjà complètement ailleurs, déconnectés de sa conscience, le vieux lui avait tendu, en aveugle, sa carte de visite : *Volodia Kyseliov, rédacteur. Journal de la Jeunesse Sakha.*

Valdez. Alaska. Au siège du *New Frontier's News.*

Le journaliste américain Vitautas Krukauskas, seul, dans la salle de rédaction. Sonnerie du téléphone. Voix de la standardiste :

— Vitautas, j'ai le collaborateur d'un Viktor Alexandrov, de Yakoutsk. Tu prends ?

De parents lituaniens, Krukauskas parle russe.

— Personne d'autre en ligne ?

— Non.

Alexandrov ? Ce nom ne disait rien à Krukauskas. Peut-être ce marchand de caviar de Sibérie qu'un type rencontré l'autre soir dans une party avait promis de lui adresser. Des prix à ne pas y croire.

— Passe-le-moi.

Insipide musique. Bruits divers sur la ligne. Une voix, enfin. En russe :

— Monsieur Krukauskas ? Piotr Tchoub à l'appareil. Je suis un collaborateur du Professeur Viktor Alexandrov. Nous vous avons reçu en décembre dernier, à Yakoutsk, au ministère de l'industrie.

Vitautas est déçu. Il aurait préféré le marchand de

caviar. Yakoutsk ? Il n'a pas oublié. Une invitation de la *Polar Petroleum* désireuse de présenter aux médias américains un projet grandiose. Le taxi venu le chercher à l'aéroport. Déglingué, cahotant à travers des zones livides. Neige, béton, ferraille. Véhicules en panne égrenés tout au long du parcours. Les autres naviguant sur le verglas dans la nuit arctique sur la route aux bas-côtés informes. Les maisons en bois, charpentes chavirées, au bord de l'effondrement mais de la lumière aux fenêtres. Qui peut vivre là-dedans, s'était-il demandé. Et comment ?

À l'hôtel, une poignée de journalistes U.S. réputés dans la branche pour leur docilité à l'égard des compagnies pétrolières. Ça puait le donnant-donnant. Plutôt que d'écouter les porte-parole de la *Polar*, Vitautas avait essayé d'enquêter auprès des responsables sakhas. Sans conviction, des fonctionnaires subalternes l'avaient promené de bureau en bureau. Il ne se souvenait que du dénuement des ministères où il avait été reçu. Tous ces hommes pauvrement costumés, tristement cravatés qui se faisaient donner du « Professeur », de l'« Ingénieur ». Leurs noms ? Oubliés. Il aurait bien aussi oublié ce séjour, complètement raté.

— Monsieur Krukauskas ? Vous m'entendez ?

Il se souvient de ce Viktor Alexandrov. Une curiosité acérée pour le visiteur étranger. Une hospitalité sans détour. Une indifférence hautaine à l'égard des problèmes matériels ou administratifs. Son collaborateur, l'Ukrainien, était aussi un singulier caractère. Furieusement joueur. Désespérément sceptique.

Avec ces deux-là, Vitautas avait bavardé, débattu avec des mots qui n'étaient pas de bois. Soudain, il se sent une bouffée de sympathie pour ces revenants.

— Alors c'est vous, l'Ukrainien ?

— Vous vous souvenez ? Oui c'est moi. Piotr. Vous disiez que j'ai l'air presque aussi patibulaire qu'Abraham Lincoln.

— J'ai dit ça ! D'où appelez-vous, Piotr ?

— Denver. Colorado.

— Toujours en affaire avec la Polar ?

— Oui... enfin... Non... Une seconde, s'il vous plaît.

Dans l'écouteur, Krukauskas entend son interlocuteur parler un moment dans une langue qu'il ne comprend pas. Sakha, sûrement. Avec des « r » en raclement de palais.

— Le professeur Alexandrov est à côté de moi. La *Polar* vient de nous faire une surprise.

Et voilà Vitautas Krukauskas écoutant l'histoire insensée de ces trois types lâchés pratiquement sans un sou, au beau milieu de l'Amérique, par ce goujat de Spencer qui les avait invités. Et l'idée, pas ordinaire non plus, qui leur est venue de l'appeler, lui, à la rescousse.

— En somme, vous avez besoin de trois billets de retour pour Yakoutsk ? Et si vous passiez me voir, à Valdez, au passage ?

Après quelques instants de palabre en sakha, l'Ukrainien dit qu'il serait possible à la délégation de faire escale à Anchorage. Le journaliste alaskan promet de les y rejoindre.

Inokenti le déserteur s'arrête devant l'immeuble du *Journal de la jeunesse Sakha.* Il sort la carte de visite, monte les marches qui conduisent au rez-de-chaussée de l'immeuble posé sur ses pilotis de béton. Ça vous rentre, ça vous sort de là-dedans, des mâles, des femelles, du vieux, du jeune, du bien vêtu, du pauvre. Poussant les triples portes au capiton crevé, Inokenti pénètre dans le hall. Il est en maillot de corps. Ce que repère aussitôt, de sa niche, un type en espèce d'uniforme. Qui s'avance, demande au jeune homme où il va.

Un an plus tôt, avant sa chute, Inokenti lui aurait marché droit dessus : « De quoi j'me mêle ? » De ce temps d'indocilité privilégiée, Inokenti garde les façons, le regard. La plaie toute fraîche au front, en plus. Comme le gardien reste planté devant lui, Inokenti, montre la carte de visite, se met en mouvement vers l'escalier. L'autre le retient par le bras.

— Un moment !

Puis, pressentant la dangereuse imprévisibilité du visiteur :

— Le bureau du rédacteur Kyseliov est difficile à trouver. Vaudrait mieux t'accompagner. Mais, d'abord, je téléphone. Être sûr qu'il est là. Et il s'éloigne. En l'attendant, Inokenti se dégourdit nerveusement les jambes, fléchissant un genou après l'autre, se déhanchant, marchant sur place, sans soulever ses sneakers gris d'usure, aplatis comme les sabots d'un vieux renne.

Quelques dizaines de secondes plus tard, raccrochant le téléphone, le gardien lui crie de l'autre bout du hall, avec une mimique presque amicale :

— Il est là. Il descend.

Inokenti observe l'escalier. Des marches à claire-voie, en deux volées. Les gens qui descendent, tant qu'ils sont sur la première volée, on repère seulement leurs souliers, les chevilles aussi pour les femmes. Ça défile. Toujours pas le Vieux. Bavardant avec une femme de ménage, un petit monsieur élégant, souriant, descend. L'air d'être connu. Tout le monde le salue. Plutôt amicalement. Arrivé dans le hall il se dirige en écartant théâtralement les bras vers quelqu'un qui doit se trouver derrière Inokenti. Qui se retourne, pour voir.

Personne ! Mais le gardien lui montre le monsieur du doigt en épelant des lèvres, muettement « Ky-seliov », le tout assaisonné d'un clin d'œil complice. Inokenti pige enfin, éberlué.

— Inokenti !

Accolade. Tapes dans le dos.

— Oh ! Le Papa ! J't'aurais pas reconnu.

La manche de son costume gris glissée sous

l'avant-bras tatoué d'Inokenti, Volodia Kyseliov dirige son fils adopté de la veille vers la porte qu'un jeune homme, stagiaire au *Journal de la Jeunesse Sakha*, s'empresse respectueusement à lui tenir ouverte. Quelques marches à descendre et c'est l'avenue surchauffée par le soleil d'août, gazée par le mauvais carburant.

— Quelle bonne surprise ! Je n'osais pas espérer te revoir si vite.

— Faut qu'tu m'aides.

— Compte sur moi. Qu'est-ce qui t'arrive ?

Inokenti raconte. La fille qu'il aime, kidnappée.

— Tu es sûr ?

— Je l'ai vu.

— Tu étais présent ?

— Sans quoi, comment j'aurais vu ?

En marchant, Inokenti raconte. Le break prêté par Vassili. L'idée de faire une surprise à Ulyana. Le tout-terrain japonais aux vitres fumées. Les Caucasiens. Le break qui n'a pas voulu démarrer. Le numéro des autres qu'il a même pas pensé à regarder.

Inokenti, fait soudain face à Volodia, farouchement :

— Faut la retrouver, le Papa, et vite.

Le journaliste a soudain l'air effroyablement préoccupé :

— Ulyana quoi ?

— Ulyana Alexandrova.

Inokenti lance, à l'intuition :

— Tu la connais ?

— C'est ma nièce. La fille de ma sœur.

— Tu ne lui ressembles pas.

— As-tu prévenu la Milice, Inokenti ?

— J'ai téléphoné.

Soudain méfiant, presque menacant, regardant alentour :

— Je t'avais dit ? Que je suis déserteur ?

Volodia baisse la tête comme pour chercher à se souvenir :

— Non.

Yeux dans les yeux d'Inokenti :

— Mais ça ne change rien entre nous, mon fils. Tu ne peux donc pas te présenter à la Milice comme témoin. Qu'est-ce que tu leur as dit, au téléphone ?

— Je leur ai dit, texto : *« Une étudiante nommée Ulyana Alexandrova vient de se faire enlever. Je suis le porte-parole des Brigades de Libération Sakha. Nous revendiquons cette action. D'autres vont suivre. »*

— Mais pourquoi as-tu raconté ça ?

— Pour qu'y m'écoutent, me croient. Se remuent. Et je vais les rappeler.*« Deuxième avertissement : si vous ne libérez pas Ulynana Alexandrova, nous allons frapper encore. »*

— Mais, Inokenti, ça ne tient pas debout.

Inokenti, vexé, presque agressif.

— Je m'en fous ! Et, d'abord, qu'est-ce qui ne tient pas debout ?

— Tu ne peux pas, dans un premier appel, annoncer que tu as enlevé Ulyana et, dans un second, exiger sa libération.

— Oui, si tu veux voir ça comme ça. N'empêche qu'ils doivent être en train de la chercher.

— Tu n'as pas dit, bien sûr, à la Milice, que ta fiancée avait été kidnappée dans une voiture tout-terrain japonaise.

— Non. J'ai oublié.

Volodia, agacé malgré son émotion :

— Heureusement, encore ! Tu n'allais pas leur dire, puisque tu es dans le camp des kidnappeurs.

Inokenti, coléreux :

— Alors pourquoi tu me demandes ? Tu me prends pour un crétin ?

Ils sont arrivés devant la façade à colonnes du Théâtre Sakha. Le seul snack de la capitale y a disposé trois tables de jardin en plastique blanc, quelques parasols, une dizaine de chaises. Des jeunes gens en jeans, étudiants peut-être, bavardent en buvant des sodas que le commerçant va chercher dans une remorque de voiture aménagée en frigo. Volodia achète deux canettes de coca et ils vont tous deux s'asseoir sur le bord d'un muret, à l'écart des buveurs.

— Tu la reconnaîtrais, cette voiture ?

— Nissan...

— Il en roule beaucoup, de ce modèle, dans Yakoutsk ?

— Première que je voyais.

— Et les kidnappeurs ne t'ont pas vu ?

— Peut-être si, quand même. Mais sans savoir qui j'étais. Par rapport à Ulyana, tu comprends ?

Se donnant un coup de poing sur le crâne :

— Si j'avais seulement regardé leur numéro !

Volodia, apaisant :

— Ne t'en veux pas. Le numéro était sûrement faux. Va voir au marché du nouveau stade. J'ai entendu qu'on y vendait des autos volées au Japon.

— Qui, « on » ?

— Des hommes du clan Adamov. C'est lui qui contrôle le marché.

— Adamov ?

— Un député. Mais ne prononce jamais son nom ! Et si on parle de lui devant toi, tu fais l'idiot.

— Il aurait à voir avec Ulyana ?

— Pourquoi Ulyana ? On parle de voitures volées.

— Je vais faire comme tu dis. Et toi ?

— Je vais appeler les parents d'Ulyana. Ma sœur et mon beau-frère.

— Sont en voyage.

— Ça n'empêche pas. Je vais aussi me renseigner du côté de la Milice. Mais, surtout...

— Quoi ?

— Te fais pas remarquer.

— Ça va ! On se retrouve quand ?

— Pas avant ce soir. Mettons onze heures.

— Ici ?

— Non. Pas dans la rue.

— À ton journal ?

— C'est plein de mouchards.

— Chez toi ?

— Non plus. À la plage, par exemple. Sous le club nautique.

— Là où il y a une épave échouée ?

— C'est ça. Maintenant, Inokenti, tu passes à la poste et tu m'appelles au journal. Je n'y serai pas avant une demi-heure. Tu appelles plusieurs fois, en insistant pour me parler personnellement, en refusant de donner ton nom. Lorsque je serai arrivé et que je décrocherai, tu répéteras le message que tu as dicté ce matin à la Milice. Mot pour mot.

Alaska. En plein ciel, dans l'avion Seatle-Anchorage. Tournant la tête, comme s'il y était contraint par l'inconfort de sa position, Piotr, le plus brièvement, le plus discrètement possible, observe Viktor Alexandrov, séparé de lui par une travée de circulation. Viktor est assis tout droit dans son fauteuil, le regard perdu vers l'avant de la cabine. Piotr se demande s'il a seulement remué une paupière depuis qu'ils ont pris place dans l'avion. Même le passage de l'hôtesse et des boissons n'ont pu le distraire de son immobilité. La dignité de Viktor, son refus cabré de considérer la vie comme une triste blague en ont toujours imposé à Piotr. Et il compatit en le voyant ainsi figé sur son siège, emmuré dans une indignaton désarmée.

Piotr boit une gorgée de whisky. Tout plaquer. Ne pas rentrer en Yakoutie. Rester aux États-Unis. Il n'y serait pas, après tout, plus étranger qu'en Sibérie. Être ukrainien, ça voulait dire quoi, déjà, lorsqu'il avait vingt ans ? Un passé à oublier. Un avenir à fuir. La Sibérie l'avait attiré. L'aventure. Les hauts salaires. Une Ukrainienne l'y avait rattrapé. Deux enfants. Divorce. Retour au pays de la mère et des enfants. Piotr en avait-il souffert ? Ou simplement alimenté sa mélancolie ? Il grimace, pense à l'homme qui les attend. Vitautas Krukauskas. Parents lituaniens. Partis vers l'ouest. Dans le bon sens, eux. À Yakoutsk, Krukauskas s'était montré sympathique. Il aurait d'ailleurs fallu être un imbécile, dans ces circonstances, pour ne pas se montrer sympathique. Mais aujourd'hui ? À la place de Krukauskas écoutant leur histoire ? Qui croire ? Ou faire semblant de croire ? D'un côté, Spencer, citoyen américain ce qui n'est pas rien, businessman capable, et ça le rend encore plus respectable, de vous allonger deux millions de dollars sous la table. En face, fauchés au point de quémander leurs billets d'avion, trois fonctionnaires, sûrement ex-communistes, débarquant d'une république de Sibérie figurant à peine sur les cartes.

Piotr imagine Spencer, à l'hôtel de Denver, pendant son entrevue nocturne avec Alexandrov. Il propose un million de dollars. Le négociateur sibérien refuse. C'est qu'il en veut davantage. Spencer double la mise. Encore *niet.* Un fonctionnaire sakha refusant deux millions de dollars, qu'est-ce que ça peut cacher ? Parce qu'un type repoussant une petite fortune dans l'intérêt de son pays, de ses concitoyens, par fidélité à celui qui lui a confié sa mission, Spencer n'y croit pas. Et ce Krukauskas ? Si, par chance, il les croyait et choisissait de faire son travail de journaliste, il pourrait les aider. Cliquetis de bouteilles, gargouillis de liquide versé. L'hôtesse et son charriot arrivent à la rangée de sièges au bord de laquelle est assis Piotr.

— Encore un peu de whisky ?

D'un sourire, il accepte, tend son verre. Charmante, cette fille. Sûr qu'avec deux millions de dollars, il y aurait moyen de se refaire au Canada ou en Alaska une vie plus douce qu'en Yakoutie. Piotr regarde Semion, front collé au hublot, son éternel sourire aux yeux. Occupé, sans doute, à la vue des Montagnes Rocheuses, par quelque méditation tectonique.

À la même heure, dans la navette aérienne qui relie toutes les heures Valdez à Anchorage, Vitautas Krukauskas, yeux fermés, visage rustique, se demande ce qui a bien pu l'attirer dans cette histoire tirée par les cheveux. Le rédacteur en chef du *New Frontier's News* a pourtant été implicitement très explicite lorsque Vitautas est venu lui proposer, résumé en un feuillet, son projet d'interviewer les Sakhas.

« Cher Vitautas, tu sais bien que tu n'as pas besoin de mon autorisation pour mener une enquête concernant telle ou telle société pétrolière. Pour notre journal, pour moi, son rédacteur en chef, tu es un free-lance bourré d'ardeur et de talent. »

En l'écoutant Vitautas s'était dit que le boss parlait comme un pasteur, un politicien.

— À l'occasion, après vérification de tes sources,

nous avons publié certaines de tes enquêtes. Menées à tes frais, à ton initiative.

— Mais vous m'aviez passé commande.

— Exact. Tu n'as cependant jamais fait administrativement partie de notre staff.

Et le boss avait rendu son projet à Vitautas. Dans la marge supérieure : « Proposition non retenue. »

— Mets-moi aussi ta signature.

— Pour te couvrir ?

L'autre avait haussé les épaules en souriant. Et Vitautas s'était retrouvé isolé. Il avait donc, de sa poche, payé le voyage des Sakhas. Embarqué dans la navette pour les retrouver à Anchorage. Se demandant encore ce qui le faisait agir ainsi.

L'hôtesse annonce le prochain atterrissage à Anchorage. Viktor, Piotr et Semion s'éveillent vaseux. Ils dormaient, assommés par le voyage. À Anchorage, il est dix-huit heures. Les couloirs de l'aéroport sont glacials. Derrière les vitres fumées, le soleil doit brûler comme en Yakoutie. D'une niche téléphonique, Viktor appelle son bureau, à Yakoukst. Pour signaler qu'il est à Anchorage, en transit. Quelques heures plus tôt, depuis Denver, il a fait prévenir le président que les négociations avaient échoué. Que la délégation rentrait.

Sa secrétaire communique à Viktor un message : *Appeler Volodia Kyseliov, d'extrême urgence. À son journal. Ou chez lui. À n'importe quelle heure.*

Volodia ? Son beau-frère ne lui a jamais téléphoné. Il n'y a entre eux que des rapports de convention, assez creusement familiaux. Viktor tape le numéro du *Journal de la Jeunesse Sakha.* On lui passe Volodia. Qui raconte. Les coups de téléphone au journal et à la Milice. Ulyana kidnappée. Les *Brigades de Libération Sakhas*. Rien de confirmé. Peut-être un canular. Viktor, de son côté, aurait-il des soupçons, un ennemi ?

« N'oublie pas d'avoir peur ! »

Avoir peur ? D'un businessman américain ? Quand on a été dans le collimateur du K.G.B. pour recherches scientifiques suspectes. Quand on a défié l'armée russe en révélant les ravages provoqués en Yakoutie par ses expériences ineptes. Quand on enrage les mafias industrielles du moment en leur opposant des arguments écologiques. Depuis longtemps, le danger couru n'entre plus dans les calculs de Viktor.

Mais, pour Ulyana, soudain, il a peur. Il entend Volodia parler de consulter, à titre privé, avec l'accord de Viktor, un ami sûr, inspecteur dans la police criminelle. Viktor s'irrite. Pourquoi attendre ? Comme s'il ne fallait pas tout faire, tout de suite, pour retrouver Ulyana. Est-ce que Volodia a prévenu sa sœur Lydia, la mère d'Ulyana ? Volodia répond qu'il attendait l'avis de Viktor. Viktor hésite. Puis demande à son beau-frère de ne pas la prévenir.

— Merci Volodia. Prends contact avec ton ami policier. Mais dicte-moi son nom et son numéro de téléphone.

Après avoir raccroché, Viktor tape les premiers numéros des cousins chez qui, à Tachkent, se trouve en ce moment Lydia, sa femme. Mais, avant d'avoir achevé, il repose l'appareil et se retrouve seul, presque absolument seul. Prévenue de l'enlèvement de sa fille, Lydia rentrerait immédiatement à Yakoutsk. Une cible de plus pour Spencer. Lentement, sans penser à ce qu'il fait, il remet son carnet dans une poche, tourne le dos à la niche téléphonique.

À vingt pas de là, au bord du tapis roulant qui serpente, en charriant ses chapelets de bagages, le reporter Vitautas Krukauskas attend les Sibériens. Un mètre quatre-vingt-quinze. Traits accidentés. Regard un peu fanatique dans des orbites profondes. Une main dans laquelle la vôtre se sent petite. Piotr s'avance.

— Hello Vitautas. Je vous présente Semion.

Le regard de Krukauskas se fixe sur Semion. Insistant. Presque indiscret. Une façon de regarder qui enveloppe l'interlocuteur. Puis se concentre sur son regard. Comme sur une voie d'accès. Mais le regard de Semion n'est plus qu'une fente.

— Fatigués ? demande Vitautas

Piotr hausse les épaules :

— Dégoûtés, plutôt. Mais encore merci à vous, Vitautas.

Krukauskas souffle, comme pour éteindre les remerciements.

Viktor les rejoint.

— Vitautas ! Je ne sais comment vous remercier.

— C'est vous qui me faites honneur en venant visiter mon pays.

Le front de Viktor se ride :

— Désolé, mais, je dois regagner Yakoutsk le plus vite possible. L'avion pour Tokyo est dans trois heures. D'ici là, je voudrais vous confier des informations très graves. Vous demander conseil.

Krukauskas fronce les sourcils. Baisse la tête. Pensif.

— O.K. Le temps de trouver un salon dans cet aéroport.

— J'ai aussi un enregistrement dont j'aurais voulu, d'urgence, faire quatre copies.

— J'arrange ça aussi. Piotr, renseigne-toi pour le voyage de Viktor. J'espère que Semion et vous allez rester un peu en Alaska.

Avec le sourire sans gaîté du joueur qui prend un risque absurde, Piotr fait non, de la tête. Il sait pourtant qu'il devrait accepter, saisir ce début de chance. Changer de vie. Se tournant vers Semion, il se sent observé, à travers deux minces fentes, par un regard aussi indéchiffrable que le sourire qui l'accompagne. Semion aussi pourrait rester. Se faire inviter par une université qui n'y perdrait pas ses dollars. Il toucherait des sommes à faire rêver tous les savants sakhas. Et il gagnerait du temps. Le temps de voir quel tour, au pays, prendra l'histoire.

Yakoutsk. Au siège du *Journal de la Jeunesse Sakha.* Le journaliste Volodia est seul dans son bureau, comme souvent en début d'après-midi. Il a composé un numéro, attend.

À deux blocs de là, dans les locaux de la police judiciaire, Gennadi Orsoniev décroche, sans quitter des yeux l'écran sur lequel cinq rennes sauvages, figurés par de petits cercles blancs, tentent d'esquiver la poursuite d'un loup, figuré par un grand cercle noir. L'inspecteur Gennadi Orsoniev ressemble à l'idée qu'on peut se faire d'un moine mongol ou tibétain, ascétique et lettré. On lui donnerait entre vingt-cinq et trente ans. Son visage émacié, au teint brun, exprime une attention aiguë mais sans malveillance. Il est en train de se demander s'il ne tient pas une variante inédite aux règles du jipto. Une suggestion qui mériterait peut-être d'être communiquée au mathématicien Tomski, l'inventeur de ce jeu de poursuite.

Après un silence un peu bourdonnant dans le récepteur, une voix demande :

— Loup noir ?

Le nom de code qu'utilisait le journaliste Volodia Kyseliov pour téléphoner à Gennadi du temps où ils se rencontraient souvent, en amicale complicité.

Le policier fronce les sourcils, répond :

— Renne blanc.

Poursuivant leur conversation codée, ils se donnent rendez-vous au club de jipto. Une fois là-bas, ils feront mine de s'être retrouvés par hasard.

Volodia arrive le premier. Le club de jipto est au centre de la ville, au rez-de-chaussée d'un immeuble mal construit, mal entretenu, dans l'atelier du vieil Ilya, réparateur de machines à écrire et grand adepte du jeu. Il y consacre d'ailleurs à présent presque tout son temps. À Yakoutsk comme ailleurs, les machines à écrire, même électriques, ne valent plus le prix d'une réparation. Pour l'été, la majorité des écoliers, des lycéens, des étudiants sakhas ont quitté la capitale. Rentrés au village, aider la famille à faire les foins. Dans la grande pièce vide, penché sur son plateau de jipto, le vieil Ilya joue une partie solitaire.

Entre Gennadi. Tous les mouvements de son corps très finement charpenté sont empreints d'économie, de précision. Le vieil Ilya, comme la plupart des habitués, ignore que Gennadi est policier. Le svelte inspecteur et le replet journaliste choisissent une table, s'y asseyent l'un en face de l'autre, sortent chacun sa paire de lunettes, les chaussent. Amusés par le parallélisme machinal de leur gestes, ils disposent en souriant leurs pions sur le plan de jeu. Il y longtemps qu'ils ne se sont pas trouvés en présence l'un de l'autre. Plusieurs fois, sous différents prétextes, son ami policier a décliné les invitations de Volodia. Qui craint bien de savoir pourquoi. Surmontant sa gêne il demande :

— Une *Brigade de Libération Sakha*, ça te dirait quelque chose ?

Sans répondre, le policier fait avancer sa rangée de rennes blancs. Volodia sait qu'il a entendu sa question, qu'il a cherché, cherche peut-être encore à se souvenir d'une éventuelle manifestation d'existence d'un groupe portant ce nom.

Volodia, avance son loup noir :

— Une organisation ou un groupe clandestin, terroriste ?

Gennadi ne répond toujours pas, manœuvre ses pions.

— Je viens de recevoir un appel, au journal. Une voix d'homme. Revendiquant, en sakha, l'enlèvement, ce matin, d'une étudiante. Ulyana Alexandrov. Tu vois ?

Gennadi plisse les yeux. Il a fait le rapprochement. Entre cette Ulyana et le professeur Alexandrov. Entre les Alexandrov et Volodia. Il demande :

— Ce message t'était personnellement destiné ?

Le journaliste fait semblant de se poser soudain la question.

Puis, lentement, comme menant une réflexion :

— Si je me souviens bien, c'est la standardiste qui m'a passé ce correspondant. Il aura donc dû donner mon nom. D'un autre côté, j'étais seul dans le bureau. Il a pu demander seulement la rédaction. Je pourrais vérifier. D'un économe mouvement de tête, Gennadi décline la proposition. Volodia comprend que le policier médite l'information. Un renne blanc de Gennadi franchit la première ligne du territoire gardée par le loup noir. Un point pour Gennadi.

L'inspecteur questionne. Apprend que Lydia Alexandrova, femme de Viktor et sœur de Volodia, est en Ouzbekistan. Que Viktor Alexandrov est, lui-même, en mission aux États-Unis.

Un second renne blanc échappe au loup noir. Deux points pour Gennadi. Volodia éprouve la désagréable impression que le policier ne le croit qu'à demi. Pour se rassurer, il révise mentalement le scénario qu'il a construit : La Milice enregistre un appel anonyme. Un peu plus tard, lui, Volodia, reçoit, en tant que journaliste, le même message. Même voix, d'ailleurs, au cas où elle aurait été enregistrée par quelque service d'écoute. Lui, Volodia, téléphone alors au père de la jeune fille kidnappée, son propre beau-frère. Puis il met au courant et consulte, à titre personnel, son ami inspecteur. Jusque-là, tout se tient. En supposant que Gennadi désire mener sa propre enquête, il pourrait interroger la standardiste. Qui lui confirmerait la réalité du coup de téléphone, se souviendrait de l'insistance du correspondant. Parfait. Mais, soudain, une bouffée de chaleur monte au visage de Volodia. Si Gennadi interrogeait le portier, celui-ci risquerait de parler de la visite reçue le matin même par le rédacteur Volodia Kyseliov. Un garçon en treillis. Plutôt mauvais genre. Espérant ne pas avoir rougi, Volodia essaye de reconstituer la scène.

Il se voit débouchant dans la hall, se diriger vers Inokenti. Pourquoi l'a-t-il fait si théâtralement, en écartant les bras ? Pourquoi a-t-il prononcé à haute voix son nom : Inokenti ! Et cette accolade ! Ces tapes dans le dos. Il entend encore Inokenti lui dire : « Je ne t'aurais pas reconnu. » Il se voit lui prendre le bras et sortir. Et ce lèche-botte de stagiaire qui leur tenait la porte. Encore un qui pourrait témoigner si l'inspecteur enquêtait au journal.

En attendant, un troisième renne vient de sauter la ligne.

— Désolé, Gennadi, je joue comme un loup ivre. Je n'y suis pas du tout. Tu me comprends, j'espère. Cette histoire me tracasse.

Gennadi Orsoniev se redresse, le regarde dans les yeux en souriant :

— Il y a de quoi. Sortons, si tu veux ?

« Il y a de quoi. » Volodia sent qu'il devrait regarder Gennadi, essayer de deviner si sa phrase contient un sous-entendu, insister pour qu'il s'explique. Mais rien ne lui vient de naturel. Sauf de lâcher, tête basse, en toute involontaire franchise :

— J'en perds la tête.

— Je présume que ta nièce n'a que de bonnes fréquentations.

Volodia se force à regarder Gennadi d'un air dégagé d'arrière-pensées :

— Avec les jeunes filles, on ne sait jamais.

Puis il regrette de n'avoir pas simplement répondu

qu'il ne savait rien des fréquentations d'Ulyana. Ils sortent. Le vent brûlant fait courir sur le trottoir des tourbillons gris, sable, poudre de ciment, poussière. Volodia se masque les narines.

— À bientôt, Gennadi. Et merci !

L'inspecteur s'éloigne avec le geste d'écarter les moustiques. Ne jamais remercier un policier.

Inokenti le déserteur traîne depuis plus d'une heure à travers le marché du nouveau stade. Et finit par se demander ce qu'il fabrique là. Cinquième fois qu'il fait le tour. Dans la partie en plein air, malgré les parasols et les tentes, une chaleur étouffante. Quincaillerie. Produits ménagers. Et, partout, des produits pour femmes : ongles, cheveux, cils, peau, lèvres et le reste. À chaque passage, il s'est attardé devant un étal de cassettes. Pas tant pour la musique. Pour la fille qui les vend. Une Sakha. Dans le genre regardez-moi-vous-autres, avec sa jupette moulée skaï et son boléro lamé argent. Cheveux courts, deux mèches laquées sur les joues, aiguisées en crocs. Si elle te remarque, t'existes. Sans quoi, t'es rien. Justement, elle n'a pas encore posé les yeux sur lui. Pas normal. Inokenti ne s'y trompe pas. Habitué à jouer avec le regard des filles.

Il est sûr que c'est de lui qu'elle parle, avec une grimace dégoûtée, à un gros type venu lui tenir la jambe. Mortifié, Inokenti s'éloigne, pénètre dans le bâtiment du marché. Rez-de-chaussée : fruits, alimentation. Au moins, on est au frais. Ça sent bon les épices. À l'étage : l'odeur un peu douce de la boucherie. Des pièces énormes, sanguinolentes, que les types te débitent avec une sorte de jubilation provocante. À côté, le poisson, ses brises alcali. Un dernier tour de parking avant de partir. Dans l'escalier, il croise le gros type de tout à l'heure. Ni commerçant ni client. Policier ou gangster.

Au parking, toujours les mêmes camions, les mêmes fourgons poussiéreux aux tôles dentelées de rouille. Le grand troupeau des Lada. Des Volga vieillies mais encore dignes avec leurs sièges en cuir. Et alignées le long du trottoir, les japonaises à vendre. Berlines ou tout-terrain. Mais toujours pas celle que cherche Inokenti. Les trois jeunes gars, en revanche, ça fait un moment qu'il les a repérés. Deux Sakhas et un Russe. Lunettes noires, frocs flottants, trop larges. Casquettes de base-ball. Il y en a un qui porte un journal roulé sous le bras. Avec une tête pareille, lire le journal ! Maintenant, ils se séparent. Vont sûrement chercher à le coincer. Entre deux caisses de camion, peut-être. Inokenti allonge ses foulées, se rabat vers le parc. Les perd de vue. « Et surtout, mon fils, te fais pas remarquer. »

Si seulement il était tombé sur les ordures qui ont kidnappé Ulyana. Des Caucasiens. Il en a croisé quelques-uns, sur le marché. Mais vas-y pour les distinguer !

— Une cigarette ?

Le temps de mettre bout à bout, par écrit, ce qu'Inokenti comprend, décide, met en action, la séquence est déjà finie. Et on retrouve, entre deux camions de choux, trois jeunes types gigotant dans la poussière. Le premier n'a pas vu ce petit salopard en treillis plonger entre les jambes du second, tout en le fauchant, lui, par les chevilles. Le premier, donc, déraciné, chutant sur le dos, n'a pu voir le second, enfourché sur les épaules du salopard, et, du même coup de reins, projeté en arrière, souffle coupé, testicules malmenés. Le troisième qui s'était placé en renfort dans le dos d'Inokenti s'est trouvé abattu par le second qui lui est arrivé, tête en avant, en pleine poitrine. Et aucun n'a eu le temps de faire le compte dans la distribution de coups de pied qui a suivi leur triple chute. Sans compter les coups de la matraque qu'enveloppait le journal lâché dans sa chute par le troisième.

« Séparez-les ! » implore une femme compatissante mais en retard sur les événements. « Faudrait appeler la Milice ! » propose sentencieusement un campagnard, fidèle aux consignes du bon vieux temps.

— Ta gueule ! vomit un des blessés, parvenu douloureusement à se mettre à quatre pattes.

Un gros homme qui pourrait être un policier en civil, empoigne le quadrupède par le T-shirt, le met debout, le giffle à pleine volée :

— Allez, debout, hooligans ! Dégagez !

Inokenti a juste eu le temps de courir jusqu'à l'avenue, de se jeter d'un bond dans un bus qui démarre, de se glisser avec égards — te fais pas remarquer mon fils — entre un ouvrier chancelant, le regard inondé de rêve, et une de ces femmes imbougeables qui confondent importance et embonpoint.

À Anchorage, sur la table du salon qu'a loué Krukauskas dans l'aéroport, une bouteille de vodka intacte et quatre verres. Viktor vient de détailler pourquoi il a choisi de refuser les conditions de la Polar. Comment, alors, Richard Spencer a tenté deux fois d'acheter son accord. Autour de la table, silence. Dans le visage rond de Semion, les yeux ne sont plus que des plis. Le regard de Piotr ne quitte pas le visage muré de Viktor.

« Spencer est un instrument » dit enfin le journaliste alaskan. Il a parlé lentement, pensivement, comme si sa remarque, par ailleurs banale, pouvait ouvrir une voie de réflexion. Nouveau silence. Il a fallu des années à Piotr, Ukrainien, citadin d'éducation, pour se faire aux discussions muettes des gens du Grand Nord. Mais il comprend bien, à présent, que chacun ici est en train de peser le terme d'« instrument » choisi par Vitautas pour qualifier Spencer. Mentalement, il explore ce qu'il connaît de la carte du monde des intérêts pétroliers, des antagonismes et alliances politiques qu'ils sous-tendent.

Vitautas demande quelques précisions sur les exigences de Spencer. Piotr répond : Exclusivité des campagnes de recherche sur le territoire sakha en zone arctique. Exclusivité des résultats. Exclusivité de l'exploitation.

— Trop gros pour la Polar murmure Vitautas, comme s'il se parlait à lui-même... Silence. Puis :

— Combien Spencer vous a-t-il proposé, Viktor ?

— Un million de dollars la première fois. Deux millions quelques heures plus tard.

— C'est qu'il n'y croyait déjà plus.

— Tout ce qu'il a dit est enregistré dans les cassettes que je vous ai confiées. Le micro était dans ma calculette. Vitautas, je viens également d'apprendre que ma fille aurait été kidnappée à Yakoukst.

Les regards de Semion et Piotr convergent sur le visage de Viktor. Vitautas sort de leur sachet plastique les étuis noirs des bandes magnétiques, les aligne sur la table.

— Abominable ! Je suis terriblement désolé Viktor. Spencer avait-il menacé de s'en prendre à votre famılle ?

— Il s'est vanté de ce que je reviendrais bientôt le voir, en le suppliant, pour signer le contrat.

Vitautas médite un moment :

— Révoltant mais dangereux. Si j'étais vous Viktor, je ne rentrerais pas à Yakoutsk. Spencer est une brute. Aujourd'hui, on peut embaucher des tueurs partout dans le monde. Une police, même loyale, n'est qu'une police, Viktor. Toujours en retard d'un crime. Si seulement vous aviez un ami dans un clan puissant. Une mafia, même, qui sait !

Viktor, d'un balancement de tête, exprime son désarroi, son impuissance. Sur la face tourmentée de Piotr, Vitautas Krukauskas ne trouve que doute, accablement dégoûté. Mais en dévisageant Semion, il a une intuition. Son allusion à une amitié dans la mafia semble ouvrir une piste à l'indéchiffrable géologue.

Une heure plus tard, l'avion dans lequel ont embarqué les Sibériens n'est plus qu'un éclat métallique reflétant par intermittence un rayon du soleil couchant.

Le soleil se couche aussi sur la plage de Yakoutsk, au bord du fleuve Lena, où le journaliste Volodia a donné rendez-vous au déserteur Inokenti. Inokenti sort de l'eau. Il a nagé jusqu'à ne plus pouvoir soulever ses bras. Heureusement, le petit tas de ses vêtements est toujours sur la plage. Il l'avait confié à une mère de famille qui surveillait la baignade d'une demi-douzaine d'enfants. Mais elle n'a pas attendu le retour du nageur pour rameuter sa tribu.

Le soir n'a pas fait tomber la chaleur. Des voitures bourrées de jeunes gens cahotent sur les crevasses de la digue qui conduit de la ville à l'Île aux Esturgeons. D'autres autos rampent à même la plage, s'ensablent, comme par jeu. On recule, on braque, on débraye. Pile : on roule. Face : on s'enfonce. Le moteur s'emballe, cale. Refuse de tourner. On descend. Sans dépit. Sans inquiétude. On soulève le capot. Chacun se penche, dit son mot, met la main. Les démarreurs geignent. Les moteurs hoquètent. On se met à plusieurs pour pousser. Ça repart toujours. Pour le conducteur yakoute, la panne est un état endémique, jamais fatal.

Des familles sont groupées autour de bouteilles de soda. Les enfants ratissent la plage à la recherche de débris de bois. Des feux s'allument. Sur le moignon de la Lena qui baigne la digue un courant circulaire fait lentement dériver des bancs de boulettes blanches. Résidus de panneaux isolants en polystyrène chapardés dans des chantiers de construction et que les gamins s'amusent à égrener. Inokenti observe un groupe de jeunes filles en maillot de bain. Debout, de l'eau jusqu'aux genoux, elles chantent, en russe, un tube français. D'un cargo rouillé, échoué à cent mètres du rivage, des garçons sautent en criant, agitant les jambes, se pinçant le nez. D'autres s'essayent à plonger pour de bon, tête première.

Inokenti se rhabille, longe la plage, sneakers à la main, arrachant rageusement ses pieds au sable gris. Triste. Préoccupé. Ulyana, bien sûr. Mais la fille aux cassettes le travaille aussi. Dans une zone moins avouable où flotte des envies de bagarre, de coucheries, de saouleries, de remords délectables.

En route vers son rendez-vous avec Inokenti, la pensée rayée comme un disque endommagé, Volodia traîne ses souliers poussiéreux autour de la place. Croisant, devant la grande poste, la femme d'un fonctionnaire de vague importance, le journaliste lui dédie un sourire qu'il exagère avec une insistance d'idiot. Impossible de rassembler ses idées. Trop bu, c'est sûr. Ce qui le met, au moins, à l'abri de la peur. « Pour ce que je tiens encore à ma peau ! Ma vie ? Celle de mon beau-frère la vaut dix fois. Et même sa fille, cette petite prétentieuse. Inokenti ne doit pas y tenir pour rien. D'ailleurs, je ne discute pas. Inokenti m'attend. Je ne discute pas. » À haute voix :

— Je ne discute pas.

Devant l'arrêt du bus, tête basse, il percute un trio de soldats russes transpirant, bières au poing, dans leurs uniformes de drap kaki. Un des soldats le repousse d'un méchant coup d'épaule.

— Moi non plus, cousin, tu vois, j'discute pas. T'en veux encore ?

Volodia le journaliste a-t-il seulement senti le coup, enregistré la menace ? Il a tourné vers l'avenue de Notre-Flotte-Héroïque, évité de justesse de se prendre les pieds dans une poussette, de s'effondrer sur le bébé. Lancée sans doute par un des bidasses, une bouteille éclate à côté de lui, sur le trottoir.

— Pourquoi je discuterais ? Tout est ma faute. Je dois la vérité à Inokenti. À Viktor.

Démarche incertaine, propos indistincts, front ruisselant, palais poussiéreux, Volodia n'a plus soif que d'expier. Expier jusqu'à la dernière goutte du litre de vodka qu'il porte sous sa veste. Pour le partager avec Inokenti. Partager ça veut dire moitié-moitié.

— Moitié-moitié, je discute pas. Pourquoi je discuterais ?

Et il poursuit son raisonnement : même en partageant moitié-moitié, faut bien qu'il y en ait un qui commence. C'est à Inokenti, bien sûr, de commencer. Mais Inokenti n'est pas là. Parvenu sur l'esplanade de la Victoire, au bord du fleuve, en vue du port, Volodia s'assied sur une margelle en ciment, au pied du monument à la Guerre Patriotique, décapsule sa bouteille, boit une première gorgée à la santé d'Inokenti, remet la bouteille sous sa veste. Mâchoire pendante, lèvres tremblotantes, il doit froncer les sourcils pour se souvenir. Inokenti. L'Île aux Esturgeons. L'ancien club nautique. Il regarde sa montre. Ne parvient pas à lire l'heure. La nuit qui tombe, sans doute. De toute façon, un rendez-vous ça ne se discute pas.

*

La fraîcheur n'est pas venue avec la nuit. Sur le rivage, dans l'air figé, des feux pointent droit comme de jeunes sapins. Le fleuve n'est qu'un vide obscur. Moins de rires, moins de chants. Les familles ont quitté la plage, remplacées par des goupes de jeunes enfiévrés. On boit. On se provoque à distance. Injures des garçons. Glapissements des filles. Agacé par les moustiques, Inokenti se lève, traîne ses pieds dans le sable jusqu'à la dune, disparaît dans l'ombre d'un arbuste, arrache un rameau pour s'éventer. Comme à la remorques de leurs phares, des voitures cahotent sur la digue, gagnant l'obscurité fêtarde de l'Île aux Esturgeons.

Inokenti se surprend à envier ces veinards. Il se sent comme un loup chassant au large des meutes. Sans quitter l'ombre des saules, il s'avance, par désœuvrement, en direction de l'ancien club nautique transformée certains soirs d'été en discothèque plus ou moins tolérée. Stationnés à la je-m'en-fous-des-autres, des véhicules encombrent le chemin, se serrent dans les étroites clairières sablonneuses. À la lueur des plafonniers, on boit, on chahute. Un arrivant klaxonne pour s'ouvrir le passage vers le bâtiment du club. Insultes, charivari d'avertisseurs. Inokenti s'aperçoit qu'il est en train, machinalement, d'inspecter les voitures. À la recherche, comme cet après-midi au marché, d'un tout-terrain neuf, tape-à-l'œil. À la lueur d'un phare il regarde sa montre. Une demi-heure, encore, avant l'arrivée du Papa.

*

Comme beaucoup de Sakhas, le policier Gennadi Orsoniev ne pourrait dire à quel âge il a commencé à démêler des filets. Sans doute, dès qu'il a pu, sur ses deux jambes, suivre les plus grands depuis le village jusqu'à la rive du lac. Y était-il devenu plus adroit qu'un autre ? Peut-être pas. Mais ce petit savoir-faire lui est resté précieux dans son métier. D'expérience de pêcheur, tout sac de nœuds peut, à la longue, se débrouiller. Parfois, on reconnaît ou on devine par intuition quel fil suivre en priorité pour démêler l'écheveau. D'autres fois, on choisit le premier qui vous tombe sous la main et on le suit des doigts, aveuglément. Et même si ce n'était pas le bon, le travail accompli n'est jamais tout à fait inutile. Dans l'affaire qui l'occupe, le policier Gennadi ne dispose que d'un fil : son ami Volodia. C'est pourquoi depuis sa sortie du journal, il l'a suivi. À présent, il l'observe.

Au pied du monument à la Guerre Patriotique, Volodia est toujours assis. Il s'est peut-être arrêté sans préméditation : besoin de repos, de reflexion. Hésitation. À moins qu'il ne soit parvenu à son but, point de rendez-vous, par exemple. Ou encore qu'il se donne — ou donne à un complice — le temps de repérer si quelqu'un le suit.

Après une pause, le journaliste sort une bouteille de sous sa veste. L'aspect fait penser à de la vodka. Gennadi est trop éloigné pour lire l'étiquette. Volodia paraît décapsuler la bouteille, y boire une assez longue rasade. Il fait ensuite, un peu théâtralement, le geste de mesurer du regard le niveau du liquide dans la bouteille avant de la dissimuler à nouveau sous sa veste. Puis il consulte ou fait mine de consulter sa montre. Enfin, il se lève, se met en marche et se dirige, d'un pas semble-t-il mal contrôlé, vers la digue qui mène à l'Île aux Esturgeons.

De son côté, Gennadi a profité de cette pause pour essayer de repérer si quelqu'un d'autre que lui-même suivait ou surveillait le journaliste Volodia. L'heure avançant, l'air a perdu sa transparence. Comme attirée par la lumière, la nuit auréole les réverbères, les phares des voitures.

La carcasse rongée d'une épave oubliée dans ce bras mort de la Lena alourdit le sentiment d'abandon éprouvé par Inokenti. Distraitement, il alimente de branches vertes un feu autour duquel virevoltent les moustiques. De loin, Volodia, largement dessaoulé par la marche nocturne, l'a reconnu. Le visage d'Inokenti pourrait avoir servi de modèle aux sculpteurs d'après-guerre. Quand le groupe standard de combattants de l'Armée Rouge devait comporter un soldat dont les traits puissent témoigner du rôle tenu par les peuples frères d'Asie dans la défense de la patrie. D'où l'invention d'un type, esthétiquement métissé, exprimant la loyale détermination des indigènes à prendre pour modèle l'éternel peuple russe. Par une ironie du destin, c'est sur les traits de son ami déserteur que le journaliste retrouve cette militaire vaillance. Il vient s'asseoir à son côté. Sort, sans mot dire, la bouteille de sous sa veste.

Gennadi le policier n'est qu'à une vingtaine de mètres, sur le haut de la dune, à plat ventre dans l'ombre des buissons. Entraîné à dédaigner l'accessoire, il se laisse avec indifférence ponctionner par les moustiques. Il regarde Volodia tendre la bouteille au jeune homme. Il lui semble que le journaliste n'a pas prononcé une parole. Intuition incontrôlable. Car du côté de l'ancien club nautique, c'est un débordement de sonorisation, de cris. Dans de rares mesures de répit, on entend, amarrés à un ponton invisible, des canots s'entrechoquer, leurs haubans cliqueter. Et c'est dans un de ces instants que le jeune homme rend à Volodia sa bouteille, après y avoir bu longuement, comme avec application.

— Merci le Papa. Mais, t'es quand même pas venu ici juste pour qu'on se ressaoule. T'as pris de l'avance, d'ailleurs.

Pas vrai ?

Sans pouvoir entendre ce que dit Volodia, le policier Gennadi voit le journaliste se rapprocher de son cadet et lui parler près de l'oreille.

— J'ai eu la Milice. Ulyana a été vue pour la dernière fois ce matin, très tôt.

— T'as causé de moi ?

Une très légère brise rabat la fumée du feu vers le rivage, contraignant les deux amis à baisser la tête pour abriter leurs yeux. Mais Volodia a eu le temps de voir, sur le visage d'Inokenti, une expression butée, méfiante, hostile.

L'inspecteur, pris par surprise, a vu soudain pivoter le torse du jeune interlocuteur de Volodia. Pourtant, enfoncé dans l'ombre, menton sur le sable, caché dans l'herbe jusqu'aux yeux, il s'estime invisible. Mais tout est possible. Et, en particulier, que ce garçon, d'instinct, se sente observé. Il s'est d'ailleurs levé. Le policier lui devine une force, une sauvagerie un peu animale. Il l'entend dire :

— On reste pas là !

La musique étouffe la réponse du journaliste. Qui, pour se lever, doit s'aider d'un bras. L'âge. L'alcool. Une fois debout, il scrute la dune obscure. Mais le jeune s'est déjà mis en route. Le long de l'eau. Direction la digue, la ville. En quelques pas d'une sorte de trottinement balbutiant, les pieds entravés par le sable, le journaliste le rejoint.

Le policier ne les suit pas. Mieux vaut donner à leur sentiment d'alerte le temps de se dissiper. Pour rejoindre la digue, il va prendre la piste. En marchant vite, il pourrait arriver avant eux à l'extrémité-ville de la digue. Surtout s'ils continuent à suivre la plage en contrebas de la digue.

Décontenancé par la méfiance déclarée d'Inokenti, Volodia sourcils froncés, raison mobilisée, se demande s'il ne vaudrait pas mieux tout lui dire. Le jeune homme marche en silence. Pour le suivre, Volodia doit s'efforcer. Il s'essouffle. Crie presque, pour se faire entendre à travers le chahut qui vient de l'ancien club nautique.

— Je crois, Inokenti...

L'essoufflement tronçonne les phrases de Volodia.

— ... que... l'enlèvement... c'est pour... faire pression... sur le père d'Ulyana... dans une... une... négociation... tu sais... gaz, pétrole... en Amérique.

Inokenti ralentit. Laisse Volodia marcher à sa hauteur.

— Il te l'a dit ?

Haletant, Volodia réussit à demander en vidant ses poumons :

— Qui ?

— Eh bien, le père d'Ulyana !

Toujours sans voix, Volodia fait « non » de la main.

— Y se méfie de toi ?

Volodia ne répond pas tout de suite. Reprend haleine. Comme s'il méditait la question de Inokenti.

— Je ne crois pas... que Viktor se méfie... de moi. Mais il s'agit... d'une grande... responsabilité, d'un... secret d'État.

— C'est bizarre, le Papa. Tu causes toujours un

peu comme si tu mentais. On croirait que tu as peur. Comme l'autre soir, quand je t'ai trouvé sous l'immeuble.

Quelqu'un ayant modifié le volume de la sono, la musique fait un instant exploser la nuit. Après un moment de surdité forcée, Volodia qui a presque retrouvé son souffle peut répondre :

— Je n'ai plus peur de toi, Inokenti.

— De qui t'as peur, alors ?

— J'ai peur pour une histoire qui n'a rien à voir avec tout ça.

— Comment il est, ton beau-frère ?

— Un homme impeccable.

— C'est quoi, ça ?

— Irréprochable.

— Sauf quand il se mélange avec des types comme toi.

— Ce matin, tu es venu au journal me demander de l'aide. Tu m'as fait confiance. Et, à présent, tu cherches à me blesser. Qu'est-ce qui s'est passé ?

— Quoi ? Qu'est-ce qui s'est passé ? Quand ? J'y ai rien trouvé, d'abord, à ton marché.

Volodia vient, à son tour, de détecter l'insincérité chez Inokenti. Et il pressent que le jeune homme s'est aussitôt senti deviné.

— Écoute-moi, Inokenti, j'ai pris contact avec un ami policier. Il a vérifié que ton message avait fait son effet.

— Quel effet ?

— Ils ont cherché si un de leurs services avait déja entendu parler des *Brigades de Libération Sakha*.

— Et alors ?

— Rien. Ça t'étonne ?

— Ton flic, tu lui as parlé de moi ?

— Bien sûr que non.

— Tu es certain qu'il t'a pas fait suivre ?

Ils ont atteint le pied de la digue qui dresse à leur droite sa pente obscure. Comme quelques minutes plus tôt, le journaliste a soudain froid dans l'épaisse chaleur. Gennadi ? Le faire suivre ?

— Mais c'est un ami, Inokenti.

— T'es idiot ou quoi ! Adamov, le député, c'est seulement à cause des voitures que t'as pensé à lui ?

— Je pensais à la voiture parce que tu l'avais vue. C'est la seule piste.

— Et ton beau-frère ? Le gaz, le pétrole, l'Amérique ? C'est pas des pistes ?

— Tu as raison, Inokenti. Mais je ne connais pas cet univers.

— Mon univers, comme tu dis, c'est que je me tire.

Volodia sursaute et dit d'un ton presque éperdu :

— Inokenti, tu pars ? Il faut qu'on se revoie. Qu'on cherche ensemble. On se retrouve où ?

— Moi je te retrouverai.

Volodia crie dans la direction où le déserteur a déja disparu :

— Inokenti ! Ne retourne pas au marché !

En quelques bonds, sans prendre même appui de ses mains, Inokenti escalade le flanc de la digue, atteint la route, court, trébuche dans le noir sur une crevasse du béton, localise, au dixième de seconde, la silhouette d'un marcheur nocturne, évite son épaule d'un brusque crochet. Dans leur dos, une voiture qui s'engage sur la digue prend soudain les deux hommes dans le faisceau cahotant de ses phares. À son treillis camouflé, Gennadi le policier reconnaît le jeune homme de tout à l'heure. C'est à lui qu'une voix, entendue dans un intervalle entre deux bombardements sonores, vient de crier :

« Inokenti ! Ne retourne pas au marché ! »

La voix de Volodia, pleurarde. Diction faussée par l'ivresse.

Le jour se lève sur la Magistrale, route plus souvent terreuse que goudronnée qui joint Yakoutsk à la Transsibérienne.

Soufflée par l'appel d'air, la Niva fait un écart. Au volant, vitres ouvertes, Iouri reçoit comme une bourrade fraternelle. En sens inverse, dans un tourbillon fracassant, l'énorme camion est passé. Entraînant une remorque chargée comme lui d'intraduisibles formes en béton maquillées de poussière. Longtemps à l'avance, au sommet d'une côte encore lointaine, le chauffeur du camion avait cligné des phares. Et Iouri, reconnaissant, avait répondu. S'entraider. Seul contre le sommeil, on finirait toujours par perdre.

Iouri est le chauffeur officieux de Viktor Alexandrov. Officiellement, il est employé comme chauffeur à l'Institut de Physique Appliquée. Mais la dernière voiture de l'Institut, au cours d'une expédition, a glissé dans un ravin des monts Verkoyansk. Dans sa Niva personnelle, Iouri transporte désormais les chercheurs de l'Institut qui doivent voyager. En échange, on l'a maintenu sur le registre des salariés de l'Institut. Salariés d'ailleurs impayés depuis plus d'un an. Mais cette situation confère à Iouri un statut dont il ne jouirait pas s'il était chômeur. Un statut dont il a lui-même établi la flatteuse définition : Chauffeur Académique. Iouri est un Russe de Sibérie. Né dans un village isolé du Grand Nord où une douzaine de familles de pêcheurs russes s'entremarient fièrement depuis des générations. Enfant, Iouri ne parlait que sakha mais sa mère lui avait fait jurer d'aller, lorsqu'il serait grand, se chercher, dans le sud, une vraie femme russe. Appelé à l'armée, Iouri était parti dans le sud. Où il avait, comme promis, rencontré une vraie femme russe. Mais qui, elle, lui avait fait jurer de ne jamais chercher à l'emmener dans ce nord où les hommes vivent pire que des phoques.

Iouri est un petit homme maigre. Mais capable, lorsqu'il s'y décide, de déplacer deux à trois fois son poids. Sa résistance à la fatigue est presque fanatique. Son visage déroute. Jusqu'au moment où on en trouve la clef. C'est un tryptique. Deux rides profondes courant des yeux au menton le coupent en trois. Dans la partie centrale, l'arrête plate mais allongée vers le bas d'un nez granuleux, bleu-gris béton. Héritage peut-être d'un ancêtre tatar. Une moustache roussâtre, assez touffue pour masquer la lèvre supérieure mais tronquée net à la longitude des rides. Une mâchoire étroite, entièrement argentée à l'exception des canines. Un menton si en retrait qu'il se confond avec la pomme d'Adam. Dans le panneau de droite du tryptique (la propre gauche de Iouri) un œil d'une froideur de désespoir et une oreille de chien triste, largement décollée, au lobe mordu par un anneau d'or. Le panneau de gauche (la droite de Iouri) est généralement voilé sous le rideau maigre d'une mèche noire dont Iouri aimerait couvrir son crâne en partie chauve. Derrière cette mèche, obstinée à retomber, une paupière cligne, infatigable. Comme pour voiler l'éclair de l'œil dont la malice dément l'expression d'ensemble, plutôt calamiteuse. On donnerait cinquante ans à Iouri. Mais il est encore loin d'en avoir quarante.

La nuit passée, Viktor Alexandrov a téléphoné. Viktor Tifonovitch, ainsi que le nomme toujours Iouri, avec un affectueux respect. C'était pour demander à Iouri un service de la plus haute importance. Mais à la voix de son chauffeur, Viktor Alexandrov avait deviné que Iouri était sur orbite. C'est-à-dire en haute ivresse. Il faut dire que Iouri, enfant, rêvait d'être cosmonaute. Viktor, familier des évasions spatiales du Chauffeur Académique, lui a donc demandé de prendre papier, stylo et de noter ses instructions, de les relire à haute voix. Il s'agissait, primo de redescendre sur terre, deuzio de prendre la route d'urgence et, sans en dire un mot à quiconque, de se rendre à l'aéroport de Nakhodka, sur la côte pacifique. Viktor Tifonovitch devait y atterrir le surlendemain à dix heures.

Nakhodka. Trois mille kilomètres par la route. Quarante-huit heures minimum au volant de la Niva. Et Iouri roule. Premier ennemi, le sommeil. Pour le contrer, chacun a ses trucs. Pour Iouri, c'est compter.

Arithmomanie, lui a expliqué un jour Viktor Tifonovitch. A-rith-mo-ma-nie, détache lentement Iouri, fier de retrouver le mot. Cinq syllabes. Cinq secondes de gagnées sur les 86.400 qui l'attendaient au début de cette journée. Ce camion était le quarante-sixième croisé depuis le dernier arrêt. Le cent deuxième depuis le départ de Yakoukst. Le soixante-deuxième à tirer une remorque. Au passage, Iouri note, sur le côté droit, la vingtième des casemates effondrées qui jalonnent la route. Une route taillée dans le temps par les zeks. Combien de casemates aux cent kilomètres ? Combien de kilomètres de route par an ? Combien de zeks au kilomètre ? L'histoire est-elle autre chose qu'arithmomanie ? Avec ses tsars numérotés, ses siècles. Millions de morts. Tonnes d'acier. Tiens, une voiture dans le rétro. À l'horizon. Iouri scrute, cherche, du plus loin possible, à identifier la marque. Toyota ? Oui ! Bravo Iouri, c'était bien ça. La douzième Toyota rencontrée. La Toyota se rapproche. Iouri, du pouce, donne un coup de klaxon amical. Sans répondre la Toyota le double. Deux autres la suivent. Trois 4×4 tout confort, dissimulant regards et pensées derrière leurs vitres fumées. Dépassée, la Niva, comme si elle n'existait pas. « Qu'y tombent seulement en panne ! »

Sauf que les pannes, c'est pour lui. Trois depuis le départ. D'où cette moyenne de 55 km/h seulement depuis Yakoutsk. Pour être à l'heure à l'avion de Viktor Tifonovitch, Iouri ne doit plus s'arrêter. Quatorze heures.

Il pêche son thermos rangé à l'arrière. Des fleurs et des oiseaux, ces Chinois, y doivent en peindre même sur leurs bombes atomiques. Iouri se méfie des Chinois. Un milliard. Même en tenant compte de la propagande, ça fait pas loin de trois mille Chinois pour un Yakoute. Au train qu'ils arrivent, y aura bientôt plus qu'eux sur le marché de Yakoukst. À vendre leurs thermos, leurs nouilles, leurs soi-disant crabes. Et nous, est-ce qu'ils nous l'achètent notre viande de poulain ? Est-ce qu'ils savent seulement ? Que ça protège des radiations. Que ça vous fait des hommes, des vrais. Peut-être, après tout, qu'il vaut mieux la garder pour nous.

Parvenu en haut d'une côte, Iouri scrute la route, mortellement rectiligne. Loin devant, un camion. Supposition qu'il soit à dix kilomètres, je roule à 90, combien de temps je vais mettre à le rattraper ? Calant le thermos entre ses cuisses, Iouri libère les fermoirs de son attaché-case posé sur le siège du passager, reconnaît à tâtons le boîtier de sa calculette. Ça c'est un problème !

Pendant que Iouri bataille pour ne pas s'endormir, sauver sa Niva des fossés de la Magistrale où rouillent, dépecés, les véhicules des camarades-conducteurs tombés de sommeil, Viktor, Piotr et Semion attendent en somnolant sur un banc de l'aéroport de Tokyo, le moment d'être invités à embarquer dans l'avion pour Nakhodka, port sibérien de la côte Pacifique.

Et, à Iakoutsk, le déserteur Inokenti se réveille. Avant d'ouvrir les yeux, récapitulation. Premièrement : Où est-ce que je me suis endormi ? Deuxièmement : Quelle heure peut-il être ? Matin ? Après-midi ? Nuit ? Troisièmement : On est quel jour ?

« Au réveil, n'ouvre jamais les yeux avant de te souvenir de ce qui t'attend. »

C'est un conseil que lui a laissé un vagabond toungouze.

« Sans quoi tu tombes plus bas qu'une bête. Les bêtes, au moins, savent toujours où elles sont. Tu deviens comme une chose. Un objet perdu. »

Yeux fermés, Inokenti se souvient qu'il s'est endormi dans la cabine de la dépanneuse de son frère Vassili. D'ailleurs, ça sent l'huile. À en juger par le silence, on doit être le matin tôt. Il ouvre les yeux. C'est bien ça : il est dans la dépanneuse. Par-dessus la palissade du garage, dans la lumière déja pleine, il ne voit pas de voitures circulant sur la chaussée. Rien que des chiens allant et venant à leurs affaires de chiens. Au soleil, il doit être vers les cinq heures. Quant au jour qu'on est, c'est jeudi. Bientôt vingt-quatre heures que les khatchis ont kidnappé Ulyana. Vingt-quatre heures qu'il n'a rien trouvé à faire d'utile pour la retrouver. Et qu'est-ce qu'il fait chez son frère ? Une idée qu'il a eue hier, après la plage. Il fallait vite en parler à Vassili. Qu'il n'a pas trouvé dans sa maison en bois, près du garage. Seulement ses chiens qui ont entendu Inokenti escalader la palissade. Qui l'ont entouré, reconnu. Il a joué un peu avec eux. Puis il a décidé de continuer à attendre dans la cabine de la dépanneuse. Où il s'est endormi. Et l'idée d'hier, c'était quoi ?

Inokenti descend de son siège, s'étire, appuie son index sur l'aile de sa narine gauche, la mouche, puis fait de même avec la narine droite. Sortant de sous les voitures où ils ont aussi dormi, les chiens de Vassili l'entourent en sautant. En marchant vers la maison, il les taquine, les fait gronder, aboyer. Ça fera sortir son Vassili. Inokenti n'a pas l'intention d'attendre qu'il se réveille. Que son frère aîné, couché tard, soit fatigué, que le dérangement risque de le mettre de méchante humeur, Inokenti n'y pense pas plus que ça. Puisqu'il a quelque chose à lui dire. Il vient juste de retrouver quoi. C'est rapport au tout-terrain des salopards.

— Vassili !

Coups de l'index sur un carreau de la fenêtre opacifiée côté face par la poussière, côté pile par les vapeurs de cuisine.

— Hé ! Vassili !

Les chiens tournent autour d'Inokenti. Qui empoigne une queue, tire. Glapissements. La porte s'ouvre. Vassili. Nu, sauf son caleçon marqué Fuji en lettres latines. Et sa barbe qui lui tombe jusqu'à la poitrine. Une rareté pour un Sakha. On pourrait croire un pope russe.

Sans même saluer son frère, Inokenti entre et dit :

— Vassili, faut que tu retrouves un tout-terrain Nissan...

Et Inokenti décrit l'auto dans laquelle les étrangers ont kidnappé Ulyana.

— T'as qu'à dire que t'as un client qui en veut une comme ça.

Vassili referme la porte. Il va remplir une bouilloire au réservoir fixé au mur, la poser sur la cuisinière. Allumer le buta. Verser de l'eau sur deux tasses, les essuyer soigneusement avec un chiffon sale, les poser sur la table. Ensuite, il va chercher le pain, en tailler cinq tranches, les couper chacune en deux parts. Pendant ce temps, Inokenti est allé au réservoir d'eau, fixé à une poutre. Il appuie du pouce sur le bouton verseur, emplit d'eau ses mains en coupe, y plonge son visage. Puis il revient à la table, dégoulinant. S'assied pesamment.

Vassili apporte une bouteille de vodka, deux verres. Dans le silence, Inokenti entend la vodka se bousculer au goulot, cascader. Vassili doit faire, exprès, durer le temps. Quelquefois, Inokenti déteste son frère. Voilà justement Vassili reparti. Sacrifier rituellement, à la sakha, le premier verre à l'esprit du feu. En l'occurrence, la flamme du buta qui s'épanouit sous la vodka, enveloppe un instant la bouilloire. Vassili revient, remplit à nouveau le verre, le lève.

— Qu'est-ce qu'il t'a fait, ce tout-terrain ?

— Je préfère pas dire.

Vassili vide son verre. Inokenti coupe le silence.

— Je suis venu pour ce que je t'ai dit.

Vassili regagne la cuisinière sur laquelle la bouilloire commence à souffler sa vapeur. Son cadet lui demande :

— Tu connais Adamov ?

Sans répondre, Vassili tire sur sa barbe. Inokenti s'impatiente :

— Mais tout le monde le connaît !

Vassili hausse les épaules. Il n'est pas tout le monde. Il fait encore plusieurs aller-retour entre la table et le frigidaire d'où il sort une carcasse de canard et des poissons séchés, puis du fromage blanc et des myrtilles. Inokenti déclare :

— Faudrait pas que je te le dise.

Vassili, enfin assis, coudes sur la table, boit son thé à grand bruit de lèvres et de langue. Malgré sa bouche pleine, Inokenti insiste :

— Adamov, quand même, c'est pas possible que t'aies jamais entendu parler ?

Vassili tartine de pâté une demi-tranche de pain.

— C'est un député, Vassili. Il protège un clan. C'est eux qui tiennent le marché du stade. Ils importent des voitures japonaises volées. En bon état. Tu sais, c'est des types comme ça qui font du tort à ton commerce.

Vassili penche la tête avec un sourire indulgent, compréhensif. De plus en plus pope.

— Dis-moi Inokenti ?

Inokenti plisse les yeux. S'enfonce invisiblement dans son propre corps. Comme avant le début d'un combat. Les sermons, il aime pas.

Vassili continue :

— Tu sais tout ça depuis quand ?

— Tout ça, quoi ?

— Ce que tu viens de me dire sur ce député. Et

ce que tu disais, juste avant, qu'il ne faudrait pas que tu me le dises.

— C'est m'embrouiller, Vassili, que tu cherches ? Ou tu veux savoir ?

Haussement d'épaules de Vassili.

— Alors, je vais tout te dire. Mais je crois bien que le peu que je sais, c'est très dangereux. C'est pour ça que je voulais pas te le dire. Parce que ce serait dangereux même pour toi.

Vassili tend à Inokenti sa paume droite avec un rire explosif

— À mon dangereux petit frère !

Pris comme à contre-pied par la soudaine bonne humeur de Vassili, Inokenti claque à la volée la paume de son frère.

— Alors, que je te raconte, Ulyana, la fille que je t'avais parlé...

Quand Inokenti termine, Vassili réfléchit un long moment.

— Qu'est-ce qui est sûr et certain, dans ton histoire ?

Il lève son pouce droit :

— Que tu as vu enlever ta petite amie.

Il pointe l'index :

— Par trois khatchis.

Il déploie son majeur :

— Dans un tout-terrain Nissan.

Il prend de la main gauche son annulaire droit réticent pour le joindre aux trois autres doigts :

— Ils t'ont peut-être vu. Repéré mon break. Ils

surveillaient sûrement les parages. Ça, ces quatre points, c'est le sûr. Le reste, c'est ce que dit ton Vieux. Un journaliste un peu plus ivrogne que les autres, que tu connais d'avant-hier et à qui tu as tout raconté. Ta petite amie serait une de ses nièces. Il aurait un ami policier. Qu'il aurait prévenu, sans lui parler de toi, c'est ça ?

— Oui. Sauf qu'hier, à la plage... j'ai oublié de te dire... j'ai senti... ça se sent, tu sais bien Vassili ?

— Ça sentait quoi ?

— Le flic.

— On te suivait ; toi ?

— Non. Le Papa, je pense.

— Ça voudrait dire que son ami policier se méfie du Vieux. Ou que tous les deux se méfient de toi.

— Pourquoi ?

Inokenti ferme son visage, réfléchit.

— Possible. En tout cas, je te le jure, le flic ni personne, cette nuit, ont pu me suivre jusqu'ici.

Vassili balaie l'air d'un revers de main. Pour échapper à la police, on peut fait confiance à Inokenti. À se demander parfois s'il est encore bon à autre chose.

— Au marché, Inokenti, te faire tomber dessus, ça t'a pas étonné ?

— J'ai pensé que c'était à cause de la fille.

— La fille ?

Inokenti, moitié gêné, moitié faraud, raconte comment, au marché, il a un peu tourné autour d'une fille qui vend des cassettes...

Pendant que parle Inokenti, Vassili rassemble les

couverts et les restes. Inokenti se lève pour l'aider à laver, ranger. Puis, Vassili, pensif, passe dans la pièce voisine, son bureau-chambre, revient en salopette kaki, tachetée de cambouis.

— Toi, tu pensais commencer par chercher la Nissan. Que je fasse comme si j'en cherchais une pour un client.

Inokenti fait oui de la tête.

— Ces types ne sont pas idiots. Une voiture comme ça, on va pas la chercher chez un Vassili.

— Pourquoi ?

— C'est comme ça. Le commerce. Moi, je vais te dire, dans cette histoire, te connaissant, je penserais plutôt à la fille.

— Ulyana ?

— Non. Celle aux cassettes.

— Tu veux que j'y retourne ?

— Mais non ! Ton vieux te l'a déja dit. De pas y aller. Je vais m'en occuper, moi.

— Avec ta barbe et tout ?

— T'es jaloux ? Je vais juste essayer de me renseigner. Savoir qui c'est. Où elle habite, par exemple. Après, on verra.

— On verra quoi ?

— Tu pourras peut-être l'accrocher. Repasse ici vers midi.

Inokenti se sent soudain moins perdu. Moins fatigué.

Vassili a ouvert la porte, le conduit par l'épaule. Ils sont dans la cour. Les chiens tournent autour d'eux, en profitent pour s'entremordre. Tout autour, des voitures éclopées en attente de consultation. Les deux frères atteignent la barrière, l'ouvrent sur la rue. Le long des palissades et des maisons en bois, sur la levée de boue sèche qui sert de trottoir, des piétons trottinent vers la ville. Passant à les frôler, loi du plus fort, autos et camions les serrent en soumise file indienne.

Quelque part à l'ouest de Yakoutsk. Une ferme isolée, à l'abandon. La nuit tombe. Dans la pièce principale, trois hommes, des Caucasiens en maillot de corps, laissent tomber leurs cartes sur la table. Le plus âgé en fait une pile, qu'il coupe machinalement, remet en paquet.

Aslan, le plus jeune, se lève pour se dérouiller les jambes, marche vers la porte ouverte, voilée par une moustiquaire.

« Aslan ! »

Il s'arrête. Le Plus Âgé cherche entre les verres, les assiettes sales, les boîtes de conserve qui commencent à envahir la table. Sous le papier gras qui a enveloppé un poisson séché, il trouve la clef, la lance. Aslan l'attrape et la glisse dans la poche de son treillis. Vautrés sur les dossiers de leurs chaises, ses compagnons l'observent. Aslan marche vers le coin de la pièce où est appuyée sa mitraillette, près du seau, comme un balai. Il prend l'arme, va pour sortir.

— Aslan !

Sans se retourner, sans s'arrêter encore, il dit :

— Quoi, Aslan ?

Dans son dos, ils se regardent, clignent de l'œil en souriant. Le Plus Âgé dit :

— Le seau, Aslan.

— Je viens de le lui apporter. La dernière fois.

— Tu connais pas les femmes. Prends le seau.

En revenant sur ses pas pour prendre l'anse du seau en zinc, Aslan ne regarde pas les deux autres.

Tout a commencé, au pays, après la première guerre. Une troupe de passage a mobilisé de force tous les jeunes du village. On a eu deux mois de tirailleries sans vrais combats. Un général contre un autre général. Aslan a goûté la vie de soldat : bravacherie, paresse, extorsion, saouleries. Pris goût à l'irresponsabilité. Plus question, au cessez-le-feu, de remonter au village, déblayer les ruines, reconstruire, ramasser dans les champs ces pierres qui repoussent chaque année à deux pour une. Obéir au père. Respecter les oncles.

Au camp où on les a entassés, quand les généraux se sont réconciliés, des recruteurs sont arrivés. Payant en dollars les primes d'engagement. Et pour Aslan, ça a été : « Va, pour la Yakoutie ! » Même s'il n'avait pas la moindre idée d'où ça se trouvait. De ce qu'on allait y faire. C'était l'an passé, au printemps. On avait voyagé à trois. En civil. Avec des contrats de travail. Des jours et des jours de train.

Une fois là-bas, toujours les trois mêmes, on les avaient convoyés vers les montagnes du sud. Ce qu'au nord, ils appellent le sud. Des heures en jeep, secoués sur des pistes pires que celles du pays. Des journées, ensuite, à marcher, épaules écorchées par les courroies du sac, pieds douloureux, jambes raides, derrière des guides yakoutes ou evenks, infatigables et muets. La neige, pas encore fondue en mai, la pluie. La brume. Le vent. Puis la chaleur du plein été. Et la neige, de nouveau, qui avait failli les engloutir dès septembre. Tout ce temps-là, on était resté discrets, sans avoir besoin de se cacher. Qui allait repérer quatre hommes au milieu de la taïga ? D'ailleurs, on était en règle. Des prospecteurs. Au bout de chacun de ces raids, on tombait, dans un fond de vallée, sur le bivouac d'un chercheur d'or clandestin. Russe généralement. Ou ukrainien. Des fois, le chercheur disait avoir trouvé de l'or et proposait de le vendre. Des fois, il refusait de vendre ou racontait qu'il avait encore rien trouvé. Il pouvait dire ce qu'il voulait, quand on repartait, il était mort.

Sentir la peur gagner le type, en profiter pour le rabaisser, se moquer de lui. Passer ensuite à la torture. Ça récompense du mal qu'on s'est donné. Ça distrait aussi, avant de se remettre en marche. Ça rembourse un peu les vexations, les injures que les chefs vous font subir à l'arrivée. Des chefs qui se méfient, questionnnent les hommes à part, menaçant, guettant les contradictions, faisant de chacun pour les autres un faux-frère. Aslan s'était d'abord appliqué à imiter ses compagnons. Parce qu'il était le plus jeune. Mais ça n'avait rien changé à leur façon de le regarder.

C'est sa faute, s'il ne peut pas s'empêcher, à certains moments, d'imaginer ce qui va arriver ? Ce n'est pas de la peur, quand même ! Quand les autres le provoquent comme ils recommencent à le faire depuis hier, s'il ne réagit pas, seul contre deux, on ne peut pas dire que c'est par peur. Il sait qu'il n'aurait aucune chance, c'est tout.

Une fois sorti, Aslan fait le tour de la maison, passant une nouvelle fois, du regard, l'inspection des parages. Au-delà de la clôture faite de tout jeunes troncs croisés, presque tissés, une prairie jaune sale, sèche, épilée par les troupeaux. Aslan remarque des chevaux, serrés à l'ombre d'une ligne de saules, naseaux plongés dans le bras de rivière qui cerne la maison côté est. Vers l'ouest, la piste. Son parcours, modifié sans cesse par les conducteurs cherchant à contourner des ornières sans cesse reformées, trace une large balafre à travers la prairie. Là-bas, une route où passent, traînant des vagues de poussière, des camions chargés de gravier, de sable. Au-delà, une courte falaise et la taïga. La taïga qui encercle tout, ici.

La fille est à dix pas de la maison, dans une espèce d'étable en rondins, entièrement recouverte de boue battue. Un blockhaus, par le fait. Aslan passe l'épaule dans la bretelle de la mitraillette, décroche la lampe de poche accrochée à une cheville, soulève la barre qui tient fermée la porte. Même en plein jour, il fait noir dans cette étable sans fenêtre. Il entre, seau d'une main, lampe de l'autre, éclaire la fille, assise, menottée à un des troncs qui servent de pile au toit.

Assise ou debout, elle doit tenir constamment le pilier embrassé. Là-dedans, le chef l'a dit, elle pourra toujours hurler sans risquer d'être entendue. Mais les autres ont décidé de ne lui retirer son bâillon que le temps de la laisser boire et manger. Pourtant, elle n'a jamais poussé un cri. Sauf les premières minutes, en ville, dans la jeep, quand ils l'ont enlevée l'autre matin. Elle se démenait et ils ne savaient pas trop quoi faire. La fille, le chef l'avait répété trois fois, celui qui y toucherait regretterait d'être né. Mais allez faire tenir en place une chatte sauvage sans y toucher ! Il avait bien fallu le lui enfiler sur la tête, ce sac qu'on avait apporté pour. On avait dû aussi la bousculer pour la tasser dans la place normalement faite pour les pieds, entre le siège avant et le siège arrière. Une fois là, ils ne l'avaient plus touchée, c'est vrai, qu'à travers leurs semelles. Aslan, sans comprendre comment ça pouvait passer si fort par les pieds, s'en était senti malade d'excitation. À la sortie nord de Yakoutsk, devant les carcasses de hangars abandonnés, la jeep du chef attendait le tout-terrain. On l'avait suivie, sans savoir où on allait.

Ici, les ordres, c'était de sortir le moins possible de la maison et surtout pas de l'enclos. Nourrir la fille et — mettez ça dans vos crânes, ça fait moins mal qu'une balle — surtout pas y toucher. Traduction : cette fille vaut bien plus cher que vous trois réunis. Mais qu'on pense et même qu'on leur dise qu'ils valent à peine un demi-chargeur, les deux autres, pour eux ça ne compte pas. Jouer aux cartes, dormir en se relayant. Fumer. Insulter le chef dès qu'il est parti. Détailler, à longueur de temps, en se touchant comme des singes, ce qu'à cette fille, ils lui feraient. Alors que tout ce qu'ils osent, c'est de chercher à l'humilier, lui, Aslan.

Assise en tailleur, le front appuyée contre le poteau, les mains menottées posées entre les genoux, la fille n'a pas bougé. Ses cheveux lui coulent sur les épaules, presque à toucher le sol. Avec la lampe, Aslan frappe le seau. Trois coups qui sonnent un peu comme ceux d'une cloche. Elle ne bouge pas. Aslan dit : « C'est moi ». Comme si ça pouvait, pour elle, changer quelque chose que ce soit lui, ou un autre. Est-ce qu'elle les distingue seulement l'un de l'autre ? Sans parler que pour elle qui doit être quelqu'un, ou la femme, ou la fille de quelqu'un, ils sont quoi, eux ? Des khatchis, plus bas que des chiens.

La fille ne bouge toujours pas. Si elle avait besoin, elle se lèverait. Il sortirait la clef de sa poche, lui détacherait les mains, irait, comme la dernière fois, se placer nez au mur, au coin le plus éloigné de l'étable, laisserait passer le temps, entendrait, patienterait encore avant de se retourner, de la voir debout, bâillonnée face au pilier, attendant qu'il vienne lui reboucler ses menottes, prendre le seau. Plus humilié, sûrement, lui, d'avoir à le porter, que la fille ne semblait honteuse d'avoir dû faire en présence d'un khatchi.

Aslan ressort, raccroche la lampe remet la barre de la porte. Regarde à nouvau tout autour de la maison. Rien. Mais il sent le danger. Comme une fatalité. Les chercheurs d'or, de diamants, perdus dans leurs montagne, le monde les avait oubliés avant même qu'ils soient morts. La fille, c'est autre chose. Ses parents, les alliés de ses parents ne l'oublieront pas. Chercheront vengeance. Et finiront par les trouver, eux trois qui l'ont kidnappée, qui la tiennent prisonnière. Par les trouver, même si c'est trop tard pour sauver leur fille. Les chefs le savent bien. Dans leurs plans, Aslan et les deux autres sont déjà sacrifiés. Il en est sûr. Enfant, il a surpris le combat d'une vipère et d'une buse. Se demandant pourquoi l'oiseau insistait, se mettant à portée du serpent. Jusqu'au moment où la buse s'était envolée d'un brutal coup d'épaule. Une pierre à la main, Aslan s'était approché de la vipère dont il ne voyait plus que la queue, secouée de frissons. Elle n'avait plus de tête. Aslan, le soir, avait commencé à raconter l'histoire à son père.

« Une buse et une vipère ? Et tu as vu la buse décapiter la vipère. » Aslan avait été déçu. Il croyait avoir assisté à un combat. Il n'avait vu qu'une exécution, réglée d'avance.

Une fois la fille libérée ou assassinée, lui et les autres seraient abattus. Aslan le sait. Ce n'est pas la peur qui le lui dit. La peur est venue après. Lorsqu'il a compris. Depuis, il cherche, réfléchit, prévoit. Ce qui se passerait, par exemple, s'il tuait les deux autres, libérait la fille, attrapait un cheval pour elle et un pour lui.

Une fois qu'elle serait à cheval, il n'existerait plus. Un porteur de seau.

Iouri, le chauffeur académique, ouvre les yeux. Impression qu'on les lui arrache. Où est-il, déjà ? À Nakhodka, au volant de sa Niva. En pleine circulation. De la nuque aux omoplates, le haut de son dos n'est qu'une crampe. Et l'autre, derrière, dont Iouri, dans le rétro, voit vibrer l'énorme capot, qu'est-ce qui lui prend, cet idiot, de klaxonner comme pour un mariage ? S'endormir à un feu rouge ! Première fois de sa vie que ça lui arrive ! Iouri démarre. Trop vidé pour se vexer d'être injurié. Vidé à en avoir envie de mourir. Une chance encore qu'il soit déjà venu à Nakhodka. Qu'il connaisse le chemin de l'aéroport.

Iouri mord son avant-bras droit déjà ensanglanté. Encore un truc pour pas s'endormir. La douleur lui remonte jusqu'à l'épaule. Et ça le tient éveillé jusqu'à l'aéroport. Sept cent quatre-vingt-cinq poteaux téléphoniques. Éveillé mais si fatigué qu'il pousse sa Niva dans le premier vide trouvé entre deux autos. Si fatigué, qu'il doit s'y reprendre à trois, quatre fois pour installer ses antivols. Celui qui croche le volant au siège. Celui qui bloque à la fois, le frein et le levier de vitesse. Plus le système secret qu'il a inventé et que personne ne connaît.

La seule chose qui soutient Iouri dans sa marche titubante c'est qu'il va pouvoir, enfin, boire autre chose que le thé dont il se soutient depuis deux jours et deux nuits. La chaleur est aussi pesante ici qu'à Yakoutsk, qu'à Aldan, qu'à Nirungri. Bien la peine d'être au bord de la mer. Mais de pouvoir se mettre debout, marcher, le soulage quand même. Et puis le sentiment un peu victorieux de la mission accomplie. L'avion de Tokyo est annoncé avec du retard. Iouri marche vers la buvette. Rayon vodka, pas grand choix en vue.

La vendeuse, une Mandchoue, jupe noire, crasseuse, ficelée au-dessous des seins, l'air d'une carpe trop nourrie, regarde sans appétit approcher le poids-plume. Qui demande, montrant la rangée de bouteilles de vodka :

— T'as pas mieux ?

La grosse femme laisse tomber ses paupières comme si ça lui avait coûté de les tenir si longtemps ouvertes. Mais le petit bonhomme s'accroche, lui lance :

— C'est mon dos que tu veux voir ?

La carpe ouvre et ferme silencieusement la bouche, plonge sous le comptoir une nageoire apesantie de graisse, y pêche une bouteille qu'elle tend au petit Russe.

— Bravo ! dit Iouri, élevant religieusement le flacon vers la lumière pour en évaluer la transparence. « Diamant de Yakoutie ». Celle-là, il la connaît si bien que, rien qu'au nez, il saura si elle est trafiquée. D'un ongle de pouce noir, épais, incurvé comme une gouge, il déchire la capsule, renifle.

La carpe sait parler : « On paye avant de boire. »

Iouri sourit, repousse sa mèche, se fouille, tend ses roubles. Puis, circulant entre les sacs, les enfants qui jouent à même le sol, les valises, les ballots kaki des soldats, il cherche une place sur les bancs encombrés. Il y a là des Russes, des Mongols, des Mandchous, des Coréens, des Tchouktches, des Chinois. Le panneau d'affichage lumineux est en panne. À chaque annonce sonore, des visages se crispent d'attention, des mains se portent en pavillon autour d'oreilles tendues, anxieuses de discerner des mots familiers. Mais le haut-parleur ne transmet que des sons difformes. Comme s'il parlait sa propre langue, incompréhensible à tous. L'incertitude, l'espoir agitent soudain le troupeau résigné. On crie pour rappeler les enfants, on cherche ses savates disparues sous le banc, on rassemble les ballots, on cherche en tremblant ses papiers, ses tickets, tout en trottant derrière ceux qui ont l'air de savoir où aller. Mais qui ne vont nulle part, seulement poussés par ceux qui les suivent.

La vague d'agitation retombe. Parfois, on y a perdu sa place assise. L'attente reprend. Vivant dans un autre monde, à la remorque d'accompagnateurs diligents, de rares colonnes de voyageurs privilégiés sillonnent l'aéroport : Japonais en panoplie de business, sportifs sibériens en survêtements, touristes étrangers en shorts et sacs à dos aux couleurs acides.

Iouri a trouvé un siège entre une matrone enfermée dans son fichu rouge et une jeune fille en robe à fleurs au regard exclusivement absorbé par la lecture d'un livre aux caractères empilés. Sans sortir la bouteille de son sac, Iouri verse quelques gouttes de vodka sur ses doigts, les disperse d'une pichenette. Que l'esprit des airs soutienne sans faillir l'avion de Viktor Tifonovitch ! Puis il s'envoie une grande lampée. Ce qui lui fait, du coude, heurter la matrone qui déborde largement de son siège. Elle tourne la tête. Voit cligner l'œil de Iouri, écarte son fichu, libère une joue brune, tend la main. En présence d'inconnus, le tic de Iouri l'aide plus qu'il ne l'embarrasse. Dans son clin d'œil, chacun, chacune, comprend, en effet, ce qu'il a envie de comprendre. Pas forcément le pire. Du coup, Iouri apprend que la matrone est bouriate. De les entendre parler, ça rassure l'autre, la jeune qui est du mauvais côté de Iouri, le gauche, le sinistre. Il lui demande. Elle répond qu'elle est vietnamienne, qu'elle attend l'avion pour Krasnoïarsk. Où elle enseigne à l'Université des Langues Étrangères. Iouri la regarde mieux. Une collègue, par le fait. Elle paraît incroyablement jeune. Les fleurs de sa robe ont sept pétales. Qu'est-ce qu'ils essayent de nous faire croire, ces Vietnamiens ? Elle n'a pas le genre à boire de la vodka. Iouri lui tend quand même la bouteille. Elle dit non en riant comme une petite fille. Iouri a déjà moins sommeil. La solitude aussi, ça pèse, sur la route. La Bouriate attend son fils qui vient de Tokyo. On bavarde un peu. Iouri boit, tend la bouteille. Cette fois, après un regard autour d'elle, la matrone fait « Non merci ».

Iouri remet son flacon à l'abri, demande à ses voisines :

— Si je m'endors, vous me réveillez.

Et il ajoute :

— C'est que j'attends le professeur Viktor Tifonovitch.

Au moment où il le dit, Iouri se dit qu'il aurait mieux fait de se retenir. Il a dans sa poche le papier où c'est écrit, copié sous la dictée du professeur : « ...sans en dire mot à quiconque... ».

Les paupières de Iouri commencent à tomber quand un groupe, assez remarquable, pénètre dans la salle d'attente. Cinq bonshommes. À eux tous, ils doivent bien peser trois quarts de tonne. Quatre Russes en chemises blanches, lunettes noires, encadrant un gaillard sans lunettes noires, en veston malgré la chaleur. Iouri cherche à deviner d'où sort celui-là. Pas russe, en tout cas. Ni yakoute ni mongol ou mandchou. Trente-cinq ans. Quelque chose d'impassible, presque endormi. Dans son visage large, plein, le menton déjà doublé est souligné par un très mince collier de barbe où brillent quelques poils gris. Le nez est petit, la bouche élégamment dessinée. Presque féminine. Des replis de graisse, de fatigue, d'excès protègent un regard distraitement attentif. Un Autochtone, décide Iouri, frotté d'ethnologie.

Derrière leurs lunettes noires, les deux hommes qui ouvrent le chemin à l'Autochtone ont l'œil à tout. Ils sont là pour épargner à leur patron tout désagrément trivial : avoir à marquer le pas, le temps qu'on lui cède le passage ; se faire accrocher par une mendiante, un ivrogne, un préposé ; attendre qu'une table se libère à la buvette ; poireauter en file devant un guichet. Deux gardes du corps, en somme. Pour Iouri, moins que des chiens. Car il aime les bêtes.

L'Autochtone s'est arrêté. Ses gardes du corps aussi, comme retenus par une laisse. Un des deux hommes qui le suivaient se dirige, massif, impérieux, vers une jeune milicienne blonde en treillis camouflé coquettement retouché. Elle est en faction, interdisant le portillon d'accès aux bureaux de l'aéroport.

Le garde du corps demande : « L'avion de Tokyo ? Annoncé ? »

Sans daigner le regarder, la milicienne aspire encore un peu davantage ses joues lisses, serre les lèvres sur un silence qui veut tout dire, avance un pied pour barrer le passage. Regard au plafond, articulant d'un ton rêveur une épithète ordurière, l'homme aux lunettes noires pose distraitement son soulier sur le pied de la milicienne, pèse de tout son poids, franchit le portillon. La milicienne se retient de crier, abandonne son poste. Iouri a vu le type lui écraser le pied. Il se lève, cherchant à repérer l'endroit où elle va aller se cacher pour pleurer. Pas tant la douleur. La vexation.

Sortant d'un bureau vitré, un employé civil vient au-devant de l'individu en lunettes noires. Est-ce qu'il a vu ? En tout cas, il a surtout l'air d'avoir envie de rendre service au garde du corps.

Le garde du corps répète : « L'avion de Tokyo ? Annoncé ? »

— Pas encore. Mais, pour attendre, vous seriez mieux dans le Salon des Personnalités. Je vais vous l'ouvrir.

L'homme aux lunettes noires rejoint dans le hall encombré ses compagnons toujours groupés autour de l'Autochtone. Et les cinq devant lesquels on s'écarte, se dirigent alors, poussant leur ventre, roulant leurs épaules, vers le Salon des Personnalités. Air climatisé, fauteuils de cuir, télé, barman en veste blanche.

À la sortie des toilettes des dames, la milicienne, les yeux rafraîchis, se voit aborder par une espèce de vieux jockey déplumé, les joues grises de plusieurs jours de barbe, l'œil droit tracassé par un tic équivoque, un anneau d'or à l'oreille gauche.

— Iouri Kondratiev, Chauffeur Académique. J'ai bien vu, camarade, ce que vous a fait cette brute. Je peux témoigner.

La milicienne jauge le client, hausse les épaules. Encore un fou. On ne sait plus où les mettre. Iouri demande :

— Qui sont ces types ?

— Il vous faut un dessin ?

— Vous les avez déjà vus ?

De mauvais gré, la milicienne fait non de la tête, fronce les sourcils. Qu'est-ce qu'il se croit, celui-là, avec ses questions ?

— Je viens chercher une délégation, à l'avion de

Tokyo. Il serait plus convenable que j'attende au Salon des Officiels.

Jamais dire « non » à un dérangé.

— L'avion n'est pas encore annoncé. Vous avez le temps de vous raser et de vous changer.

Iouri a de quoi dans l'auto. Simplement oublié. La fatigue. Se demande soudain de quoi il peut bien avoir l'air.

— Merci camarade.

De retour, cinq minutes plus tard, son sac au bout du bras, il passe, soucieux, devant la milicienne qui préfère ne pas le voir. Puis il pénètre dans les toilettes du Salon des Personnalités. En allant chercher son sac dans le coffre de la Niva, il vient de reconnaître les trois Toyota aux vitres fumées, immatriculées en Yakoutie. Celles qui l'ont doublé hier du côté d'Aldan. Garées juste en face de la sortie de l'aéroport. Sur un emplacement interdit. À moins de vingt mètres d'une jeep de la milice. Le souci, chez Iouri, balaie l'épuisement. En moins de dix minutes, il se douche, enfile son costume et sa chemise bleus, uniforme officieux de chauffeur académique, se rase. Coup d'œil dans la glace. « J'aime pas ça » dit-il à son reflet, ramenant sa mèche de la tempe gauche à la pommette droite.

Il pense aux gros-bras qui attendent l'avion. Il sait que certaines expertises rendues par professeur Alexandrov, à propos de pollutions industrielles ou militaires, lui ont fait des ennemis. Venimeux.

*

Des ennemis que, d'Alaska, Vitautas Krukauskas cherche à identifier. Après des heures de recherches, il lève la tête, perd son regard au-dessus de l'écran, seule source lumineuse dans la cabine obscure. L'esprit ailleurs, sans même la voir à travers l'obscurité, il a posé les yeux sur sa carabine. Elle est au mur, à l'horizontale, la crosse reposant sur un massacre d'orignal, le canon sur la patte griffue d'un ours. Krukauskas ne voit ni ne pense à sa carabine, à l'orignal, à l'ours. S'il venait à y penser, il pourrait se remémorer, le lieu, la saison, l'heure du jour où il a mis en croix ces bêtes dans le viseur de sa lunette. Il pourrait en détail reconstituer les traques qui l'ont mené jusqu'à eux.

Mais Vitautas est à cette heure sur d'autres traces. Celles de Richard Spencer. De la Polar Petroleum. Depuis des heures, il les suit, les croise, les perd, les devine, les retrouve, à travers une forêt accidentée d'informations pétrolières dans les replis de laquelle il s'est enfoncé dès son retour. Encore quelques heures, et si, comme prévu, Viktor Alexandrov l'appelle, Vitautas pourra le féliciter d'avoir rompu avec Spencer. Lui expliquer quelle calamité il a épargnée à son pays. Et malheureusement, sans doute, lui présenter ses condoléances pour l'assassinat de sa fille.

Vitautas vit seul, dans une cabine, le chalet des Américains du nord, isolé au sommet d'une crête audessus d'un océan de forêt. En ce moment, il ne voit pas sa carabine, pendue dans l'ombre, mais il entend, ou plutôt, il perçoit l'approche de Sig. Sig, pour Sigismond Premier, Grand-Duc de Lituanie, roi de

Pologne, est le chien de Vitautas. À moins que Vitautas ne soit l'homme de Sig. Un chien sans race qui ne ressemble à aucun autre, produit exemplaire de la lutte pour la survie. C'est grand, poitrail de lion, yeux bleus, nez court, ruisselant pelage noir.

De son allure coulée de fauve, Sig pénètre dans le bureau de Vitautas. Il sait l'importance des longues heures que son homme passe à guetter cette boîte éclairante. Il sait que Vitautas n'a pas besoin de lui pour ça. Pour avoir observé tout ce qui vit, Sig sait que tout mouvement, tout geste a un sens. Que Vitautas comprend le sens des mouvements de Sig. Comme lui, Sig, cherche le sens des mouvements de Vitautas. Il sait que Vitautas n'ira jamais le déranger pour rien. Surtout pas pour un de ces gestes d'affection dont sont si prodigues ceux qui ne sont pas sûrs de pouvoir compter sur l'autre.

En percevant l'apparition feutrée de Sig, Vitautas, malgré l'ardeur de sa recherche, accepte le dérangement. S'en réjouit presque. Soigneusement, il sauvegarde les dossiers sur lesquels il travaille, les adresse au réseau du *New Frontier's News* avec lequel il est encore connecté. Puis il arrache son regard de l'écran, se lève. Remarquant l'impatience de Sig, il se penche au-dessus de sa table, tend le bras, décroche la carabine, cale machinalement la crosse sous son bras, tire à lui la culasse dans un geste si mûri que le verrou clique à peine dans le silence nocturne. Puis il ajuste sur le canon une optique à vision nocturne.

Sig semble rassuré par les préparatifs de Vitautas.

Il est déjà ainsi, venu, de jour, de nuit, lui donner l'alerte. Parfois, même, sortir son homme du sommeil. Lorsqu'un animal de chasse approchait de la cabine. Et Vitautas l'a suivi, carabine ou appareil de photo à la main. Parfois les deux. Cette nuit, il ne prend que la carabine et la ceinture cartouchière d'où pend un couteau de chasse. À la lueur de l'écran, Vitautas lit dans l'attitude de Sig une insistance particulière. Le chien a couru. Pour identifier, repérer. Pour rapporter l'événement. Sa hâte est soulignée d'inquiétude. L'inquiétude dont il témoigne, à l'affût, quand l'ours approche. Ou, à la traque, lorsqu'on arrive à proximité du plantigrade sur la défensive.

Mais Vitautas sait qu'en août, par ce temps brûlant aux torrents à sec, l'ours est plus à l'ouest, dans les hautes collines. C'est donc d'un homme, ou de plusieurs, que Sig est venu lui signaler l'approche. Vitautas ne les attendait pas si tôt. Peut-être arrivés par le même avion que les Sakhas.

Depuis la tombée du jour, dans l'espoir d'une fraîcheur qui n'est pas venue, la porte de la cabine est restée ouverte. Seulement voilée par un rideau de toile moustiquaire. Elle donne sur la terrasse orientée au sud. La cabine est bâtie sur pilotis. De la terrasse, dix marches conduisent au sol. Dix marches sur lesquelles il serait une belle cible. Mais, par une trappe découpée dans le plancher de la pièce où il a installé sa chaufferie, Vitautas peut, sans passer par la terrasse, atteindre le dessous de la cabine. Une plate-forme de terre battue qui, l'été, lui sert de fourre-tout. Sa moto-neige, sa débroussailleuse, ses tronçonneuses, un canot arrimé sur sa remorque.

Vitautas suit Sig. Qui s'arrête devant la porte de la chaufferie. Vitautas pénètre dans la chaufferie. Rassuré d'avoir été compris, Sig s'évanouit en direction de la terrasse. Vitautas referme dans son dos la porte de la chaufferie, soulève la trappe, cherche du pied droit le plus haut barreau de l'échelle, descend, en rabattant sur lui la trappe, dans l'ombre plus épaisse que la nuit ambiante. Aussitôt, les moustiques l'ennuagent. À tâtons, sa main gauche plonge dans le récipient où il garde, toujours ouvert à portée de main, ce qu'il appelle sa potion anti-moustique. Une mixture à base de pétrole dont le fumet se confond, prétend-il, à la fois avec le parfum des résineux et l'odeur de l'humus en décomposition.

Les moustiques prennent de la distance, laissant d'autres sons franchir le barrage de leurs vrillants piqués. D'abord, Vitautas, n'est plus qu'écoute. La vue lui revient ensuite, comme une aube intérieure. Il n'a jamais encore eu affaire à des tueurs. Jamais tiré sur un homme. Et jusqu'à tout récemment, le désir de tuer un de ses semblables ne lui était jamais venu. Mais une entreprise pétrolière américaine a embauché des tueurs pour forcer un partenaire à signer un contrat. Rien de nouveau ni d'exceptionnel. Sauf que lui, Vitautas Krukauskas, journaliste américain, se trouve être au courant. Et que sa vie, du coup, sûrement mise à prix, prend une valeur. Plus flatteuse que le montant des piges accordées par le *New Frontier's News*. Une vie pour un scoop.

Ou pour la vérité, si on aime les grands mots. Accoutumé à l'obscurité, il distingue à présent le contour des choses. D'abord, s'éloigner de la cabine. C'est sa vie qu'il défend. Pas sa tanière. D'instinct, il se dirige à contre-vent. Vers l'ouest. Le flanc le plus abrupt. Un passage tortueux, à peine un sentier, s'y dévide jusqu'au torrent à travers un désordre de rochers basculés de la crête lors de sa dernière convulsion. Trente mille ans. Hier.

Vitautas entreprend la descente. De jour, il faut un bon quart d'heure pour atteindre le fond du ravin. Toujours à sec en été, sauf quelques retenues moirées, croupissantes, moustiqueuses. Sans même l'avoir entendu trotter ni haleter, Vitautas sent soudain Sig, derrière lui. Il s'arrête, pour laisser, comme d'usage, son chien éclairer la route. Mais, lui poussant la cuisse à coups de nez, Sig signifie à l'homme d'avancer. C'est déjà arrivé. Vitautas se souvient d'un bref jour d'hiver où ils avaient dû courir plusieurs heures, une troupe de loups à leur suite, Sig en arrière-garde. Et Vitautas devine que les tueurs ont un chien, plusieurs, peut-être.

Ces tueurs, les Patriotes, comme ils se font appeler, le vieux Trump les a prévenus. Ça n'allait pas être une partie de plaisir. Sans être d'ici, Trump a entendu parler du journaliste Krukauskas, maître chasseur, et de son chien-phénomène. Même de nuit, même sur leur crête en cul-de-sac, on n'allait pas les coincer comme ça. D'autant que ce qu'on discutait, c'était sur la carte. Pas eu le temps, soi-disant, de faire une reconnaisance. Fallait-il que la patrie soit en danger ! Au vu de leur plan, Trump avait dit aux Patriotes qu'il entendait, pour sa part, se préparer au cas où le gars leur échapperait quand même. Pour ça, il lui fallait cinq hommes. Les Patriotes ne s'étaient pas bousculés pour aller avec le vieux Trump. Ce qu'ils voulaient tous, c'était aller avec celui qu'ils appelaient le Lieutenant. Pour être chacun le premier à entrer dans la cabine du journaliste. Lui apprendre un peu à revendre l'Alaska aux Russes. Du coup, celui qu'ils appellaient le Lieutenant avait dû désigner d'office ceux qui iraient avec Trump.

Le vieux les avait pris à part. Et au lieu de leur dire ce qu'ils allaient faire, il leur avait demandé de se mettre à la place de ce salopard de journaliste — fameux chasseur, pas l'oublier. À partir de là, sur la carte, on avait tout repris. Et, à la fin de ce travail, le vieux Trump avait eu l'impression de ne pas avoir perdu son temps. Que son équipe avait le même sentiment. Et, qu'en secret, les petits gars devaient se prendre à espérer que le salopard échapperait aux autres, histoire de le coincer eux, l'équipe à Trump.

En attendant, à moins de cinquante mètres derrière Vitautas et Sig, un autre homme et un autre chien suivent leur piste. Ils font à peine plus de bruit que Vitautas et Sig. Le chien, un alsacien, trotte la truffe au sol, le poil du dos bien lisse. Il a été dressé, entraîné, à ne craindre ni homme ni chien. Il a terrassé des hommes caparaçonnés, imposé soumission à des chiens de concours. Jamais il ne perd une piste.

Sans que Vitautas le perçoive, Sig s'est soudain arrêté. Puis il est revenu sur ses traces, jusqu'à une grosse touffe de fougères cornes-de-cerf, sous laquelle il s'est tapi, sombre sur fond sombre, à moins d'un mètre de la sente. Il entend le chien qui les poursuit. Qui arrive. Qui flaire quelque chose. Qui tourne les oreilles vers son maître. Sig bondit. Une demi-seconde plus tard, l'alsacien a perdu sa patte arrière, sectionnée. Croché aussitôt par les testicules, il essaye à présent de se retourner, faire face. Du bond qu'il fait pour se libérer, il s'arrache lui même le bas-ventre. Tout dressage, toute crainte de punition noyés par la douleur, il lâche un aboi d'agonie panique. L'homme qui le suit s'est arrêté net. Il a compris. Il rejoint son chien, se penche sur l'animal, lui soulève la tête et, d'un revers de couteau, lui ouvre la gorge, éteignant l'aboiement. Reculant ensuite de quelques pas, en quête d'un espace dégagé, il balaie, à travers son viseur à infrarouges, l'éboulis en contrebas. Mais c'est comme si les masses feuillues, les blocs de rochers dansaient sous lui. Pas question de continuer seul. Finir comme son chien.

Sig a rejoint le sillage de Vitautas. Ils doivent être parvenus à mi-pente quand un long sifflement éteint tous les bruits. Tirée apparemment de la crête, une fusée éclairante explose juste au-dessus d'eux, inondant le ravin d'une clarté violente, livide. Vitautas s'est accroupi, immobile. Deux autres fusées fendent le ciel, vont se perdre plus au nord. Contre sa cuisse, Vitautas sent panteler le flanc de son chien. De peur, peut-être. De surprise, à coup sûr. Sig n'est pas un chien de guerre. Vitautas, lui, a suivi un entraînement militaire. Il connaît l'efficacité limitée de ces illuminations nocturnes. Quand la troisième fusée s'éteint en tombant entre les arbres, Vitautas, le temps de retrouver sa vision nocturne un moment annulée par l'éblouissement, pose sa main entre les oreilles de Sig. Le chien s'est déjà redressé, prêt à reprendre la descente. Cette course imprévue est en train, chez Vitautas, de réveiller le chasseur. Pour la première fois depuis qu'il s'est glissé à terre par la trappe de sa cabine, il se reprend à percevoir, à savourer l'odeur des collines. La forêt, grillée pendant plus de vingt heures par un soleil fiévreux, sue enfin de tous ses pores.

Le fond du ravin monte vers les fuyards. L'air, autour d'eux, est plus frais, plus obscur. Vitautas sent soudain la gueule de Sig lui saisir délicatement la main gauche. Il s'immobilise aussitôt, écoute, flaire. Identifie le danger. Encore léger mais impossible à confondre, un parfum d'essence auto.

Ils vont mettre le feu. Vers le nord, la pente s'accentue, crantée de courtes falaises, impraticables dans l'obscurité. Prenant Sig entre ses cuisses, comme s'il voulait l'enfourcher, Vitautas oriente son chien plein sud. C'est par là qu'ils doivent aller. Au même instant, dans une molle explosion, une haute flamme blanche troue le vallon, puis, virant au jaune, embrase un pan de buisson. Très vite, les foyers se multiplient, s'étendent. Les plus courts des arbres s'entorchent. Des flammèches bleues escaladent les troncs nus des pins et des mélèzes. À mesure que Vitautas progresse derrière Sig, la pente se fait moins raide, le sous-bois moins dense, les troncs des arbres plus épais, leurs cimes plus hautes. Vitautas commence à pouvoir trotter. Derrière eux, l'incendie, attisé par le vent, remonte en crépitant le flanc du ravin. Des troncs éclatent avec des détonations. Vitautas perd un long moment à franchir ce qu'il croit être une faille. Pour se libérer les mains, il s'est mis la carabine au dos, en bandoulière. Sig, passé devant pour l'occasion, cherche patiemment le passage le moins acrobatique pour son maître. Mais la faille n'en finit pas. Vitautas comprend qu'ils se sont engagés sur une paroi. Elle semble dominer d'une dizaine de mètres le fond de ravin, en ce point très étroit. Vitautas pourrait revenir sur ses prises, chercher un autre passage. Mais le front de l'incendie s'est élargi, rapproché. Lâchant la paroi d'une main, Vitautas se dégage de la bretelle de sa carabine. Se retournant précautionneusement, face au vide, il prend une inspiration et se laisse glisser, essayant à toute force de freiner des talons. Sur le moment, il ne sent pas la roche lui lacérer le dos, les fesses. Incapable de discerner son point de chute, il ne pense qu'à l'atterrissage. La chute est si brutale qu'il perd un moment conscience. En la retrouvant, tout le corps douloureux, il pense d'abord qu'il s'est cassé une jambe. Peut-être deux. Roulant sur le flanc, il essaye de s'étirer, tente quelques mouvements. Tout lui fait mal. Mais ses hanches, ses genoux, ses chevilles remuent à la commande. Il se met alors à quatre pattes. Voit à deux mètres sa carabine. Il se souvenait même pas de l'avoir lâchée durant les quelques secondes de sa dégringolade. En se traînant sur les genoux, il l'atteint, l'inspecte. La lunette est faussée, ses optiques brisées. Il la démonte, la fourre dans sa poche. Puis il tire la culasse. La balle éjectée tombe au sol avec un son plat. La suivante se glisse dans le canon sans difficulté. Vitautas peut compter sur son arme. Et Sig ? Impossible de l'attendre. S'appuyant sur sa carabine comme sur une canne, trébuchant sur des galets géants, Vitautas entreprend de remonter le lit du torrent. Il lui faudrait, à présent, passer sur l'autre rive. Mais la paroi d'en face tombe à pic. Comme celle qu'il vient de dévaler. Dans sa tranchée rocheuse, Vitautas se guide aux lueurs frénétiques de l'incendie, étouffées par des vagues de fumée.

Au ton de la voix du Lieutenant dans le récepteur radio, le vieux Trump sent qu'il n'espère plus retrouver son gibier. L'incendie a gagné la crête. Les Patriotes ont mis le feu à la cabine. À mesure que le feu gagne, ils font retraite par la piste, vers la route. Personne ne peut être resté vivant là-dedans, prétend le Lieutenant. Trump en est moins sûr.

Vitautas avance, endolori, saignant, inondé de transpiration. L'aube est là. Une clarté opaline, sous-marine coule du ciel vers le vallon enfumé. D'un instant à l'autre, un avion ou un hélicoptère de la protection forestière peut apparaître. Valdez est à moins de dix minutes de vol. Vitautas pense à Sig. Se rassure. Comme lui, son chien en a vu d'autres. Devant Vitautas, le lit du torrent amorce un tournant. En plein coude, un épais fouillis de branches obstrue le passage. En quelques secondes, touché par un brandon, le tout pourrait s'embraser. Vitautas accélère douloureusement ses mouvements, atteint l'obstacle. C'est un grand mélèze déraciné, tombé dans le ravin tête première. Comme une échelle, son tronc s'appuie au flanc du ravin. En l'escaladant, on pourrait franchir la paroi abrupte, prendre pied sur la rive ouest protégée du feu.

Posté en amont du même ravin, le vieux Trump se trouve forcé à reculer par la chaleur du brasier. Mais sa fanatique vigilance de chasseur ne flanche pas. Il aurait pu, tout à l'heure, expédier un de ses hommes au fond du ravin, mettre le feu à ce mélèze déraciné. Couper la route au fuyard. Trump a préféré lui laisser une chance. Et quand il remarque, dans sa lunette, que la masse branchue s'anime de soubresauts, il sent monter l'excitation en lui. Il cherche, sur un rocher, un appui pour son coude gauche, épaule à nouveau, croit distinguer, à travers l'ombre, un point plus sombre progressant le long du tronc. Si ce n'est pas un ours ou un lynx fuyant l'incendie, c'est le journaliste qui fourrage là-dedans.

Vitautas s'est extirpé du houppier. Une fois passée la dernière branche, il va devoir se hisser à découvert, au-dessus du vide, le long du tronc. Un tronc qu'il faudrait deux hommes pour embrasser ; trop incliné pour qu'on puisse s'y tenir à quatre pattes. Carabine sur le dos, en bandoulière, Vitautas se couche sur l'arbre, s'y tenant par les cuisses, comme sur le dos d'un énorme cheval. Il dégaine son poignard, le brandit à deux mains au-dessus de sa tête, le plante à bout de bras, de toutes ses forces, le plus loin possible vers le haut. Puis d'une traction, il se hisse d'une longueur de bras. L'effort est énorme car sa poitrine, son ventre frottent et s'accrochent à l'écorce du tronc. Vitautas n'a jamais pratiqué ni vu pratiquer cet exercice. Pas non plus inventé. Seulement entendu parler de ce procédé utilisé jadis par les cueilleurs de graines.

Trump voit enfin le corps du type se hisser le long du tronc, hors de la masse confuse des branches. Mais l'endroit où se tient le trappeur tourne à la fournaise. Trump ne peut plus prendre appui sur le rocher trop brûlant. Doit épauler debout. La croix de sa lunette oscille. En bas, le type vient de replanter son poignard. Trump lui laisse opérer sa reptation ascendante, attend la prochaine pause. Vise à hauteur du thorax. Mais une soudaine pluie de brandons s'abat sa tête, sur son bras gauche qui soutient le canon, sur sa main droite ramassée autour du pontet brûlant. Trump jure, s'ébroue. L'air est irrespirable. Tout le corps lui cuit. Il épaule à nouveau, vise, retient son souffle, lutte pour ne pas battre des paupières sur ses yeux desséchés, appuie enfin sur la détente.

En même temps qu'il entend claquer la balle, Vitautas se sent frappé, déséquilibré. C'est la crosse de sa carabine qui a pris. Éclatée, sûrement. Enragé, il plante à nouveau son poignard, tire sur ses bras, arrache sa lame au tronc, la plante plus haut, se hisse, la plante encore, progressant comme une chenille.

La veste de Trump a pris feu. Une braise a dû s'accrocher à un pli. Il serre les dents, pleure de douleur, épaule, vise, appuie sur la détente une dernière fois, lâche sa carabine au canon brûlant, arrache sa veste enflammée, la jette, part en courant, vers l'amont du torrent, plongeant en enfer.

Couché sur le tronc du mélèze, à dix tractions peut-être du salut, Vitautas ne bouge plus. Entrée sous l'aisselle gauche, la balle l'a transpercé.

C'est dans cette position, les mains serrées sur son couteau, que le pilote d'un hélicoptère de pompier va le repérer, moins d'une heure plus tard, à cause de ce gros chien noir bizarrement perché dans un mélèze.

Vassili est allé au marché. En prétendant pouvoir la mettre en contact avec un importateur de disques piratés, il s'est procuré l'adresse de la fille aux cassettes. Maintenant, assis avec Inokenti sur les marches de sa maison en bois, il imagine un plan.

— Tu pourrais te présenter comme l'homme d'entretien qu'elle a réclamé au responsable de l'immeuble.

— Comment tu sais ?

— Tu connais, à Yakoutsk, un locataire qui n'attend pas l'homme d'entretien ?

De la bouche, Inokenti émet un pet d'ignorance.

— Crois-moi. On peut toujours réclamer, jamais il n'en vient.

— Alors ton truc n'est pas bon.

Vassili ferme les yeux. Attentif :

— Dis pourquoi.

— Si l'homme d'entretien ne vient jamais, comme tu dis, la fille va être étonnée de le voir arriver.

— Tu as raison Inokenti. Sauf que les gens, quand

ils ne croient plus, ils espèrent encore. C'est vrai pour tout.

— Sont idiots.

— Si tu veux. Tu sonnes chez cette idiote. Tu dis que tu es l'homme d'entretien. Elle t'ouvrira. Tu seras propre. Poli. Timide. En faisant le boulot, au début, tu n'oseras pas trop la regarder.

— Et si elle me reconnaît ?

— Un homme d'entretien a bien le droit d'aller au marché. Le reste, c'est le hasard. Ça peut même faire une entrée en matière.

— Et si elle me reconnaît pas ?

— Elle sera plus en confiance. Tu pourras amorcer en lui demandant ce qu'elle fait comme travail. Faire semblant de l'envier. Que son métier est vraiment pas comme les autres. Une artiste, en somme. Dis que tu aimes beaucoup la musique. Qu'elle doit rencontrer des gens passionnants.

— Passionnants ?

— Pour la flatter. Ça la fera parler.

En avancant une lippe sceptique, Inokenti se lève, entre dans la maison, décroche d'un clou une cotte bleue tachée de cambouis, l'enfile d'un air dégoûté. À part les épaules, il n'emplit pas ce vêtement, à la taille de Vassili.

— T'aurais pas une casquette ? Faudra aussi un truc genre trousse à outils.

*

L'adresse de la fille est celle d'un immeuble neuf. Au pied du perron, tenant un doberman en laisse, un jeune type en jean et polo, un Russe. Comme c'est souvent, il ressemble à son chien. Inokenti s'approche, trousse à outils au bout du bras. L'homme-chien grogne :

— Tu veux quoi ?

— Je suis l'homme d'entretien.

— Du vent !

Inokenti pose sa trousse aux pieds du type :

— Quand t'auras fini les réparations, tu me rendras ça. À plus tard !

Et il se retourne, s'éloigne.

— Hé ! Te barre pas ! De quelles réparations tu causes ?

— Si je savais !

Inokenti se fouille, tire un papier de sa poche, épelle :

— Nastasia Pashkova.

L'homme-doberman a l'air surpris, admiratif.

— On appelle et vous venez ?

— Mais qui t'es, toi ? Tu débarques ?

Quelque chose, chez ce petit Yakoute ficelé comme Charlot, fait penser à Doberman qu'il vaut mieux ne pas le contrer.

— Tu connais l'étage ?

Sans répondre, Inokenti grimpe les dix marches qui mènent au rez-de-chaussée. Dans le hall, il y les boîtes aux lettres. Les noms et les étages marqués dessus. Rien n'est peint. Tout béton brut. Mais c'est propre.

Quatrième étage. Une porte avec un timbre qu'on tourne, à l'ancienne. Inokenti le manœuvre. Entend une voix jeune.

— C'est qui ?

Il prend un ton hésitant, timide :

— Madame Pashkova, c'est bien ici ?

— L'homme d'entretien.

La porte s'ouvre. La fille a sa mini en skaï. Son bustier lamé argent. Sans regarder Inokenti, elle le conduit direct à l'évier de la cuisine qui se vide plus.

— Deux mois que je me sers d'une cuvette. Pour la vider, je dois aller aux W.C.

Il se met à quatre pattes sous l'évier, le nez contre la poubelle. Elle dit :

— Si elle vous gêne, vous pouvez l'ôter de là.

— Ça me gêne pas, Madame. Mais je vais avoir besoin de votre cuvette.

Tout neuf, pas encore collé par la peinture, le collier du syphon se dévisse complaisamment. Une giclée d'eau sale rebondit dans la cuvette, éclabousse Inokenti.

— Vous êtes mouillé ?

Inokenti, trempé.

— Non Madame. C'est rien.

Pas ragoûtant, le nettoyage d'un syphon. Inokenti s'y met avec entrain, revisse le tout.

— Ça se vide. Pouvez vérifier.

Il y aurait aussi le robinet de la baignoire. Qui fuyait déjà quand elle a emménagé. Inokenti démonte le robinet. Méfiant. Un coup sur deux, au démontage, vous avez une pièce qui vous foire dans les mains. Debout à côté, elle le regarde faire. Et il voit ses jambes. Repère qu'elle est rasée sous les bras. Ça le travaille. Et ces culottes, ces soutiens-gorge qui sèchent au-dessus de la baignoire !

Comme homme d'entretien, décidément, il a de la chance. Le robinet est en bon état. Manque le joint. Le type qui a monté ça devait en avoir besoin pour chez lui. Dans la trousse de Vassili, Inokenti trouve un bout de durite, le taille au format, le pose, revisse, fait un essai.

— Ça ne coule plus.

Elle dit merci. Tant qu'il y est — ça ne relève pas de l'entretien de l'immeuble, elle le sait, mais il est si habile, serviable — est-ce qu'il pourrait pas fixer cette patère, dans le vestibule ? L'hiver, on ne saura plus où accrocher les manteaux. Du coup, Inokenti perce, cheville, visse.

— Y avait pas une glace, prévue, là ?

Oui, bien sûr. Elle la retrouve. Il la fixe. Il entend qu'elle prépare quelque chose dans la cuisine. Le thé, il espère.

— Ça y est, Madame. Voulez pas venir voir ?

Elle vient. Le félicite. Le remercie. Il dit :

— Ça aurait été dommage.

— Dommage quoi ?

— Pas pouvoir se regarder. Quand on est si jolie.

Pas l'air d'avoir entendu. Elle lui propose de prendre le thé, le fait entrer dans la chambre, lui montre le fauteuil. Il s'assied. Elle part dans la cuisine. Il observe le mobilier, les objets, les photos. Se lève pour aller en voir une de plus près. Reprend sa place quand elle revient avec un plateau. Théière. Assiette de gâteaux secs. Elle pose le plateau sur la table basse, s'assied en face de lui, sur le bord du lit. Il lui voit bien plus haut que les genoux. Elle lui remplit sa tasse, le regarde en plein, avec un air de penser à davantage qu'elle n'en dit :

— C'est curieux. Je ne vous vois pas homme d'entretien.

— Et pourtant.

— Hier, je vous ai pris pour un autre.

Inokenti fait le surpris :

— Hier ?

— Je vous ai confondu avec un garçon qui avait volé des cassettes sur mon stand.

— Alors, quand je suis arrivé, tout à l'heure, vous m'aviez reconnu. Pourquoi vous ne l'avez pas dit ?

Elle se passe la langue sur les lèvres. Sourit comme elle n'avait pas daigné sourire, la veille.

— Les réparations, d'abord.

— Et ce voleur de cassettes me ressemble en quoi ?

Elle a l'air surprise par la question.

— Votre air un peu voyou. Mignon aussi. Qui cherche à se faire regarder. Quand ça dure trop, on est bien obligé de regarder ailleurs. Et hop ! Je pique la cassette.

— C'est en me prenant pour lui que vous avez appelé le gros. Pour me faire corriger.

— C'est vrai que vous les avez battus tous les trois ?

— Pas de mérite.

Elle attaque un biscuit du bout des dents, l'air de penser à autre chose :

— Pour un homme d'entretien, peut-être.

— Pourquoi un homme d'entretien ?

— Ça sait tout faire, non ?

Pendant qu'ils boivent le thé, Inokenti sent que c'est le moment. Qu'elle attend. Qu'elle se demande peut-être juste comment il va s'y prendre. Il se lance :

— Et vous, c'est quoi, votre travail, au juste ?

À l'air étonné de la fille, il comprend qu'il s'est trompé de question. Il a posé celle qu'avait prévue Vassili au cas où elle ne l'aurait pas reconnu. Et il récite vite, en vrac, pour rattraper le coup.

— Vous êtes pas juste vendeuse. Vraiment je vous envie. Moi j'aime beaucoup la musique. Votre métier n'est pas comme les autres. Vous êtes une artiste, en somme. Vous devez rencontrer des gens passionnants.

En débitant ça, Inokenti se dit que c'est trop idiot pour marcher. Que Vassili l'a mis dedans. Mais elle a complètement perdu son air moqueur. Elle parle avec ferveur.

— Je connais presque tous les rockers de Yakoukst. Et même ceux d'Irkoukst, de Khabarov, de Krasnoïarsk. Tous ceux qui sont venus chanter au stade.

Elle se lève, entrouvre un carton à dessins fait de deux feuilles de contreplaqué reliées avec de la ficelle, sort des affiches, vient les poser avec précaution, comme des reliques précieuses, sur la table, à côté du plateau à thé. Inokenti quitte son fauteuil, s'agenouille devant les affiches pour mieux les admirer. Pour lui lire les dédicaces, elle se met à genoux à côté de lui. Lui ne pense qu'à passer à l'offensive. Elle est complètement à ses idoles, rajeunie, attendrie. Est-ce qu'elle s'aperçoit seulement qu'il lui passe la main autour de la taille ?

Plus tard. Inokenti s'étire, détendu, rassasié, s'assied dans le lit, calé contre un oreiller. Il s'en allumerait bien une. S'il en avait. Nastasia, nue comme lui, est encore un peu dans les nuages. Il sent, par expérience, que, pour elle, ça aura été bien. Qu'elle va être mordue. Il y pense sans cynisme. Même si ça faisait partie d'un plan, il a aussi trouvé ça bien. D'ailleurs, au marché, il s'était tout de suite senti assez farouchement attiré. Et là, chez elle, petite fille avec ses affiches, ses autographes, ses gémissements, ses larmes de reconnaissance, elle l'a touché. Et puis, il est sûr qu'elle ne ment pas en disant qu'elle l'avait pris pour un autre. Ça explique la bagarre mais ça ne fait pas avancer son enquête. Sauf quelque chose qu'il a remarqué tout à l'heure, pendant qu'elle était dans la cuisine. Quelque chose de surprenant.

Il sent, sur sa cuisse se poser la main de Nastasia, tourne la tête. Elle a retrouvé un peu de son genre à qui on la fait pas. Devant ses oreilles, ses mèches ont repris leur pli en forme de crocs.

— T'avait pas d'autre clientes, ce soir ?

Et comme, sans répondre, il la regarde d'un air de trouver que ce n'est pas drôle, carrément déplacé :

— Un si gentil homme d'entretien.

Il rit et l'embrasse.

— Dis-moi la vérité. C'est pas ton métier ? T'as monté tout ça ? D'ailleurs ta salopette est bien trop grande pour toi.

— Je te dis la vérité si tu promets de répondre ensuite à une question.

— Une seule ?

— Pour commencer. Après, ce sera chacun son tour de poser une question. Promis ?

— Promis. Et alors ?

— Alors quoi ?

— Cette histoire d'homme d'entretien ?

— C'était juste pour te revoir. Ça t'étonne, que j'aie eu envie de te revoir ?

— Alors, si t'es pas homme d'entretien, t'es quoi ?

— Ma question d'abord. T'as promis.

Nastasia hausse les épaules, un peu agacée, mais rassurée quand même de ne pas se retrouver au lit avec un homme d'entretien.

Inokenti désigne, dans un cadre, la photo d'un homme en qui il a reconnu le Papa, le journaliste, son complice de deux jours.

— Qui c'est ? Ton père ?

— Mon oncle. Mon père est mort quand j'étais bébé. Pourquoi tu me demandes ça ?

— Tu lui ressembles pas, à ton oncle.

Et Inokenti éprouve l'impression d'avoir déja prononcé cette phrase. Se rappelle. Quand le Papa lui avait dit qu'Ulyana aussi était sa nièce. Combien il en a donc, de nièces ?

— À moi de poser ma question, maintenant. C'est quoi, ton travail ?

— Rien. Un peu mécanicien auto. Un peu carrossier. Un peu tout.

— Tu n'as pas étudié ?

— Si. La lutte.

— Tu as fait de la compétition ?

— Ça fait beaucoup de questions. À mon tour. C'est vrai que c'est difficile de trouver une place sur le marché ?

— Pourquoi tu me demandes ça ?

— C'est moi qui posais la question. Est-ce que c'est si difficile qu'on dit ?

— Comme partout, faut connaître la bonne personne. Au marché, c'est le député Adamov.

— Et tu le connaissais ?

— Moi, non.

Elle tend l'index vers la photo d'Oncle Volodia.

— Lui. Mais, dis, tu en fais encore de la compétition ? J'aimerais bien aller te voir.

Inokenti, sans savoir pourquoi, si c'est malin ou quoi, lui raconte sa bêtise avec les amphétamines, son exclusion de la fédération, son enrôlement forcé dans l'armée, sa désertion. Nastasia se sent assez délectablement émue de pouvoir prendre son amant en pitié, le cajoler, le caresser, se redonner à lui, en consolation.

Encore plus tard.

— Pourquoi, Inokenti, tu me demandais, à propos des places au marché ?

— Moi, t'as compris, je suis tout le temps à chercher plus ou moins du boulot. Je me disais qu'au marché...

— Ne mets jamais les pieds au marché, tu peux pas avoir idée...

— J'ai quand même déja pu me faire une idée.

— Non, Inokenti. Ça, c'était rien. Faut bien se défendre contre les voleurs.

— Alors, le pas-normal, c'est quoi ?

— On pourrait pas parler d'autre chose, quand même ?

Inokenti se dit qu'elle finira bien par donner réponse à toutes ses questions. Mais il pense aussi qu'il est pressé de savoir. Et Ulyana, kidnappée, soudain, lui passe à travers le cœur. Présente, comme si elle était là. La vie fraîche de ses longs cheveux. Son sourire. Ses lèvres. Un désir violent le prend, du corps d'Ulyana, de son ventre qu'il n'a jamais touché. Roulant sur le côté, il enlace Nastasia.

Souriant, paternel, Oncle Volodia, dans son cadre, fait semblant de regarder ailleurs.

Avant de s'endormir, couché bien à plat sur le dos, l'inspecteur Gennadi a fait le point de ce qu'il appelle l'affaire Volodia. Ce journaliste bienveillant, paternel, riche d'une souriante expérience, qu'il avait, un jour déjà étrangement éloigné, rencontré autour d'un plateau de jipto. Cela remontait à l'époque où Gennadi venait d'achever ses études de littérature étrangère. Il découvrait le jipto et passait des heures à y jouer. Pour gagner de quoi survivre, il travaillait la nuit, dans un entrepôt de poisson. Emmitouflé, il chargeait sur des wagonnets des poissons raides comme des obus, empilés à l'infini le long d'un réseau de tunnels taillés dans le permafrost. Cette souterraine banquise, à l'éclairage imperturbable, au froid éternel, exerçait sur son esprit un effet anesthésiant. Quelques heures par jour, le jipto le maintenait en éveil.

Le journaliste avait pressenti le risque que ce mode de vie faisait peser sur l'avenir de son jeune partenaire. Il l'avait fait parler. De ses études, de son goût pour la littérature française et en particulier de l'admiration qui le portait à lire et à collectionner les livres de Georges Simenon. Après avoir consacré sa thèse au commissaire Maigret, Gennadi avait d'ailleurs commencé une traduction en sakha d'un des romans policiers de ce Belge dont Volodia n'avait jamais entendu parler. Pratique, le journaliste avait averti son cadet. Aucun avenir dans l'enseignement du français à Yakoutsk. Sans parler de la traduction. Et encore moins de la littérature. Mais, puisque le héros de ce Simenon était commissaire, pourquoi pas la police ?

En empilant ses poissons, Gennadi avait pesé plusieurs nuits la suggestion du journaliste. Une invitation à descendre du rêve dans la réalité. Mais quand Volodia lui avait finalement proposé de le recommander auprès d'un haut fonctionnaire de la police, Gennadi avait accepté. Dans ses moments de liberté, il pourrait toujours continuer sa traduction. Une fois devenu inspecteur, des occasions s'étaient présentées de rendre service au journaliste. Des renseignements. Des confirmations. Des mises en garde. De son côté, Volodia l'avait assisté dans sa carrière, en lui présentant l'un, le faisant valoir auprès d'un autre.

Gennadi avait alors beaucoup appris des hommes. Et ainsi pu remarquer, chez son ami journaliste, en quelques années, deux changements d'humeur soudains et successifs. Une bouffée d'euphorie d'abord, qui avait duré quelques mois. Une dépression, ensuite, excessivement alcoolisée. Témoin gêné de cette déchéance, Gennadi avait fini par éviter des rencontres qui tournaient en effusions d'ivrogne.

Et voilà que Volodia est venu le consulter à propos de la disparition d'une de ses jeunes nièces. Cette histoire d'enlèvement, de résistance clandestine ne tient pas debout. Gennadi est devenu assez policier pour le sentir. Mais il se sent une dette à l'égard de Volodia. Et c'est pour le protéger qu'il l'a pris l'autre soir, en filature. Qu'il a espionné son rendez-vous nocturne avec un jeune homme très méfiant. À qui Volodia a crié « Inokenti ! Ne retourne pas au marché ! ».

Ce marché dont les coulisses sentent la politique, le racket, le crime, la vodka frelatée. Et sur lequel Gennadi vient de faire une surprenante découverte. Ce dernier après-midi, en épluchant le registre que tient la police de tous les titulaires de stands au marché, il est tombé sur le nom d'une nièce de Volodia Kyseliov. Nastasia Pashkova. Volodia lui en parlait souvent. Il suivait de près les études de cette collégienne, fille unique d'une de ses sœurs, veuve et remariée. Oncle Volodia jouait pour elle un rôle de père. Et voilà aujourd'hui cette Nastasia inscrite depuis six mois sur les rôles du marché. Titulaire d'un stand de vente d'enregistrements musicaux.

En méditant, avant de s'endormir, sur ces étranges coïncidences, Gennadi décide d'aller faire, dès le lendemain, un tour au marché.

*

Trois heures à peine plus tard, un bruit le réveille. Il est couché en caleçon, draps repoussés à cause de la chaleur. Grand jour. Cinq heures au radio-réveil. Ce bruit familier, c'est le plancher gondolé du vestibule qui couine, forcé par le battant de la porte d'entrée. Sa mère est de retour. Elle était partie au village aider la famille pour les foins. Gennadi se met debout, retrouve dans l'entrée sa mère, bras tirés par de lourds ballots. Tout ce qu'on peut rapporter du village et qu'on ne trouve pas en ville. Ou, alors, à des prix de nouveau riche.

Sa mère ne salue pas Gennadi. Il ne la salue pas non plus. Chez les Yakoutes l'émotion, la joie vont souvent sans dire.

Gennadi pense à la journée qui vient. Il a, depuis quelques jours, reçu mission d'enquêter sur un réseau de vente de vodka frelatée. Dix intoxications, déjà, selon les témoignages. Dont trois mortelles. Toujours selon les témoignages, le réseau opérerait au marché et aux alentours du port de Yakoutsk. Gennadi est seul sur cette enquête. Ce qui va lui permettre d'aller, sans avoir à en rendre compte, faire son tour au marché. Dans la cuisine, la mère, en écoutant les informations, a préparé le thé, fait frire en boulettes des restes de poisson trouvés dans le frigidaire. Debout, elle sert son fils. Est-ce que Gennadi s'est nourri convenablement pendant son absence ? Ce matin, en tout cas, elle a disposé sur la table un bol de crème fraîche et une assiette des framboises cueillies de la veille qu'elle n'a pas pu résister à lui faire goûter tout de suite. Voudra-t-il aussi des saucisses ? Un œuf au plat ? Souriant silencieusement à sa mère, Gennadi s'applique à manger un peu au-delà de ce qui lui suffirait. Pour la mère, en montant en grade comme il ne va pas manquer de le faire, Gennadi doit absolument prendre du poids, signe d'embonpoint social. Qu'importe si son père, intendant de cantine à l'arsenal — du temps où on construisait encore des navires — est mort apoplectique, à cinquante ans. La radio parle d'incertitude politique à Moscou, de guerres dans le Caucase, de grèves, de coupures d'électricité, de la visite à Yakoukst d'une délégation mongole, de la sécheresse qui décime les troupeaux dans l'ouest.

Avec un signe de tête de remerciement, Gennadi se lève, verse un peu d'eau de la bouilloire dans une cuvette. Portant la cuvette, il passe dans le cabinet de toilette où seul coule encore le robinet d'eau froide. Minutieusement, il rase quelques poils d'une invisible barbe, brosse des dents si blanches, si au complet, que beaucoup lui jalousent ce qu'ils prennent pour un dentier.

De la penderie à miroir en plaqué verni, capital familial made in D.D.R, il sort un pantalon usagé, un T-shirt aux couleurs d'un club américain, des sandales aux semelles taillées dans du pneu, un chapeau de feutre conique, paysan. Avant de quitter l'appartement, il prend dans la cuisine un sac plastique qu'il portera à bout de bras, péquenot parti en courses. Dans l'escalier, des pas en cascade annoncent le début d'une nouvelle journée de travail. À l'arrêt du bus quelques hommes s'alignent. Le 8 conduit au marché, mais Gennadi préfère marcher. Une grosse demi-heure. Cheminer n'est jamais perdre son temps. Gennadi le tient de Volodia, l'ami égaré.

C'est l'heure où les femmes sont encore rares dans les rues. Genadi a déjà atteint l'esplanade Lénine quand il en remarque enfin une. Jeune. Sakha. Mince, cheveux libres, jupe sombre flottant autour des mollets. Seule présence humaine sur la vaste place, elle rayonne d'une grâce qui émeut presque douloureusement Gennadi. Comme tous les hommes, à ce qu'ils disent, il apprécie les jolies femmes. Attirance toujours nuancée d'une manière de respect timoré. À trente ans, l'inspecteur Gennadi Orsoniev partage donc encore l'appartement de sa mère et regarde ailleurs quand une femme le dévisage.

À mesure qu'on approche du marché, les trottoirs s'encombrent de piétons. Sur la chaussée, les voitures avancent au rythme heurté de conducteurs qui manœuvrent au frein, soucieux d'épargner des boîtes de vitesses suppliantes. On ne stoppe qu'en dernier recours ; on vire sans ralentir, crainte de caler. Aux piétons de se garder. Eux, ne risquent pas la panne. Des courants d'air qui ne sont pas vraiment du vent rabattent à hauteur d'homme la poussière et le sable soulevés par les véhicules errant à la recherche d'une place au plus près du marché. Il fait déjà très chaud. Dans moins d'une heure, on les aura, les trente degrés annoncés ce matin par la radio. Gennadi met ses lunettes noires. De Nastasia, la nièce, il n'a pu se procurer qu'une photo ancienne. Le double de celle qui doit encore figurer sur sa carte d'identité. Elle y a douze ans. Une enfant pas vraiment jolie, à l'expression inapprivoisée, un peu garçon. Gennadi se fond aux coulées d'acheteurs et de badauds qui, déjà, inondent le marché, engorgent les passages. Geysers sonores, les stands de musique aimantent des moins-de-quinze ans costumés à l'américaine. Au troisième étalage de disques et de cassettes, Gennadi reconnaît Nastasia. Feminisée. À l'excès presque. Mais avec cet air, toujours, d'imperceptible retrait. Cheveux courts. Vêtements plaqués. Poussant comme des naufragés pour accoster son étalage, de tout jeunes gens rejettent Genadi au milieu du courant. Dérivant, l'air un peu ahuri, il négocie malhabilement trois bouteilles de vodka de contrebande dont il garnit son sac en plastique. Ce soir, il les soumettra au laboratoire. Mais, depuis longtemps, Gennadi en est convaincu, la noyade de son pays dans l'alcool n'est plus affaire de police.

Encore un étal de disques. Musique liturgique et folklore traditionnel. Le marchand est russe, âgé, ventru, barbu. Son stand, en grand désordre, est encombré d'images pieuses, reproductions d'icônes collées sur carton ou sur bois, calendriers orthodoxes, chapelets, livres d'édification religieuse. Gennadi se raconte : on est de Jigansk. Sa mère est institutrice en retraite. Une fois la semaine, elle va encore à la bibliothèque. Emprunter des livres. Mais il y a plus de disques. Les gens les prennent et les rendent plus. La mère, ce qu'elle aime, c'est la grande musique. Et elle dit que le poste et la télé n'en donnent plus comme avant.

La main du marchand part à la pêche dans son fouillis, sort un disque. Gennadi demande :

— Des vêpres ? C'est religieux ?

— Et après ? Même Staline aimait ça. À preuve, Serguieï Vassilievitch est mort dans son lit.

Gennadi fait l'impressionné mais reste méfiant. Ânonnant les lettres latines, il lit à haute voix :

— Boston Philharmonic Choir. C'est américain ?

— Lis les noms de chanteurs. C'est des Américains, peut-être ! Tu sais quoi ? Tu lui diras à ta pauvre sainte mère ? Pourquoi elle a plus de musique sur son poste. Et qu'elle en aura plus jamais. C'est que nos bons musiciens russes, s'ils veulent manger, ils doivent aller faire la musique aux Américains. Et les Américains, comme pour tout, nous laissent que les mauvais. Et moi, pour le même prix que quatre boîtes de faux crabe vraiment chinois, je t'offre des vrais choristes russes, enregistrés avec la meilleure technologie américaine.

Le marchand pose en sandwich un deuxième disque sur le premier.

— Et si tu prends la messe en ré, je te fais vingt pour cent sur les deux.

Pour réfléchir à la proposition, Gennadi prend le temps. Il est yakoute donc un peu lent en affaires. Et provincial, en plus. Finalement, il se décide, compte ses billets.

— Pour vendre, comme vous, au marché ? Il faut une autorisation ?

— Une ? Mon pauvre ami ? Une par jour, il en faut !

— Parce que j'ai une cousine qui a un commerce, chez nous, en appartement. Mais ça ne va plus. Pas côté clients. Elle en a. C'est qu'elle n'arrive plus, c'est à se fournir. Elle a entendu dire qu'à Yakoutsk, peut-être...

— Elle vend du rock, ta cousine ?

— Je crois.

— Elle est jolie, ta cousine ?

— Ça, oui.

— Alors dis-lui de rester chez elle et d'oublier Yakoutsk et surtout le marché.

Le marchand se penche vers Gennadi et lui fait de l'index signe d'approcher son oreille.

— Ici, faut coucher et payer.

Gennadi bouche ouverte, sourcils froncés, tend le doigt vers le marchand comme s'il lui demandait si lui aussi devait coucher, payer. Le barbu hausse les épaules.

— Moi, sans la recommandation des Révérends, on aurait depuis longtemps donné ma place à... à une... Tiens, tu vois la petite là-bas ?

Il désigne le stand de Nastasia.

— Si elle couche pas avec Adamov, je veux bien...

— Adamov ? Qui c'est ?

— J'en sais rien. Bénédiction à ta sainte mère.

Dans la gande salle d'attente de l'aéroport de Nakhodka, Iouri le chauffeur académique n'a pas senti passer le temps. Revenu à sa place, il l'a trouvée bien gardée par ses deux voisines. Surprises et presque fières de voir leur nouvelle relation paraître rasé, changé, respectable. Le vol en provenance de Tokyo n'était toujours pas annoncé. La première à s'endormir a été la Bouriate. Et Iouri s'est retrouvé la joue de sa forte voisine posée sur l'épaule droite. Un peu plus tard, c'est lui que le sommeil a fait piquer du nez. Pour qu'il puisse y reposer le front, la Vietnamienne lui a posé son sac de voyage sur les genoux. Du coup la Bouriate s'est installée commodément sur le dos arrondi de Iouri, comme sur un oreiller. Leur voisine a poursuivi studieusement sa lecture.

Là-haut, dans le Salon des Personnalités, le barman en veste blanche est en train d'apporter à ces messieurs leur nouvelle commande. Une sixième bouteille de champagne français. Il la dépose dans son seau à glace, sur la table basse. Autour, dans des fauteuils de cuir obèses, l'Autochtone et ses lieutenants. L'un deux, énorme, de stature, de carrure et d'embonpoint se redresse avec une surprenante aisance. Dans sa main, la bouteille fait petite. De gros doigts gourmands déshabillent, dégarrottent et libèrent, dans une minuscule explosion, le bouchon qui décrit une invisible parabole. À l'autre extrémité de l'immense salon, assis fesses de travers sur leurs tabourets, coudes et avant-bras sur le comptoir, les deux gardes du corps boivent studieusement.

Survient, diligent, l'employé de l'aéroport qui, deux heures plus tôt, avait, pour l'Autochtone et son escorte, ouvert le salon des personnalités. L'avion en provenance de Tokyo annonce enfin son approche. Quelle heure est-il ? demande l'Autochtone. Il ne porte aux deux poignets que deux lourdes gourmettes de vermeil. Il y a toujours près de lui quelqu'un pour lui servir l'heure.

Dans le hall, les haut-parleurs déversent soudain, sur les voyageurs abrutis d'incertitude, sa douche d'informations inintelligibles. Par contagion, on s'ébroue, on s'inquiète, on se prépare. Timide mais avisée, la Vietnamienne réveille d'abord la Bouriate. Histoire qu'en se redressant soudainement, le Chauffeur Académique n'aille pas déséquilibrer sa confiante voisine. De la bouillie haut-parlée se détachent des syllabes qui permettent de recomposer le mot Tokyo.

Au Salon des Personnalités, une liasse au poing, serrée à la froisser comme si les billets risquaient de s'envoler, le moins colossal des lieutenants de l'Autochtone règle au barman l'ensemble des consommations.

À l'entrée des bureaux de l'aéroport, la milicienne blonde est toujours en faction, inflexible aux requêtes du petit monde qui se bouscule autour d'elle. S'extirpant de la foule avec une sorte d'autorité, un petit Russe, un anneau dans l'oreille, trop au large dans un costume bleu, marche droit sur elle. La milicienne se dit qu'elle a déjà vu cette dégaine quelque part. Mais elle en est encore à se demander où et quand, lorsque sans rien dire, sans justifier d'aucun passe-droit, le déjà-vu-mais-où franchit la porte qu'elle est censée contrôler. La milicienne sent que les plus culottés, ceux qu'on trouve toujours au premier rang des bousculades, guettent chez elle le premier signe de flottement pour la déborder. Plutôt fermer les yeux sur la percée d'un petit malin qu'ouvrir une brèche à cette cohue fébrile. Repoussant tout le monde avec une autorité exacerbée par sa courte panne de présence d'esprit, elle identifie le resquilleur, mais à retardement. L'anneau à l'oreille. C'est le jockey cinglé de tantôt. Dont elle avait cru se débarrasser en lui suggérant d'aller se faire propre et de se changer.

Déjà, Iouri descend l'escalier de fer — quarante-trois marches — qui mène à la piste, se dirige, sec malgré la chaleur brutale, vers un poste de contrôle qui filtre l'accès aux pistes des véhicules venant de l'extérieur. Une barrière abaissée. Une guérite et son guichet. Iouri pénètre dans la guérite. En ressort quelques instants plus tard, passe à côté de la barrière et quitte l'enceinte gardée de l'aéroport. Cinq minutes environ plus tard, un camion-citerne kaki se présente au contrôle. Du haut de la cabine, le chauffeur tend ses documents au milicien. Qui lève la barrière, livrant passage au camion-citerne dans le sillage duquel passe, sans ralentir, une Niva poussiéreuse.

Le Tupolev de l'Aéroflot vire déjà, assourdissant, au-dessus des pistes. Du haut de la terrasse particulière, attenant au salon des Personnalités, l'Autochtone et ses hommes dominent la lourde reptation des avions au sol et l'agitation des véhicules sur les pistes. Pas un regard pour le petit homme en costume bleu qui semble diriger la manœuvre d'une demi-douzaine de manutentionnaires occupés à mettre en place la passerelle de débarquement destinée au Tupolev. Aucun intérêt pour la Niva serrée entre un véhicule de pompiers, et un tracteur d'avions. En bas, entre le poids du soleil et la chaleur réverbérée par le béton de la piste, l'air, empesté de kérosène est presque irrespirable. Dans une routine accablée, chacun reste à son poste, s'épargnant tout effort inutile. On laisse ainsi, sans s'affairer, le lourd avion s'immobiliser, les manutentionnaires avancer la passerelle, la porte, là-haut, s'ouvrir en coulissant. Les premiers passagers descendent, éblouis, paupières froncées, le pas encore incertain.

— Viktor Tifonovitch !

Viktor Alexandrov vient de mettre pied au sol. Il se retourne, reconnaît Iouri. Le Chauffeur Académique s'approche avec une raideur qu'il espère très officielle, s'empare avec une sincère déférence de la mallette et des sacs en plastique dont est chargé Viktor. En sakha, langue que les gens d'ici ne devraient pas comprendre, il prie Viktor de le suivre. « Danger ! » se contente-t-il de commenter, laconiquement.

— Les valises ? demande le professeur.

Iouri désigne Piotr et Semion.

— Ils les prendront.

Et il lui dit quelque chose à l'oreille.

Viktor échange quelques mots avec Semion et Piotr, suit Iouri. Déjà, dans l'habituel désordre, sous l'œil blasé du personnel, les passagers assiègent le bus, à qui grimpera le premier. Soudain, un échange violent éclate entre un grand passager maigre à l'accent ukrainien et un Sakha râblé au visage fermé. Sur le point de se battre, les deux hommes posent leurs colis. Interviennent alors les hommes de la police des frontières. Le temps pour ces derniers de ramener les excités au calme, la Niva s'est dégagée en marche arrière et roule vers un des accès routiers de l'aéroport réservé aux véhicules de service.

— Je vous demande pardon, Viktor Tifonovitch. Auriez-vous cinq dollars ?

Viktor sort son portefeuille, en tire un billet de dix dollars qu'il tend à Iouri. Sans ôter les mains du volant, sans tourner la tête, le Chauffeur Académique donne poliment ses instructions.

— Ouvrez votre passeport à la page du tampon. Mettez le billet. Refermez le passeport. Passez-le-moi.

Parvenu à proximité de la barrière, Iouri ralentit, gare sa Niva parmi des véhicules à l'aspect si fatigués qu'on ne sait s'ils sont simplement stationnés ou définitivement abandonnés, hors d'usage. Priant Viktor de rester dans l'auto, il gagne la guérite, plonge son regard dans l'orifice du guichet. Soulagé, il reconnaît le milicien avec lequel il a négocié quelques minutes plus tôt. La relève, c'est connu, libère ces gars-là de tous leurs engagements. Si vous voulez qu'ils transmettent la consigne, faut payer double et c'est sans garantie. Par le guichet, Iouri tend au milicien le passeport du professeur. Puis il pousse la porte de la guérite. Le battant rencontre une épaule, ébranle un avant-bras, renverse la moitié du contenu du verre de thé que tenait la main d'un type en civil. Juron du civil. Grommellement de Iouri. On peut croire qu'il présente des excuses. L'étroite guérite contient un quatrième homme, un militaire, sirotant également son thé. Ces gars-là étaient en train de faire la conversation au milicien. Attendant de lui quelque chose. Ou l'inverse.

Iouri se présente : « Chauffeur Académique ». Clignotant avec une indiscrétion frénétique, son œil droit invite le milicien à lui accorder un instant d'exclusivité. Sans lâcher le passeport, le milicien se lève de la tablette à écrire où tourne un ventilateur. Iouri a sorti un paquet de cigarettes américaines contrefaites en Géorgie. Distribution. Le civil en prend trois. Avec une bienveillance maussade, le militaire garde le paquet. Obligé de se faufiler entre ses visiteurs debout dans l'étroit local, le milicien gagne un réduit.

Vestiaire, cuisine, entrepôt provisoire pour cadeaux reçus. Le maigre Iouri s'y glisse derrière lui.

Le passeport s'ouvre de lui-même à la page souhaitée. Voyant le bilet de dix dollars, le milicien fronce les sourcils. Contrarié. Ce n'est pas la somme qui avait été convenue. Ton rogue :

— J'ai pas la monnaie.

— Excuse-moi camarade. T'es pas au courant, pour le dollar ?

— Eh bien quoi, le dollar ?

— Dévalué de moitié contre le rouble, ricane Iouri.

— Pas possible ! fait le milicien avant de hausser les épaules à l'idiote plaisanterie.

Puis il regarde longuement le billet en transparence, l'empoche, tend à Iouri le passeport de Viktor Alexandrov. Mais Iouri ne le prend pas.

— Le tampon, camarade ?

Retour, à travers la guérite enfumée, vers le pupitre. Coup de tampon. Restitution du passeport. Sortie de Iouri. Minute de silence. Le militaire tend au milicien le paquet de cigarettes apporté par le Chauffeur Académique. Par prudence, il n'en a laissé qu'une. Le milicien la prend, l'allume. La Niva se présente à la barrière. Le milicien sort, cache machinalement derrière son dos la main qui tient la cigarette, appuie de l'autre sur le contrepoids. La barre se lève. Par la porte ouverte de la guérite, le militaire et le civil dévisagent les passagers. Le petit Russe agité et son patron yakoute à mine d'intellectuel, à costume de monsieur important. La Niva redémarre, sort de la zone sous contrôle. La barrière retombe avec une lenteur cérémonieuse. Le milicien regagne son poste.

Le militaire demande :

— Chauffeur Académique, c'est quoi ?

Le milicien souffle une bouffée d'ignorance blasée que le ventilateur dissipe en ronronnant.

Deux heures plus tard, la Niva atteint une station d'essence au bord de l'AYAD, route transsibérienne joignant Vladivostock à Moscou. Une file poussiéreuse de camions et de voitures attendent leur tour de passer à la pompe. Des conducteurs aux jambes gourdes s'écartent en quête d'un endroit où pisser sur leurs ombres. Des chiens reniflent les pneus surchauffés. Au centre, la pompe unique, sentinelle sans bras, sur son haut piedestal de béton. La caisse est une casemate de parpaings gris, trouée d'un guichet grillagé. Tout est dominé par le grondement continu de véhicules lancés à pleine vitesse sur l'AYAD interminable.

Collés au guichet de la caisse, dos fermés au monde, deux hommes, le chauffeur d'un camion et son passager, sont engagés dans un sinueux marchandage avec l'invisible préposé. Derrière eux, sans impatience, on attend son tour de payer, de remplir son réservoir, de repartir vers l'horizon de poussière.

Au volant de sa Niva, Iouri dédaigne la file d'attente et vient droit stopper à hauteur de la pompe. On regarde descendre ce petit Russe. Du pas d'un homme qui apporte une nouvelle, il se dirige vers la casemate, remonte la queue jusqu'au premier rang. Là, il engage son épaule comme un coin, entre les deux dos aux aisselles transpirantes. Les palabreurs semblent ne rien sentir. Grimaçant, le petit homme se contorsionne, faisant levier de tout son corps pour élargir la brèche, s'y introduire, se retrouver entre les deux discutailleurs. Des Yakoutes, justement. Surpris de s'entendre adresser la parole dans leur langue, si loin de chez eux. Par un Russe, en plus. Qui leur dit combien ils ont raison contre le pompiste. Qu'il fait son affaire d'arranger ça pour eux. Mais que, d'abord, il faut faire le plein de la Niva, véhicule académique. Profitant de la perplexité des Yakoutes, le petit Russe plaque son visage sur le guichet grillagé.

— Soixante litres. Dollars.

Le pompiste palpe les billets, les scrute en transparence, fait signe au nouveau venu d'aller se servir.

En passant devant la file de ceux dont il est en train de griller le tour, conscient de leur devoir des explications, Iouri répète, pénétré :

— Véhicule académique.

Il a déja planté le bec verseur de la pompe dans le flanc de la Niva quand un type sort de la rangée. Grand. Vigoureux. Familier, voire amateur de ce genre d'incident. Soulagement satisfait chez les autres. On risque de s'amuser.

— Et qu'est-ce qu'elle a d'académique, ta voiture ? On peut voir ?

Sans lâcher l'embout, Iouri fouille sa poche intérieur, tend son porte-carte.

— Chauffeur académique. Institut de physique. Hydrologie.

— Et après ?

— Tu sais, ton plein... (À la ronde.) Vos moteurs, avec quoi y tournent ?

Haussements d'épaules, rires, insultes.

— Et l'essence ? Vous croyez peut-être qu'il suffit de faire la queue, de sortir ses roubles et de mettre le tuyau dans leur cul, à vos camions ?

— Ce qu'on croit, c'est que tu nous...

D'un talon, Iouri frappe le sol.

— C'est là-dessous qu'elle est, votre essence. Mais c'est pas le tout de creuser.

— Parce que toi, l'académicien...

Iouri se tourne vers l'attroupement.

— Eh, vous autres ? Je lui ai dit que j'étais académicien ? Je lui ai dit ?

Riposte du camionneur :

— Et tes dollars ? Parce que monsieur l'Académicien paye en dollars. Dis-le-nous, où t'as creusé pour les trouver.

— Ceux qui trouvent le pétrole, c'est pas moi. C'est des savants de l'Académie. Moi je suis que le chauffeur. Mais ce que je peux vous dire, c'est que si vous faites attendre la science, si vous la mettez en panne, alors vous pourrez les couper, vos moteurs.

Comme il a fini son plein, Iouri extirpe le bec verseur, le brandit, en secoue les dernières gouttes comme d'un goupillon. Poursuit :

— La science en panne, c'est vous tous en panne.

Grand geste embrassant la file des véhicules en attente.

— Et alors, avec ce que pourrez vendre vos machines, vous pourrez même pas acheter un cheval. Ni un bœuf. Ou un chameau. Même un chien sera encore trop cher. La priorité, c'est pas toi ou lui, parce qu'il est arrivé premier à la pompe, c'est la science. La science qui remplit la pompe.

— La priorité, minus, c'est tes dollars ! Tu mériterais qu'on te les fasse bouffer.

Iouri s'avance vers l'homme qui vient de parler :

— Bravo ! Et après que je les aurai bouffés, je me mettrai peut-être à t'en chier, des dollars.

Il marche à présent vers le premier chauffeur, le costaud qui l'avait pris à partie. Et à pleine voix, sur le ton d'un ordre :

— Toi ton boulot, c'est de conduire. Comme moi. Sauf que toi, tu transportes quoi ?

Iouri en est presque à toucher le chauffeur de la poitrine. Et le malabar recule comme un bœuf aboyé par un roquet.

— Ça t'aurait gagné quoi de nous empêcher de passer ? De gaspiller le temps du savant que je conduis ? T'aurais gagné quoi, à lui faire perdre des dollars à notre pays ? Tu crois peut-être qu'ils en veulent, les Américains, de ce que tu traînes dans ton camion ! Tandis que la science, c'est de l'or, du diamant. Et ça se paye en dollars.

Dernière tirade, à l'intention de tous, doigt pointé sur Viktor Alexandrov resté assis dans la Niva :

— Si vous voulez que des hommes comme ça quittent le pays, continuez, vous gagnerez !

Et Iouri, remonté dans sa voiture, achève par la fenêtre ouverte, au bénéfice du groupe d'hommes maussadement abasourdis :

— Si vous ne respectez pas la science, c'est simple, vous redeviendrez des animaux !

— Toi-même !

Mais la Niva s'éloigne. Sur le visage de Viktor Alexandrov, un sourire, le premier depuis longtemps.

— Iouri, tu exagères ! On pouvait patienter, comme les autres.

— Vous n'avez pas vu les types qui vous attendaient à l'aéroport.

Iouri accélère, passe la quatrième.

Le bruit du moteur oblige Viktor à élever la voix :

— Comment sais-tu que c'est moi qu'ils attendaient ?

Iouri crie :

— D'abord, depuis que je vous connais, c'est la première fois que vous prenez des précautions. « Sans en dire un mot à quiconque. » C'est pas ça ?

La main droite de Iouri lâche le volant. Il se retourne à demi pour fouiller à l'arrière, dans son attaché-case, à la recherche du papier sur lequel il a noté les consignes dictées par Viktor.

— Ne cherche pas, Iouri. Je m'en souviens.

— Ces gars-là viennent de Yakoutie. À l'aller, ils me doublent. Trois 4×4. À l'aéroport, je les retrouve. Ils attendent après l'avion de Tokyo. Celui, justement, que vous êtes dedans. Si ça vous suffit pas. Sauf votre respect, Viktor Tifonovitch, je vous ai quelquefois donné motif de pas vous fier à mon sentiment ?

La moitié clignotante du visage de Iouri se tourne vers son patron.

— Non Iouri, tu as un bon jugement. Je viens de me faire de dangereux ennemis en Amérique. Ils m'ont menacé. Et ma fille...

Dans un chahut assourdissant, un camion croise la Niva qui tangue sous l'appel d'air. Iouri crie :

— Quoi ?

— Ma fille.

— Ulyana ?

— Tu sais quelque chose ?

— Quelque chose sur quoi ?

— Ulyana vient d'être kidnappée. À Yakoutsk. Pendant mon absence.

— Sabotage !

— Quelqu'un cherche à m'acheter, contre la libération d'Ulyana.

Dents serrées, visage crispé dans une grimace de dégoût révolté, Iouri, inquiet, s'applique à conduire le plus vite possible. Comme s'il voyait les trois 4×4 Toyota qui foncent en convoi à quelques kilomètres derrière sa Niva.Viktor pose sa main gauche sur le poignet droit de Iouri, remarque les bleus des morsures.

— Dis-moi Iouri, tu vois un endroit, sur la route, d'où je pourrais téléphoner ?

— À la frontière, peut-être.

Viktor Alexandrov a décidé d'appeler le policier sakha dont son beau-fère Volodia, le journaliste, lui avait donné le nom et le numéro en lui apprenant l'enlèvement d'Ulyana. Viktor calcule, chevauchant les fuseaux horaires : deux jours et deux nuits déjà.

L'inspecteur Gennadi est de retour au marché. La fermeture se fait imminente. Les commerçants commencent à retirer la marchandise des étals, à la ranger à pleines caisses, à pleins sacs, à pleins cartons. Les clients lancent un dernier assaut. Retardataires, hésitants, marchandeurs de dernière minute encerclent les vendeurs. Le meilleur moment pour les chapardeurs, les ramasseurs.

De loin, Gennadi observe la marchande de disques. Un gros homme l'a rejointe, l'aide à empiler disques, cassettes, T-shirts, affiches, dans deux grandes caisses kaki. Ils plient ensuite le parasol qui faisait ombre à l'étal, démontent la table, plient les tréteaux. La jeune fille confie au gros homme une caissette métallique. Le gros homme dégaine un téléphone portable et, tout en conversant avec l'invisible, s'éloigne en laissant sur place la jeune fille. Ce gros homme, Gennadi l'a reconnu. Markhasev, Russe de Yakoutsk, gangster au service du député Adamov. Ce Markhasev est suspecté de diriger un réseau d'écoulement de vodka clandestine.

Quelques minutes plus tard deux jeunes gars rejoignent la marchande de cassettes. Un Russe et un Sakha, fonds de pantalon pendants et visières retournées sur la nuque. Gennadi connaît. Le genre qui joue, en bande, à intimider le citoyen sans défense. Mais ces deux-là, traits boursouflés, soulignés de violet, main bandée ou genou raide, ont dû fraîchement se faire corriger. Tout juste s'ils font un peu les pitres en se chargeant des caisses. La jeune fille, d'ailleurs, ne semble pas les voir. Puis ils s'enfoncent dans la foule, bousculant les passants pour le plaisir, en direction du marché couvert. La jeune fille reste avec son plateau de table, ses tréteaux, son parasol. Gennadi l'observe. Elle a l'expression dure des gens fermés sur leurs intérêts.

Réapparition des deux voyous qui emportent ce qui reste. Sans les remercier, la jeune marchande s'éloigne. Gennadi entreprend de la suivre. La foule reflue du marché, trouvant silencieusement passage à travers les rangées de camions en chargement, les files d'autos qui cherchent à gagner l'avenue. On sue, on tousse, on crache, oppressé de poussière, saoulé de gaz d'échappement. Sur l'avenue débordante de ce quotidien raz-de-marée, les véhicules roulent au pas. La jeune fille fait signe qu'elle cherche passage. Une voiture s'arrête aussitôt. Gennadi doit faire alors ce qu'il n'aime pas faire. Bloquée par le feu rouge, une voiture est stoppée juste devant lui. Au volant, un solide Sakha, en veste, malgré la chaleur. Gennadi ouvre la portière, s'assied à côté du conducteur, sort sa carte.

— Essayez de suivre cette voiture.

— Celle où est montée la fille ?

— Oui.

À l'aspect, le conducteur pourrait être un

fonctionnaire. Sans appréhension, il dévisage ce policier qu'on prendrait plutôt pour un jeune campagnard de passage dans la capitale.

— Je serai payé, pour le détour ?

— Bien sûr.

Question que Gennadi ne se pose pas pour lui-même. Il payera, mais de sa poche.

— Si les femmes s'y mettent...

Le passager ne donne pas son avis. C'est l'heure de la sortie des bureaux. On s'entasse aux arrêts d'autobus. On fait signe aux voitures. Les conducteurs jaugent le client, stoppent au sentiment, sans s'inquiéter pour ce qui roule derrière.

— C'est pas tant les filles qu'y faudrait... Plutôt les canailles qui les... Croyez pas ?

Le passager ne livre toujours pas son opinion. L'une suivant l'autre, les deux voitures dépassent l'esplanade Lénine, font du sur-place, contournent un chantier coupant presque la largeur de la chaussée, atteignent la grand-place, enfilent l'avenue du Capitaine-Spiridowski, rejoignent le bras mort de la Lena, prennent à droite le long de la plage. D'après son adresse, la jeune fille habite à l'extrémité de ce quartier neuf qui se construisait vigoureusement le long de la plage, en bordure du fleuve. Jusqu'à la crise. Depuis, financements coupés, travaux stoppés le projet meurt de gangrène. Les grues se balancent au vent, oubliées. C'est qu'elles ont, du jour au lendemain, valu moins que le prix demandé pour les démonter. Des appartements déjà habitables auxquels ne manquaient que quelques finitions ont été pillés, saccagés. Depuis le début de l'été, des nuits courtes, brûlantes, des naufragés sans âge vont et viennent. Porteurs d'eau trottinant, raidis entre deux bidons qui distendent leurs bras tendineux. Récupérateurs de bois, hâlant, penchés, des débris arrimés par de vieux câbles. Tous mal ficelés de loques campagnardes ou au hasard des rebuts citadins. Ils mendient, mangent à même les poubelles. Et puis, une nuit ou l'autre, irruption dans cette misère d'une colonne de voitures. Luxueuses. Brutalement conduites. De derrière leurs fenêtres, évitant d'allumer pour ne pas être vus, les habitants des immeubles voisins assistent à des caricatures de descentes de police. Des fuites, des cris, des poursuites, des coups, des corps laissés sur place, ou enfournés dans les coffres de voitures. Et les voyous repartent, terreur accomplie, racket encaissé. On téléphone à la Milice. On adresse des pétitions au maire, au gouvernement. Mais Gennadi sait, et tout le monde le sait, dans son métier, que des trafiquants organisés, riches, soufflent sur ce feu. Histoire de racheter pour rien et occuper à leur tour ces logements modernes qui devaient être les plus confortables de la capitale. Certains, membres notoires du clan Adamov, ont déjà réussi cette opération. Et dans les cages d'escaliers qu'ils contrôlent, l'ordre règne. Mieux que partout ailleurs à Yakoutsk.

— Je m'arrête aussi ?

Occupé à observer le quartier, Gennadi n'a pas vu s'arrêter l'auto qu'il suivait. La jeune fille a déjà ouvert la portière. Elle se penche vers le conducteur pour le payer. Par signes, Gennadi demande à son chaufeur improvisé de doubler l'auto de la jeune fille, de tourner à droite, puis de s'arrêter une fois hors de vue. Poignée de roubles. Gennadi remercie, descend. Isolés dans leur fatigue, leurs soucis, des passants silencieux circulent entre les immeubles. Gennadi marche à pas lents, attendant de voir passer la jeune fille. Venant d'un pas qui n'est ni hâte ni flânerie, elle le dépasse, indifférente. Pourquoi ne s'est-elle pas fait déposer devant chez elle ? En la suivant, Gennadi franchit la frontière invisible qui sépare le quartier vivable de son moignon corrompu. Pour ne pas avoir l'air, l'inspecteur s'arrête devant un tas de détritus, ramasse un bout de bois, commence à fouiller. Mais son regard demeure obliquement attaché à la jeune fille. Un jeune homme vient de surgir d'entre deux baraques de tôle, fermées de cadenas géants. Cabanes d'un chantier paralysé, transformées en garages individuels par des voisins de proie. C'est un jeune homme vif, râblé, cheveux courts, sneakers en loques et pantalon de treillis camouflé. La jeune fille ne l'a pas vu. Il l'a rejointe en deux foulées. Bondissantes. Joyeuses. Ils se trouvent face à face. Elle sourit, jette un regard alentour, embrasse rapidement le jeune homme sur la bouche, l'écarte, lui parle. Le policier Gennadi triture toujours ses détritus. Il a reconnu l'Inokenti de l'autre nuit.

Un Inokenti soudain déçu. Écoutant la jeune fille, il baisse le front, se ramasse sur lui-même. Élan brisé. Et c'est d'un pas fatigué, traînant, qu'il s'éloigne et disparaît entre les garages de tôle rouillée. Gennadi finit, avec n'importe quoi, de remplir ses sacs, se redresse, reprend sa marche. Arrivé à hauteur des garages, coup d'œil vers la gauche. Plus d'Inokenti. La jeune fille se dirige à présent vers un immeuble dont une moitié semble presque achevée. Habitée, en tout cas. Au pied du perron, chien en laisse, un jeune homme paraît monter la garde. Il salue la jeune fille au passage. Le vaste terrain vague rectangulaire encadré par l'immeuble et ses voisins est beaucoup moins animé que les mêmes espaces, plus ou moins aménagés, qui entourent les autres ensembles. Plusieurs voitures japonaises neuves sont garées devant le perron. Confiées apparemment à la surveillance du jeune homme au chien. Les rares passants font un détour pour éviter de passer à proximité du garde.

Gennadi s'éloigne. Une fois hors de vue de l'homme au chien, il jette ses pochettes plastique en direction d'un frigidaire naufragé, fait signe à un jeune Yakoute qui vient de mettre sa voiture en route.

— Esplanade Lénine ?

Sans répondre, le jeune homme fait signe à Gennadi de monter. Une course est toujours bonne à prendre.

Le rédacteur Volodia Kyseliov s'attarde dans les locaux du *Journal de la Jeunesse Sakha.* Seul, debout, regard flottant à travers les triples et poussiéreuses fenêtres de son bureau, il se répète qu'il est temps d'y aller. Vérifie l'heure. Volonté calaminée, il marmonne « Pas le choix. Je dois y aller » en parcourant machinalement les pages d'une revue qu'il s'apprêtait à laisser tomber dans la corbeille.

De toute la journée, impossible de joindre Gennadi. À croire que le policier cherche à l'éviter. Pas de nouvelles non plus d'Inokenti, disparu soudain, avant-hier, dans la nuit, sans avoir fixé de rendez-vous ni avoir laissé d'adresse. Comme si ceux qui l'avaient choisi pour allié, pour ami même, s'écartaient, se défiaient de lui. Comme s'ils avaient deviné.

Quatre étages plus bas, Gennadi pénètre justement dans le hall du journal. Le portier, un Russe d'une soixantaine d'années, sait reconnaître une carte de police. Il a connu d'autres époques, d'autres enquêtes. Contrôler, se souvenir, c'est son travail. Des visites pour le rédacteur Kyseliov ? Oui. Quand était-ce donc ? Avant-hier, ça me revient. Un jeune homme. Mauvais genre. Jamais vu encore. Comment Volodia Mikaïlovitch l'a reçu ! « Inokenti, mon fils ! » Embrassade et tout. C'était vers les treize heures trente. À une demi-heure près, le portier ne pourrait pas jurer.

Gennadi va ensuite questionner la standardiste. Une jeune Sakha. Qu'un policier n'impressionne pas, encore moins avec cette dégaine de paysan.

— Ces questions concernent le rédacteur en chef.

— Apparemment, Mademoiselle, vous n'appréciez donc pas le rédacteur Kyseliov ?

— Pourquoi ?

— Parce que à votre place, si je voulais lui nuire, je préviendrais son rédacteur en chef.

La jeune femme réfléchit, dévisage Gennadi. Il sent l'antipathie, le mépris que suscitent sa fonction, sa démarche. La standardiste demande d'un ton mal résigné :

— L'appel dont vous parlez, c'était quel jour ?

— Mercredi, vers les quinze heures.

Elle ouvre un cahier. Son index descend la première colonne, celle des heures :

— Oui, je vois. Quinze heures. Le correspondant — pas laissé de nom — a bien demandé qu'on lui passe le rédacteur Kyseliov.

Gennadi remercie, pose une nouvelle question.

La standardiste se mord les lèvres :

— Un Adamov, vous dites ? Qui aurait demandé Volodia Mikaïlovitch ? Pas le mercredi, en tout cas.

Elle tourne les pages ;

— C'était le lundi à seize heures cinquante-cinq. Je l'ai passé au rédacteur Kyseliov. C'est tout ?

Une intuition traverse l'esprit de Gennadi.

— Il n'a pas rappelé depuis ?

— Qui ?

Gennadi montre le cahier :

— Cet Adamov.

Troublée, la standardiste relit ses colonnes. Elle sent son regard accompagné par celui du policier. Et fait soudain semblant de découvrir quelque chose.

— Si. Là. Aujourd'hui. Un Adamov pour le rédacteur Kyseliov. À dix-huit heures. Il n'y a même pas dix minutes.

Pour Gennadi, c'est tout. La standardiste a eu le temps de réfléchir. Ou plutôt de pressentir la complexité d'une situation, pour elle toute nouvelle, dérangeante. Injuste, de lui imposer, à elle, la responsabilité de dénoncer. Et ce chantage ? D'exaspération, la question lui échappe :

— Et vous, vous l'appréciez, le rédacteur Kyseliov ?

Gennedi ne répond pas. Maigret souffrait parfois d'avoir à étrangler ses sentiments.

La jeune fille frappe du poing son registre :

— De toute façon, j'inscrirai votre visite. Les questions que vous m'avez posées. C'est le règlement.

Le policier s'est éloigné.

« Mais je ne comprends pas ! Pourquoi les gens, tous, et vous-mêmes ne refusiez pas ? » a-t-elle demandé plusieurs fois à ses parents lorsqu'ils évoquaient leur jeunesse, le temps où tout était politique, policier.

Et si elle était en train de commencer à comprendre ?

*

Au quatrième, désagréablement nerveux, Volodia n'en finit pas de ranger son bureau. Journaux dans un tiroir, courrier dans un autre, ciseaux et colle dans le troisième ; tout ça fermé à double tour. Puis son regard glisse à la surface du meuble désert. Ses collègues sont déjà partis, ayant, de leur côté, fait le vide. À lui de boucler la porte. Avec un cadenas aussi pesant qu'inefficace. Ici, n'importe qui sait ouvrir n'importe quoi. Et personne, bien sûr, ne laisse derrière soi quelque chose d'important. En admettant que quelque chose, dans ce pays foutu, puisse avoir encore une quelconque importance.

Dans le couloir, il croise une femme de ménage. La salue d'un sourire d'habitude. Ces dames l'apprécient. Mais, depuis quelque temps, la femme de ménage a remarqué chez le journaliste un certain relâchement. Lui communément si soigneux ! Ses cheveux moins impeccablement lissés. Sous son menton, des touffes grises échappées au rasoir. Un costume qui mériterait un coup de fer. Voila un bonhomme qui aurait besoin d'une femme à la maison.

Volodia descend l'escalier. Puis il traverse le hall où ne se devinent plus que les grises présences du portier et de la standardiste. Et c'est la rue. La chaleur. La honte. La soif. La peur.

Debout sur le trottoir d'en face, fondu dans la file, l'inspecteur Gennadi fait celui qui attend le bus. Il voit Volodia sortir de l'immeuble. Dans l'air du soir encore brûlant, le journaliste se traîne avec accablement, distrait à la rue, aux passants. Après dix minutes de marche, il atteint l'endroit prévu par le policier. Le perron d'un immeuble d'habitation ordinaire. Assis sur la plus haute marche, trois garçons yakoutes bavardent autour d'un transistor. Le journaliste, dos voûté, semble peiner à lever ses pieds pour franchir les degrés du court escalier. Parvenu à hauteur des jeunes qui encombrent le passage, il les contourne avec maladresse. Eux, font semblant de ne pas le voir. Mais une fois ce vieux disparu dans l'entrée de l'immeuble, un des trois garçons décroche un portable de sa poche. Brève communication. Pendant ce temps-là, Gennadi, l'inspecteur au chapeau paysan, d'une démarche se faisant de plus en plus incertaine, se dirige vers le parc à jeux de l'immeuble.

En montant les étages, Volodia, de son pas fatigué, fait vibrer l'escalier de béton. Sur les murs maculés de tags, en lettres latines : « Rap is life ». Ce qui est vrai, au moins, pour Nastasia. Elle qui en vend à pleines cassettes. Au quatrième, une porte entrouverte. Ça sent la friture. Volodia toussote. Entend une voix chaleureuse qu'il reconnaît avec une sorte de haut-le-cœur. Comme un enfant, il avait espéré jusqu'à la dernière seconde que quelque chose se passerait, que l'entrevue n'aurait pas lieu. Mais l'autre est au rendez-vous. Occupé sans doute au téléphone.

— C'est toi Volodia ?

— Oui. Je suis peut-être en avance ?

— Pas du tout ! Entre. Est-ce que je peux aller jusqu'à te demander de refermer la porte ?

Volodia ôte ses souliers poussiéreux. À travers la vitre dépolie de la cuisine, une silhouette de femme. Quand Volodia entre dans le salon, Adamov lui adresse un sourire carrément amical. Lui montre un fauteuil, poursuit sa conversation téléphonique. Volodia évalue la bibliothèque-vaisselier en bois verni noir. Il a vu ce modèle pour treize millions de roubles au « Bonheur pour tous », avenue Repine. Mais Adamov ne doit jamais acheter. C'est lui qu'on achète. Adamov a coupé le son de la télévision dont l'écran aspire toutefois le regard de Volodia. Colonnes de blindés désuets roulant à travers des ruines. Apoplectiques généraux russes signant des accords avec des politiciens en costumes locaux. Stars vantant un déodorant. Beau jeune homme gobant des pastilles lui garantissant les succès que vaut une haleine parfumée. D'une oreille, Volodia comprend qu'Adamov fait pression pour qu'un village montagnard soit doté d'un émetteur radio plus puissant. Il a des mots très simples, très humains pour plaider la cause des gens isolés là-haut pendant parfois des semaines. Volodia avait oublié à quel point Adamov était dangereusement sympathique.

Adamov pose enfin son téléphone :

— Volodia, quel plaisir !

Et on bavarde, de ci, de ça ; de l'un, de l'autre, autour du plateau qu'apporte madame Adamov. Présentation du talentueux et séduisant Volodia Kyseliov.

— Depuis le temps qu'elle me demandait à faire ta connaissance. Toutes les mêmes !

Thé. Pirojkis au goût sûret de lactaires. Framboises et crème fraîche. Vodka. Les mains de Volodia sont posées sur ses genoux mais il les sent trembler. Adamov sait-il qu'il en est là ? Le député débouche la bouteille, incline le goulot au-dessus des verres. Volodia remercie de la tête, avance une main fébrilement prudente.

— À Nastasia, mon cher Volodia !

Pour sa femme, Adamov commente :

— Une nièce de notre cher Volodia. Elle vend sur le marché. Si seulement nous n'avions que des gens comme elle. Quelle chance, ce Volodia !

Volodia répond en évoquant les qualités reconnues des enfants Adamov. Un garçon et une fille, n'est-ce pas ? Aussi brillants que leurs parents. Madame Adamov, très fière, lui apprend, avec un petit soupir de mère abandonnée, qu'ils sont tous les deux aux États-Unis. Étudiant le business et le droit.

— Et, à propos d'États-Unis, questionne Adamov en regardant sa femme se replier docilement vers la cuisine, il paraîtrait qu'Alexandrov est sur le chemin du retour ?

— Ah ? fait Volodia. On dirait un soupir. Une expiration de souffrance.

— Et ta sœur ? Revenue de Taschkent ?

Volodia esquissant un sifflement muet pour exprimer une sorte d'ignorance indifférente :

— Je ne sais pas. Je ne les ai pas vus depuis l'autre jour.

Adamov remplit le verre de Volodia :

— Pas de nouvelles, donc ?

Verre aux lèvres, tournant la tête de droite à gauche, Volodia fait signe que non. Pas de nouvelles. Il se sent le visage brûlant, le corps ruisselant.

— Comme journaliste, tu n'aurais pas déjà entendu parler des... attends que je me rappelle... *Brigades de Libération Sakha*, ou quelque chose comme ça ?

— Ça date des années 90, ou 86, non ? La révolte étudiante.

— Peut-être. Mais figure-toi que ces brigades de je sais plus quoi viennent de revendiquer l'enlèvement d'Ulyana Alexandrova. Ton autre nièce.

— Mais elle n'a jamais été enlevée !

— Tu me rassures. J'avais entendu raconter ça par quelqu'un de la Milice. Aujourd'hui, on ne sait plus. De toute façon, il n'y a pas de fumée sans feu. Tu sais comme j'apprécie les Alexandrov. Dès aujourd'hui, je vais faire tout ce que je peux pour les protéger. Qu'il ne leur arrive rien. Un enlèvement, par exemple. Mais, pour ça, je dois connaître les lieux. Les habitudes de ta sœur. De ton beau-frère.

Il remplit encore le verre de Volodia.

— Et c'est là, cher Volodia, que j'ai besoin de toi.

Il lui tend un bloc et un crayon.

— Il faudrait que tu me fasses le plan de leur appartement, celui de leur datcha, comment s'y rendre. Après, tu me parleras un peu de leurs habitudes, de leurs amis. Chez qui, par exemple, d'après toi, si un danger le menaçait, ton beau-frère pourrait avoir l'idée d'aller se mettre à l'abri ?

*

En bas, devant l'immeuble, effondré sur un banc, face au parc à jeux, le policier Gennadi n'est plus qu'un ivrogne. Pauvre type dont un chien est en train de renifler l'entrejambe. Pour un peu, il aura fait sous lui.

Des enfants surgissent. Russes et Yakoutes mêlés en bande. En arrière-garde, deux tout-petits accompagnés par une jeune fille aux cheveux blancs comme des plumes de roseau. Chaleur, toujours. Mais les gosses grimpent et regrimpent à l'échelle du toboggan de rondins. À grands cris terrifiés, puis triomphants. Placide, la jeune fille supervise. L'ivrogne, sur le banc, ne la dérange pas. Les hommes, on l'apprend de mère en fille, ne sont vraiment gênants qu'à la maison.

Gennadi sait chez qui vient d'entrer Volodia. Et il a trouvé le temps de collecter tout ce qu'un jeune inspecteur peut espérer rassembler d'informations sur un influent député. Un des politiciens les plus populaires du pays. Du moins parmi les électeurs yakoutes, moins nombreux mais plus portés à voter que les Russes. Adamov est d'ailleurs l'élu d'une région peuplée à quatre-vingt-dix-neuf pour cent de Sakhas. Et il y joue, sans risque du sentiment antirusse. Fils d'une famille de Sakhas instruits, fortement diplômé lui-même, ancien chirurgien, il est cependant apprécié pour sa simplicité, sa familiarité. Pour financer ses générosités, il s'est institué actionnaire de droit de toutes les entreprises de sa province. Seuls des hommes à lui ont pu se maintenir à la tête de ce qu'il reste de coopératives et de sovkhozes. À condition de recevoir sa part d'actions, il aide efficacement les entrepreneurs privés, leur offrant une protection sourcilleuse contre le fisc et les autres rackets.

Voici quelques années, pour y protéger les pêcheurs et éleveurs de sa province, Adamov a introduit ses hommes et ses méthodes sur le marché de Yakoutsk. À présent, il contrôle entièrement le marché de la capitale ainsi que son premier supermarché, récemment inauguré aux environs de l'aéroport.

Très actif au Parlement, brièvement ministre de l'énergie, principal actionnaire de toutes les pompes à essence de sa province, Adamov s'est fait une spécialité de l'approvisionnement du pays en hydrocarbures. La presse mentionne souvent ses voyages à Moscou. Il sait, dit-on, se montrer aussi pro-Russe là-bas, qu'anti-Russe à domicile.

Depuis près d'un an, le président de la République de Sakha-Yakoutie lui a confié la direction d'une commission parlementaire chargée de négocier un très important contrat avec une compagnie pétrolière américaine, la Polar Petroleum. Le mandat du président actuel expirant dans deux ans, on cite souvent Adamov comme futur et sérieux candidat.

Et le journaliste Volodia, dans tout ça ?

Gennadi le voit justement sortir de l'immeuble. Il y sera resté une bonne demi-heure. Sans bouger, l'inspecteur regarde s'éloigner le journaliste. Quelques minutes plus tard, une Volga s'arrête devant le perron de l'immeuble. Puis c'est Adamov qui apparaît, descend les marches, fait un signe familier aux trois jeunes qui tiennent le perron, ouvre lui-même la portière de l'auto et monte avec simplicité à côté du conducteur.

Sur son banc, le faux ivrogne se redresse, se frotte les yeux, se mouche dans ses doigts. Puis il se lève et s'éloigne, titubant, du parc à jeux où les enfants continuent à se poursuivre. Gennadi se demande comment joindre la famille Alexandrov.

En ce moment justement, malgré l'inconfort de la Niva secouée sur la transsibérienne, Viktor Alexandrov somnole. Le volant d'acier transmet aux avant-bras de Iouri les tremblements affolés de sa voiture lancée de toutes ses forces et de tout son poids dans une descente rectiligne. Iouri ne regarde pas le compteur. Ses yeux passent du rétro à la route qu'on dévale sauvagement.

— Viktor Tifonovitch !

Alexandrov ouvre les yeux.

— Ils arrivent, Professeur. Essayez de vous cacher. Passez derrière, si vous pouvez.

Égrenés dans la descente, les trois 4×4 ne semblent pas gagner de terrain. Pourtant, Iouri le sait : dès que la pente s'inversera, ils le rattraperont. Maladroitement, secoué par les cahots, le professeur escalade le dossier de son siège. Mais au moment de se laisser tomber, tête première sur la banquette arrière, il reste en équilibre, bloqué au plis des aines. Iouri le sent furieux, humilié.

— Encore un peu, Viktor Tifonovich !

Iouri a hurlé, pour couvrir le bruit du moteur. D'un revers de bras, il force le professeur à garder les jambes tendues, tout en poussant vers l'arrière ces souliers noirs, ces chaussettes, ces tronçons de mollets nus, ce pantalon tire-bouchonné. Malgré la gravité du moment, il éprouve une compassion gênée pour son patron, toujours si digne, soucieux de sa présentation. Enfin, ça y est.

— Je vais avancer nos sièges. Vous pourrez vous mettre entre les dossiers et la banquette.

— Et ça changera quoi ?

Iouri ne répond pas, déverrouille les sièges, sans quitter la route des yeux, les fait glisser vers l'avant. Si seulement il y avait une voie de traverse, avec un poste de contrôle ou une de ces cabanes qui font café ! Mais rien. Et on atteint le fond de la déclivité.

Le conducteur du 4×4 de tête voit déjà l'endroit où il va rattraper la Niva. Son voisin tient un téléphone pressé sur l'oreille. Entre eux, sur la banquette, un pistolet mitrailleur. Dans la voiture suivante, l'Autochtone est assis seul à l'arrière, hiératique. Impossible, entre ses paupières bouffies, de deviner s'il dort ou s'il veille. À droite, à côté du chauffeur, Ivan, un colosse, second du patron, front perlant de sueur malgré la climatisation, téléphone au poing. Glissé sous la ceinture, enfoui dans sa bedaine, un pistolet.

Élan perdu, la Niva commence à peiner dans la montée.

Ivan, le colosse, donne un ordre, par téléphone, au conducteur de la voiture de tête.

— Vas-y ! Dépasse !

Et Iouri se voit dépasser par un premier 4×4 qui, aussitôt, ralentit. Du coup, c'est la Niva qui talonne le 4×4.

Le conducteur du 4×4 de tête reprend le téléphone demande à Ivan :

— Et s'il cherche à me doubler ?

— Tu lui fermes la route. En continuant à ralentir.

Du coup, les deux voitures se mettent à divaguer sur toute la largeur de la route. Iouri glapit :

— Tenez-vous bien Viktor Tifonovitch !

La partie gauche du visage de Iouri a l'air surgie d'un film projeté en accéléré. Son œil cligne à cent battements minute. Levant soudain son pied de l'accélérateur, le petit chauffeur académique a ralenti, coupé l'élan de sa Niva. Le conducteur du 4×4, se voyant prendre de l'avance, ralentit à son tour. Mais, aussitôt, Iouri accélère, se déporte sur l'extrême gauche de la route, comme s'il allait doubler. Pour l'en empêcher, le conducteur du 4×4 donne un coup de volant à gauche. Ce qu'attendait Iouri. D'un coup de pare-chocs, il percute l'arrière gauche du 4×4, lâche un dixième de seconde l'accélérateur, reprend de l'élan, bouscule à nouveau le 4×4 que son conducteur cherche à redresser. Et la Niva pousse, en se déportant sur la droite, pendant que l'autre, de flanc, emporté par la vitesse, dérape, percute la berge.

Viktor Alexandrov s'est redressé. Par la vitre arrière, il voit le lourd 4×4 rouler en tonneau sur la berge. Iouri pousse des hurlements de cavalier lancé à la poursuite d'un troupeau.

Dans le second 4×4, Ivan le colosse a changé de couleur. De violet, il semble devenu noir. À son chauffeur :

— Tu montes à sa hauteur et tu t'y tiens. Le plus près possible. À le toucher.

Des mitraillades entre voitures, le conducteur en a vu à la télévision. Il en a entendu raconter. Véridiques ou enjolivées. Mais, maintenant, c'est son tour. Dans le rôle de la cible. La Niva n'est même plus à dix mètres. Une rafale et il est bon ! Coup d'œil dans le rétro. Le boss n'a pas bougé. Toujours les yeux mi-clos. Bouddha. Et Ivan qui n'a même pas sorti son pistolet ! Effrayants, ces deux-là. Serré entre deux peurs, le conducteur continue à reprendre du terrain à la Niva. Calmement, presque nonchalamment, Ivan enfonce un bouton et sa vitre s'ouvre sur un courant d'air brûlant. Au volant de la Niva, vitre également ouverte, le petit grimacier est à portée de main. Ivan sort son énorme bras, le tend, empoigne le volant de la Niva.

— Maintenant, on ralentit. Sans à-coups.

Iouri a plongé la tête, bouche ouverte, mordu cet avant-bras gros comme un cuissot qui paralyse son volant. Mordu si fort que son dentier reste planté dans la chair d'où le sang coule. Mais l'énorme poing ne lâche pas le volant. Et Iouri sent sa voiture ralentir, freinée à main d'homme. Il voit le volant d'acier se déformer, se tordre, mais sans casser. Et la Niva ralentit toujours. Iouri se penche vers la droite, ouvre la boîte à gants, sort une pince-crocodile. On va voir, ce gros, si ça va pas lui faire lâcher prise, une phalange écrasée. Mais Viktor prend le poignet de Iouri, l'immobilise avec une force que son chauffeur n'attendait pas.

— Paix ! Iouri ! Merci. Tu as fait ce que tu pouvais.

Arrimées comme des navires à l'abordage, les deux voitures s'arrêtent au bord de la route. Un camion survient, fait une embardée pour les éviter. Penché hors d'une vitre, un buste hurle des injures. Ivan n'a pas lâché le volant de la Niva. Buste cassé, tête en bas, Iouri tâtonne le plancher, à la recherche de son dentier. L'Autochtone descend, contourne les voitures, va ouvrir la portière arrière libre de la Niva, se penche vers l'intérieur.

— Bienvenue, Viktor Tifonivitch ! Pardonnez la manière. C'est un complet malentendu. Semion m'avait téléphoné d'Alaska. Que vous auriez peut-être besoin de moi. Je vous ai raté à l'aéroport. Semion et Piotr ont été retenus à la douane. Pour vous courir après, je ne les ai pas attendus. Mais votre chauffeur nous a pris pour des ennemis.

Viktor met pied à terre. Sa voix est hésitante, faussée par une brusque émotion. Il vient de reconnaître Sangi le Nanaï. Malgré leur petit nombre, les Nanaïs, originaires de l'Extrême-Orient sibérien forment une communauté curieusement influente. Sangi, l'un d'eux, anime de puissants business. Qu'il s'est donné les moyens de protéger. C'est un homme redouté. On dit parfois que s'il laissait tomber un diamant, personne n'oserait le ramasser.

Sangi fait signe au conducteur de la troisième voiture de faire demi-tour. Porter secours au conducteur et au passager du 4×4 culbuté par Iouri. Descendus de leurs sièges, Iouri le jockey et le colosse Ivan se regardent sans sourire, d'un œil critique. Mâchoire gigotante, Iouri s'active à replacer son dentier. En même temps, il se fouille, sort d'une poche un mouchoir qu'il tend au colosse en désignant son bras ensanglanté.

— On a kidnappé ma fille, Sangi. À Yakoutsk. Il y a trois jours. Je suis sans nouvelles. Je dois téléphoner d'urgence.

Sur un clin d'œil du Nanaï, le grand Ivan tend un portable. Viktor consulte son carnet, forme un numéro. Celui de cet inspecteur Gennadi Orsoniev dont lui a parlé son beau-frère Volodia. Viktor Alexandrov se présente. Le policier — un jeune homme, d'après sa voix — lui demande s'il peut rappeler. Ce qui veut dire que sa ligne n'est pas sûre. Désignant le portable qu'il tient en main, Viktor interroge Sangi, le Nanaï. Cette ligne aussi peut être écoutée. Grimace dédaigneuse du Nanaï. Ceux qui courent des risques, ce sont ceux qui cherchent à se mêler de ses affaires. Viktor donne au policier le numéro du portable d'Ivan. Et quelques minutes plus tard, le policier rappelle, expose, en sakha, les circonstances dans lesquelles il a eu connaissance, par l'intermédiaire de son ami le journaliste Volodia Kyseliov, de l'enlèvement d'Ulyana Alexandrova.

Pendant ce temps-là, Iouri a dégagé sa Niva qui encombrait la route. Ivan, visage et cou gonflés à éclater par l'effort, redonne sa forme au volant torturé.

Au téléphone, le policier inconnu précise qu'il a commencé cette enquête à titre personnel, à la demande de Volodia Kyseliov. Devrait-il, à présent, mettre ses supérieurs au courant ?

— Dites-moi, inspecteur ?

Silence de Gennadi.

— Pourquoi prenez-vous ces risques ?

Après un temps de réflexion, Gennadi répond :

— L'indignation, peut-être. Mais, est-ce que je peux vous demander, professeur, si le déroulement de votre mission aux États-Unis pouvait vous créer des ennemis en Yakoutie ?

— Vous pensez à quelqu'un ?

— Au député Adamov.

— Merci, Inspecteur. Et si vous voulez nous aider, ma famille et moi, ne dites encore rien à personne, supérieurs ou collègues. Nous devons nous méfier de tout le monde.

Fermant la bouche sur ces derniers mots comme s'il voulait les retenir, corriger une gaffe, Viktor Alexandrov ajoute avec un coup d'œil vers Sangi le Nanaï :

— Tout le monde, ou presque.

Sangi reste impassible. Sauf peut-être, une pression infime des lèvres. Passagère trace d'un sourire d'interprétation difficile. Viktor termine :

— Mais vous avez ma confiance. Et je vais vous

rappeler dès que j'aurai du nouveau. Vous reconnaîtrez ma voix. Et moi la vôtre.

À Yakoutsk, Gennadi raccroche. Le vieux voisin qui l'a laissé téléphoner de chez lui apparaît, sortant de la chambre où il s'était retiré par discrétion. Gennadi se lève, le remercie, sort, pensif, prend l'escalier qui remonte à l'étage où se trouve leur logement, à sa mère et lui.

« Pourquoi prenez-vous ces risques ? » vient de lui demander Alexandrov. Pourquoi son vieux voisin yakoute, rompu par la vie à se méfier de tout, lui fait-il confiance, à lui, Gennadi, en le laissant utiliser sa ligne ? Et pourquoi, lui, Gennadi, croit-il que ce vieux n'avait pas l'oreille appuyée à la porte et n'est pas, en ce moment, en train de téléphoner à la Milice ?

Là-haut, dans le Grand Nord, les saules et même les pins obtus ont appris à ramper, à se faire nains pour ne pas dépasser de l'herbe ou de la mousse, résister au vent, au froid, à l'intenable. D'où donc certains hommes tiennnent-ils l'instinct suicidaire de se tenir droit, à découvert ? L'indignation ? C'est la réponse qu'il vient de donner au professeur Alexandrov. Une formule, plus qu'une réponse.

N'empêche qu'il n'en sait pas plus qu'avant cette conversation. Le député Adamov, Gennadi l'avait deviné et le silence du professeur le lui a confirmé, a commandité l'enlèvement de la jeune fille. Et Volodia, l'ami journaliste, en sait plus qu'il n'en dit sur cette affaire.

Depuis combien d'heures jouent-ils ? Aslan le Tchétchène jette ses cartes. Il vient de faire bourde après bourde. Distraction flagrante.

— Ce vent des démons !

Comment font les autres pour tenir ? Aslan se sent comme ces otages qu'il avait vus, pendant la guerre, essayer de récupérer entre deux séances de torture à l'électricité. Fébriles. Apeuré de tout. Nerveux à ne pouvoir contrôler son corps. C'est hier que le temps avait changé, en fin d'après-midi. D'abord, le ciel éteint d'un coup. Pas à cause de nuages qui auraient eu l'air de nuages. Ni à cause d'une brume. Non. C'était tout le ciel, là-haut, qui avait changé. Et pas seulement de couleur, mais de consistance. Une matière verdâtre qui pesait, comprimait tout ce qu'il restait d'air. Un air étouffant, déjà usé. Comme dans une pièce trop chauffée, jamais aérée. Pendant des heures, en caleçon sur leurs couchettes, ils avaient tous les trois suffoqué, poissons sortis de l'eau. Sursautant enfin au soudain claquement de la porte, à l'affolement des fenêtres. Dans l'alarmant unisson des sifflements, des geignements, des craquements de tout ce qui s'opposait au vent rugissant. Et les autres blaguaient, se lançaient des paris. Que le vent allait briser le saule, arracher le toit, faire avorter les juments. Ils n'en avaient rien à faire de cette baraque, de ces arbres tordus à rompre, crachant au vent leurs feuillage, ni de ces chevaux emballés à mort. C'était pas à eux. Ni à leur race. Plutôt jouer aux cartes.

Aslan pense à la fille. Sa voix, la dernière fois, à travers le flot de cheveux. « Si tu me laisses sortir d'ici, tu pourras me suivre. Mon père te protégera. » Ni pleurante. Ni suppppliante. Même pas priante. Proposant seulement un pacte. Est-ce que les autres pouvaient l'avoir entendue ? Aslan était ausitôt sorti. Avait fait le tour de l'étable. Vérifié par la fenêtre de la maison que les autres n'avaient pas bougé. Revenu près d'elle, il n'avait rien dit. Ce qu'il y aurait eu à dire, elle l'avait dit. Lui, le gardien, était prisonnier comme elle. Ils devaient s'échapper à deux.

Elle avait lu en lui. De sentir chacun deviner ses pensées nourrissait chez Aslan une crainte continue. Il aurait tant préféré être comme les autres. Ne pas penser. Ne rien soupeser. Ni prévoir. Ni décider. Depuis qu'elle a parlé, il essaie de ne plus penser à la fille. Ne plus penser à ce qu'il va faire. Il a tenu, même pendant les heures qu'ils ont passées tous les trois, couchés, écrasés, asphyxiés. Puis occupés à jouer. Mais l'ouragan est venu. Pour Aslan, un avertissement. Comment leur dire, aux autres, leur faire comprendre que le vent les a retrouvés ? Qu'il faut obéir au vent. Libérer la fille.

L'ouragan est aussi sur Yakoutsk. Un séchoir encore chargé de linge dégringole sur le capot de l'auto prêtée par Vassili. Inokenti ne réagit pas. Jumelles aux yeux, il surveille, au cinquième étage, les fenêtres de Nastasia. Des toits, des balcons, la tornade fait pleuvoir des débris, du linge, des objets. Une chaise de jardin en plastique vole en plané au-dessus du parking-terrain vague, atterrit sur une voiture. Explosion du pare-brise. À force de battre en démence, les fenêtres perdent leurs vitres. Le type au doberman s'est replié dans le hall de l'immeuble où loge Nastasia. À la fenêtre du cinquième, une silhouette se découpe. Inokenti règle ses jumelles. Mais il l'a déja reconnue. Il souffle à fond. Éviter à ses mains le moindre tremblement. Qui se transmettrait aux jumelles et brouilleraient la vision. Nastasia est en kimono.

— Charogne !

Dents serrées, Inokenti souffle entre ses lèvres tordues :

— Pourriture !

Ce type, en slip, à côté d'elle. Et elle, cet après-midi :

« Pas ce soir, Inokenti, je dois sortir. Des fournisseurs. Je rentrerai très tard. »

Le type, celui qui est là-haut, Inokenti l'a vu arriver tout à l'heure, en Volga-chauffeur. Adamov, Député du Parlement de la République Sakha. Écrit comme ça. Inokenti est allé déchiffrer le macaron collé sur le pare-brise de la Volga pendant que le chauffeur bavardait avec le type au doberman. Adamov, le type qu'il faut connaître pour obtenir une place sur le marché.

« Tu le connaissais ? » Et Nastasia : « Moi, non. Mais lui. » En montrant la photo de son oncle, le papa Volodia, macchabée flottant. Proxénète. C'était quand même pas pas pour le plaisir que Nastasia couchait avec ce vieux député d'au moins quarante ans.

Inokenti pose les jumelles, tourne la clef de contact. L'auto démarre. Le séchoir glisse du capot. Une serviette de toilette s'accroche au pare-chocs. Inokenti accélère, vire en aveugle sur le parking. Allume les phares. Une femme traverse devant la voiture, courbée en deux, serrant dans ses bras un fagot de linge. Volé sans doute. Des chiens trottent, échine basse, queue entre les cuisses. À l'angle de la jetée qui mène à l'Île aux Esturgeons, les phares d'Inokenti ricochent sur l'eau de l'arrière-port. Le fleuve est blanc de vagues brisantes. Embrumant le pare-brise, une giclée d'écume marron l'oblige à mettre ses essuie-glaces en marche. Fonçant droit sur lui, un gyrophare hache l'obscurité. Inokenti se déporte à droite. Passe un fourgon de pompiers.

Sirènes, cris. Enfermé dans son appartement, Volodia le journaliste n'entend rien. En caleçon et maillot de corps, il est assis à sa table de travail, devant un amas de dossiers. Il les feuillette à la chaîne, extrait quelques documents qu'il empile dans son attaché-case. Écartés d'un revers d'avant-bras, dossiers après dossiers tombent de la table, se chevauchant sur le plancher déjà couvert de vêtements, de linge, d'objets. Dans l'entrée, une valise. Volodia y a plié, serré tout ce qu'il pouvait. Abandonnant le reste. Sans retour. Ils ne vont pas tarder. L'attendre à la sortie du journal. Ou ici, devant l'immeuble. L'abattre ou l'enlever. Puis crocheter sa serrure. Fouiller les cachettes. Tout le monde les connaît. La trappe sous la baignoire, la chasse d'eau, les tubes creux des tabourets métalliques, les parois isolantes du frigidaire, etc. Saccager. Même s'il n'y a rien à trouver.

Feuilleté le dernier dossier, Volodia claque la serrure de son ataché-case, se lève. S'habille. Chemise, costume d'été. Vérifie, en tâtant ses fesses, que sa fortune, deux liasses de billets de 100 dollars, est toujours répartie entre les poches arrière de son pantalon. Fourre une cravate et une paire de socquettes dans sa poche. Enfonce, sans se baisser, ses pieds nus dans des souliers de ville. Attaché-case au poing, il gagne le vestibule, se penche vers la valise, pose la main sur la poignée, pense à quelque chose, lâche la valise. Passe dans la cuisine, ouvre le frigo. Deux bouteilles de vodka. Une pleine, une entamée. De sa vie, Volodia n'a jamais transpiré comme ça. La sueur lui brouillant la vue, il s'agenouille, ouvre l'attaché-case, y met la bouteille pleine, referme, se redresse, enfile la bouteille entamée dans la poche de sa veste où sont déjà les socquettes, pousse, grimace, retire la bouteille, jette les socquettes, prend la capsule de la bouteille entre ses dents, dévisse, crache la capsule, boit une gorgée, deux, trois, sans lâcher l'attaché-case, vérifie le niveau de la bouteille, la glisse ouverte dans sa poche.

Revenu dans le vestibule, il sursaute en percevant un mouvement. Son reflet, dans la glace, rien de plus.

Il se baisse pour empoigner sa valise. Cette fois, quelque chose a bougé. Tout près. La bouche de Volodia bée soudain, mâchoire pendante. La poignée de la porte bascule, remonte. Puis quelqu'un toque. Mouillé comme au sortir d'un bain, Volodia reste immobile, paralysé. On toque encore. Trois coups. Légers. Confidentiels. Volodia ferme les yeux, fait un effort pour serrer les mâchoires. Plie les genoux dont il entend craquer les articulations. Pose sans bruit valise et attaché-case. Ouvre l'attaché-case. Écarte la bouteille de vodka, les papiers, sort un pistolet. Tire la culasse et la relâche lentement, avalant, surpris, une gorgée d'air au bruit que fait le pistolet en s'armant. Puis, redressé, il se force à faire pivoter le cache-œilleton de la porte, approche encore son visage. Sur le palier, déformé par la proximité, un jeune homme, dansant sur place. Un Sakha. On dirait Inokenti. Il susurre :

— Qui est-ce ?

— C'est moi, le Papa.

Volodia tourne les deux verrous, entrouvre la porte. Inokenti se glisse dans le vestibule. Sa main gauche plonge sur le poignet droit de Volodia, l'immobilise pendant que son pied droit repousse le battant de la porte.

— Donne-moi ça !

Volodia fait oui de la tête :

— Attention ! Il est armé !

De sa main droite, Inokenti cueille le pistolet, se détourne pour extraire la balle engagée dans le canon, la met dans sa poche avec le pistolet.

— T'as peur de qui ?

Volodia se baisse, réempoigne valise et attaché-case

— Adamov. Il faut que je parte tout de suite. Viens avec moi, je t'expliquerai.

Inokenti balaie de la main la pièce en désordre :

— Tu t'es battu ?

— Vite ! Partons.

De la poche de la veste de Volodia, Inokenti sort la bouteille qui dépasse, ouverte, entamée. En boit une lampée. La tend à Volodia qui fait non de la tête. Bouteille à la main, il pousse Volodia :

— Passe le premier. Et ne prends pas l'ascenseur.

— Il est en panne.

Aspirés par un violent courant d'air, vieux papiers, sacs plastique, pièces de linge tourbillonnent dans la cage d'escalier. On entend des portes s'ouvrir, claquer. Des appels, des ordres, des jurons. Pour les cinq étages, une seule ampoule palière : celle du cinquième. La seule qu'on ne peut pas voler. Placée trop haut. Dans la pénombre qui s'épaissit à mesure qu'on descend, Volodia va lentement, s'arrête, tâtant du pied la prochaine marche. Derrière lui, Inokenti danse, impatient, d'un pied sur l'autre. Croisant une voisine qui lui fait un signe de tête, Volodia dit « bonsoir ». Pas de réponse. L'impression qu'elle a regardé un peu lourdement sa valise. Au passage, Inokenti saisit le bras de la femme, lui met la bouteille de vodka dans la main.

— De la part de l'honnête rédacteur Kyselyov.

Dans les couloirs du rez-de-chaussée, dans le triple sas de l'entrée, sur le parking, quelques femmes s'affairent, à la recherche de ce qui a pu s'envoler de leurs balcons. D'une main, Inokenti porte la valise de Volodia, de l'autre, il tient le bras du journaliste qu'il pousse, le bousculant presque, jusqu'à l'auto prêtée par Vassili.

— Monte là-dedans !

Une fois assis, Volodia demande, désignant l'auto :

— C'est à toi ?

Sans répondre, Inokenti démarre. Il doit manœuvrer, contourner les débris, front au pare-brise pour discerner son chemin à travers les tourbillons de poussière sableuse.

Une fois sur l'avenue, il accélère, traverse la ville, atteint le quartier des facultés.

— Où allons-nous ?

Angle droit à gauche. Cinq cents mètres. Un feu rouge qui n'arrête pas Inokenti. Angle droit à droite. La route du nord. En dix minutes, on ne croisera que deux paires de phares. Encore dix minutes et Inokenti ralentit. Presque à s'arrêter. Tourne dans une piste sableuse. Silhouettes de pins échevelés par la tempête. Barrières en bois qui doivent être celles de datchas d'été.

Volodia essaye de se composer une voix ferme :

— Mais dis-moi, à la fin ! Où m'emmènes-tu ?

Inokenti a quitté la piste. La voiture cahote sur un terrain cabossé. Puis les phares éclairent la peau verte d'un bras de rivière couvert de lentilles d'eau. La voiture s'arrête. Inokenti éteint ses feux. Obscurité soudaine. Vent brûlant. Confusion de bruits. Au bout d'un moment :

— Descends, tu veux ! On crève là-dedans. Où je t'emmène ? Ça dépend de toi.

Empoignant brutalement le bras de Volodia qui cherche prudemment le sol du pied, Inokenti l'écarte de l'auto, le force à s'asseoir sur le sable. Puis, d'une voix d'arrière-palais, voilée mais rauque, impérieuse :

— Et maintenant, raconte ! Du début que je t'ai rencontré. Et même avant. Rappelle-toi, j'en sais un bout. Va pas chercher à me promener.

Volodia, compréhensif, vaguement paternel :

— Mais qu'est-ce que tu veux donc savoir, Inokenti ?

— Ce que je veux savoir ? T'as une nièce, par exemple.

Volodia conciliant, patient :

— J'en ai plusieurs.

Inokenti s'agaçant :

— On parle de celle qui vend sur le marché.

Sans répondre, Volodia plie ses jambes, les serre à pleins bras, pose son front sur ses genoux. Venant de l'eau invisible, un coassement de grenouille crève incongruement le fracas du vent. Les yeux des deux hommes commencent à se faire à l'obscurité. Machinalement, Inokenti joue avec le pistolet de Volodia, le soupèse, le fait sauter d'une paume à l'autre.

— Qu'est-ce que t'as cuisiné entre elle et Adamov ?

— Tu connais Nastasia ?

— T'as pas compris que c'est moi qui pose les questions ? Qu'est-ce que t'as cuisiné ?

— Nastasia voulait une place sur le marché. Je suis intervenu auprès d'Adamov. Si tu connais aussi Adamov, tu dois savoir qu'il ne fait rien pour rien.

— Et t'as échangé quoi, contre la place ?

— Je suis devenu débiteur d'Adamov.

— Pas de grands mots ! Qu'est-ce que tu as fait ?

Et Volodia, en explications précises, entrecoupées de silences, dans la langue soignée, presque théologique, des autocritiques du passé, fait à Inokenti le récit de ses rencontres avec Adamov. La première pour obtenir une place à Nastasia. La seconde pour lui donner, en échange, des renseignements sur la famille Alexandrov. Malgré le bruit du vent, Volodia entend Inokenti armer le pistolet.

— Tu peux me tuer. Je le mérite. Et ça embêtera bien Adamov.

— Qu'est-ce que tu parles d'Adamov ?

— Il doit déjà me chercher. Pour m'abattre. Parce que je viens de lui mentir. C'est la vérité.

— N'embrouille donc pas. Revenons au début.

Quand je suis venu te voir au journal, tu savais déjà, pour Ulyana ?

— Non.

— Adamov, tu l'as vu quand ?

— Aujourd'hui, en fin d'après-midi. Il m'a appelé au journal. Que je passe le voir, chez lui.

— Quelle heure ?

— Sept heures et demie. Et il m'a demandé des renseignements sur les Alexandrov. Le plan de leur appartement. Où est leur datcha. Sa disposition. Le nom des gens chez qui Viktor Tifonovitch pourrait éventuellement se cacher.

J'ai dit n'importe quoi. Dessiné des faux plans. Inventé des noms et des adresses. Très vite, il saura. C'est pour ça que je partais quand tu es arrivé chez moi.

— Pourquoi il s'attaque à Alexandrov ?

Volodia répond qu'il ne le sait pas vraiment. Des histoires de pétrole, peut-être. Adamov est lié à plusieurs clans, russe, caucasien, japonais.

— La mission d'Alexandrov en Amérique, ça aurait pas rapport ?

— À présent, je le crois.

— Et tu sais, au moins, où il était ce soir, ton Adamov, député au parlement de la république sakha, juste avant que je passe te prendre ?

Silence de Volodia qui pense aux précédentes questions d'Inokenti.

— Chez ta nièce, papa. À poil.

Involontairement, Volodia pose sa main sur l'avant-bras du garçon.

Inokenti la repousse :

— Me touche pas, maquereau ! Et, à propos ? Qui c'est, l'autre, celui à qui tu m'as vendu, moi ?

— Je t'ai vendu ! À qui ?

— Ce flic. Le soir de la plage.

Faisant désespérement appel à la confiance d'Inokenti, Volodia jure qu'il n'a jamais parlé d'Inokenti à l'inspecteur. Mais il reconnaît que, peut-être, son ami policier l'aura suivi, lui, Volodia.

— Je ne l'ai d'ailleurs pas revu depuis.

— Donc, lui, si tu ne mens pas, il est pas au courant pour le 4×4 et les khatchis ?

— Non. Il connaît seulement les termes de tes appels téléphoniques, à moi et à la milice.

— Et tu crois qu'il est toujours sur le coup ?

— Quel coup ?

— L'enlèvement.

— Je n'en sais rien. Mais, le connaissant, je penserais volontiers que oui. C'est un garçon tenace.

— Y va y gagner quoi ?

— Je peux me tromper, Inokenti. Mais je ne vois pas Gennadi en corrompu.

Inokenti hausse les épaules en dégonflant ses joues avec un mépris blasé.

— T'as pas causé d'un clan tchétchène ?

— À propos de quoi ?

— Des alliés d'Adamov. Et t'as pas fait le rapprochement ?

— Avec qui ?

— Les khatchis que j'ai vus kidnapper Ulyana. Tu

sais quoi ? Qui on va aller voir, tous les deux ? Avec ça.

À travers l'obscurité, Volodia discerne le pistolet.

— Il habite où, ton flic ? Allez, debout !

Volodia se lève, articulations douloureuses, ankylosées.

Du pistolet, Inokenti désigne l'étang :

— Tu aurais cherché à me promener, tu serais là-dessous.

Une demi-heure plus tard, Inokenti gare sa voiture à proximité du Tougoun, le seul hôtel moderne de Yakoutsk. Volodia est parvenu à lui faire admettre qu'il était préférable de téléphoner au policier Gennadi avant de se présenter chez lui. À pied, penchés contre le vent, ils font les cent mètres qui les séparent de l'hôtel. Volodia y trouvera un téléphone. Devant l'hôtel, cinq voitures. Par leurs vitres baissées, on distingue les bustes renversés de chauffeurs, bouche ouverte, assoupis.

Inokenti s'arrête, retenant Volodia par le bras. Du regard, il passe les voitures en revue.

— Il n'y a pas celle d'Adamov.

Époussetant le costume de Volodia, lui boutonnant le col de chemise :

— Tu vas pas rentrer là-dedans comme ça !

Volodia gonfle les joues, souffle. Son apparence !

— T'es sûr, au moins, que ton flic ne va pas chercher à nous faire coincer tous les deux ?

— Je ne vais pas parler de toi. Seulement lui dire que je dois lui parler d'urgence. Lui demander de descendre. Tu resteras à l'écart. Tu pourras nous surveiller. Allez, j'y vais. Attends-moi à l'auto.

Volodia se dirige vers l'hôtel, entre dans la zone éclairée par l'enseigne géante.

— Eh, le Papa !

Volodia s'arrête. Se retourne. Inokenti, jambes demi-écartées, main droite dans la poche de son pantalon de treillis camouflé, le regarde dans les yeux.

— Oublie pas de revenir !

Volodia baisse la tête. Reprend sa marche. À l'entrée de l'hôtel, il croise un groupe d'hommes en bras de chemise. Des politiciens. Russes et Yakoutes bras dessus, bras dessous. Démarche de roulis, cravates dénouées. Des femmes suivent, les vestes de leurs hommes posées sur le bras. Amicalité bruyante d'après banquet. En tailleur rouge, une femme, épaulée comme un homme, croupée comme une jument, reconnaît Volodia, l'enfouit dans sa poitrine.

— Viens avec nous. On va chez Sergueï !

Comme s'il avait la tête à ça ! Mais, instinctivement, il redevient le Volodia plein d'aisance.

— Merci mon âme ! Service commandé.

— Cher vieux coq ! Toujours aux ordres de ces dames !

La rouge cariatide l'embrasse sur la bouche, rejoint ses amis, auxquels leurs chauffeurs, paupières gonflées, ouvrent les portières.

Dans le hall de l'hôtel, coudes plantés sur une table, sa casquette disposée devant lui comme une assiette, le milicien russe de service a posé son menton sur ses mains croisées. Assis tout droit, genoux sagement serrés, il fixe la porte, savourant le confort et la tranquillité de son service. Les battants vitrés coulissent. Dans une bruissante bouffée de vent brûlant, apparaît un Sakha rondouillard, un peu débraillé. C'est l'heure à ça. Sans bouger la tête, par une simple rotation du regard, le milicien suit l'arrivant qui se dirige avec une rassurante aisance vers le comptoir de la réception. Le silence revenu avec la fermeture des portes, le milicien peut entendre ce qui se dit.

— Non, explique la réceptionniste. On ne peut pas utiliser ce téléphone. Il faut s'adresser au vestiaire du premier étage. » Le visiteur acquiesce avec une urbanité si spontanée que la réceptionniste quitte son poste pour le guider. Là-haut, pour lui, elle déniche la préposée du vestiaire, présentement accoudée au bar. Laquelle préposée, subissant à son tour le charme de ce petit homme, poliment confiant, va jusqu'à composer elle-même le numéro d'un certain Renne Blanc. Clin d'œil du petit homme à la préposée. Sourire et hochement de tête de cette dernière, à l'intention de Volodia. Sonnerie. Déclic. Quelqu'un décroche.

— Monsieur Renne Blanc.... Ne quittez pas. On vous parle de l'hôtel Tougoun.

Elle tend l'appareil à Volodia et retourne bavarder au bar. Redescendu dans le hall, machinalement souriant, Volodia salue la réceptionniste. Puis, remonté par des années de pratique, il accorde au milicien le coup de front conforme à leurs dignités respectives, avec, en supplément, un plissement des yeux, du modèle sympathique. Enfin, d'un pas vif, il fonce sur la porte vitrée qui coulisse au dernier moment, docilement feutrée. Sorti de cet aquarium climatisé, Volodia est assailli par le vent chaud. Soudainement dépouillé de son aura d'homme semi-important. Oppressé par une étouffante nostalgie. C'est sûrement sa dernière visite à l'hôtel Tougoun. Comme un adieu à la belle vie. À la vie. Se tuer ? Mais c'est Inokenti qui a le pistolet. Inokenti qui l'attend, au volant de cette auto trouvée qui sait où ?

La ville s'est enfin presque endormie. Tout ce que l'ouragan a pu briser est brisé. Inokenti conduit. Volodia le guide. Rue des Décabristes, avenue Gagarine. Une fois en vue du Magasin des Chasseurs au toit de béton moulé en forme de tente, Volodia fait signe à Inokenti de ralentir, puis indique un passage entre deux blocs d'immeubles. Inokenti fronce les sourcils, plisse les yeux, serre les mâchoires. À droite encore. Puis deux fois à gauche. De l'obscurité, les phares font émerger des wagonnets-poubelles renversés, des bandes de chiens en curée. Inokenti doit manœuvrer pour contourner, araignée géante, immobile et disloquée, une antenne de télévision envolée de la terrasse de quelque organisme officiel. Puis il stoppe, éteint les phares, coupe le contact.

— Tu peux t'avancer encore.

Un lampadaire indemne éclaire le relief dur, presque résumé, du visage d'Inokenti. Volodia y lit la méfiance. Renoue avec son sentiment désormais familier d'abaissement.

— Bon. J'y vais, dit Volodia. Rejoins-moi et observe. Si l'homme à qui je parle est bien Gennadi, je nouerai, comme ça, mes mains derrière mon dos. Quand tu pourras t'approcher, j'ôterai mes lunettes pour les essuyer. Je te jure que tu ne risques rien de moi. Et que j'ai confiance en ce policier.

Volodia s'éloigne, Inokenti dispose ses deux antivols, un pour l'accélérateur, l'autre pour le volant, descend, observe les alentours, verrouille les portières, gagne en courant à petites foulées le coin d'immeuble derrière lequel a tourné Volodia.

Cinq minutes plus tard, Gennadi et Volodia vont, côte à côte, de long en large, entre les immeubles. Toutes les fenêtres sont éteintes. Bordées dans leurs bâches, des autos dorment. Le journaliste marche les mains dans le dos. Raconte sa visite au député Adamov. Les informations exigées par le député sur Viktor Alexandrov et sa fille. L'origine de ce chantage. La place sur le marché pour sa nièce Nastasia, devenue, apparemment, la maîtresse d'Adamov. Ce qui l'amène à parler d'Inokenti, le jeune déserteur. Leur rencontre de hasard. La visite d'Inokenti au journal. Son témoignage sur l'enlèvement d'Ulyana Alexandrova. Les kidnappeurs caucasiens, tchétchènes, peut-être. Leur tout-terrain. Pourquoi Inokenti, en situation illégale, n'a pas voulu parler à la milice. Préférant son invention des *Brigades de Libération Sakha.*

— Même de moi, il s'est très vite méfié. Sous prétexte qu'il s'est senti espionné lors d'un rendez-vous que je lui avais donné au club nautique de l'Île aux Esturgeons.

Le journaliste se tait un moment, observant Gennadi. Mais le jeune policier ne dit rien.

— Depuis ce soir-là, je ne l'avais pas revu. Jusqu'à tout à l'heure où il a sonné chez moi, à la minute où je fuyais mon appartement. Il m'a demandé des comptes, brutalement. Je ne sais comment il a connu ma nièce Nastasia et découvert les relations qu'elle entretient avec Adamov.

Le policier et le journaliste font une fois de plus demi-tour. Gennadi soupesant du regard l'ombre environnante. Volodia, les mains croisées dans le dos.

— Je lui ai tout exposé, avoué, pourrait-on dire. En échange, je lui ai conseillé de me laisser te consulter. Le plus vite possible. Je pensais, contredis-moi si je me trompe, que tu enquêtais encore sur cette affaire.

Ils marchent. Le journaliste se recoiffe. Le vent le décoiffe. Gennadi n'a pas répondu à ses questions indirectes. Volodia se demande comment s'y prendre pour lui parler à présent d'Inokenti. Qui doit être quelque part, caché, impatient, suspicieux, jouant, comme tout-à-l'heure, avec le pistolet. Un, deux... quatre, cinq... dix pas encore.

— Il est armé, bien sûr, dit enfin Gennadi.

Volodia s'arrête sans même s'en apercevoir, se demande absurdement s'il n'a pas, l'instant précédent, pensé tout haut à Inokenti, au pistolet. Essayant de parler d'une voix normale :

— Qui est armé ?

Gennadi a pris quelques pas d'avance. Volodia trottine pour le rattraper. Lui dit à voix basse, presque à l'oreille :

— Il a pris mon pistolet. Je l'avais sorti en entendant frapper à ma porte. Si ça avait été les hommes d'Adamov.

— De quel signal avez-vous convenu ?

Volodia s'arrête à nouveau. Hébété. Deviné.

— Je lui ai dit que si j'arrivais à te dire qu'il nous surveillait et que si tu étais d'accord pour...

— Qu'est-ce que tu attends ?

Volodia s'arrête, ôte ses lunettes, sort un pan de sa chemise, essuie longuement ses verres. Gennadi reste également sur place, bras le long du corps, les mains bien visibles. Ni en garde ni menaçant. Presque aussitôt, Inokenti se détache de l'obscurité, une main dans la poche de son treillis camouflé

— Toi, le Papa, va m'attendre à la voiture.

Une demi-heure plus tard, ombres dans la nuit, le déserteur et le policier se séparent. Il n'y a plus de méfiance entre eux. Aucune sympathie non plus. Mais l'enlèvement d'Ulyana Alexandrova les range dans le même camp.

Inokenti court souplement vers la Lada où l'attend le journaliste Volodia. Gennadi regagne à pas lents son appartement. Avec le coup de main d'une vieille habitude, il soulève en le poussant le battant de la porte du deux-pièces familial. Éviter que le bas de la porte ne gratte bruyamment le plancher. Sa mère dort si peu. Si mal. Mais il distingue un trait lumineux sous la porte de la pièce à tout faire où elle dort sur un canapé dépliant. Capable de lire des nuits entières, l'oreille à la radio, un œil sur le télé. Tout l'intéresse. Une revue de presse vivante.

Sa mère a certainement perçu l'entrée de Gennadi. Elle ne l'appelle pas. Mais il sait qu'elle l'attend. Qu'elle a quelque que chose d'important à lui dire. À lui demander. Ainsi se devinent-ils depuis toujours, sans plus même y penser. La mère est étendue sur son lit, en robe de chambre, cheveux tirés en chignon, écouteurs aux oreilles. Quelques instants passent. Silence dont s'alimente l'intuition. Puis elle parle :

— La radio de Russie vient d'annoncer la disparition de Viktor Alexandrov et de deux de ses assistants.

Gennadi ferme les yeux, écoute.

Sa mère lit des notes écrites au dos d'une enveloppe :

« Chargé de négocier un important contrat avec une compagnie pétrolière américaine, un haut fonctionnaire sakha, le professeur Viktor Alexandrov, acceptait depuis des mois des sommes versées par une compagnie rivale. Rappelé à Yakoutsk avec ses assistants, se voyant sur le point d'être démasqué, Viktor Alexandrov, a choisi de disparaître en compagnie de ses complices. Il avait auparavant pris la précaution d'expédier sa femme et sa fille à l'étranger. Le professeur Viktor Alexandrov jouissait notoirement de la protection du président de la République de Sakha-Yakoutie à l'entourage duquel il appartenait. »

Debout, adossé à la porte de la pièce à vivre, Gennadi n'ouvre pas les yeux.

— Quelques minutes plus tard, l'information a été reprise, sans commentaires, en sakha, par la radio de Yakoutie.

Gennadi ouvre les yeux, incline légèrement la tête pour remercier sa mère, gagne sa chambre.

Les autres boivent en silence un thé tiède. Aslan, les yeux ailleurs, leur éclat terni par le sommeil venant, n'arrive plus à repousser ses pensées. Il sait qu'il est exactement une heure cinquante. Mais il fait semblant de regarder sa montre. De sursauter comme s'il était surpris. Comme s'il avait oublié sa corvée. Qu'il allait laisser passer l'heure d'aller lui porter le seau. De l'air de celui à qui ça pèse, il appuie ses mains sur la table, se lève lourdement, bâille, marche vers la porte en traînant les pieds. Dès qu'il aura son arme en main, ils ne pourront plus rien faire. C'est juré, décidé. Plus se laisser faire. S'ils l'empêchent de sortir, les abattre ou se faire abattre. Dehors, c'est le déchaînement. À dix pas, on n'entendrait pas un tir de mortier. On dirait que le vent va vraiment démolir la maison.

Aslan est à mi-chemin entre la table et son arme. Le cœur au triple galop. L'ouïe exacerbée, il perçoit, à travers le fracas de la bourrasque, trois coups frappés sur la table. Il devrait faire semblant de ne pas avoir entendu. Poursuivre sa marche. Malgré lui, il se retourne, voit les lèvres du Plus Âgé lui dire non. Et sa main lui faire signe d'attendre.

Ils ont deviné. Ils se doutent. Comme la fille aussi avait deviné. Que c'était maintenant ou jamais. Compris avant lui qu'il ne serait bientôt plus libre du tout. Même plus libre de prendre son arme, le seau, de sortir, d'aller seul à l'étable.

Le Plus Âgé a l'air qu'on prenait pour dire bonjour aux chercheurs d'or, quand on en trouvait un. Un faux air de rien. La kalachnikov d'Aslan est à portée d'un bond, d'un plongeon. Deux mètres, au plus. Mais, sur la table, entre les graisseux papiers d'emballage et les verres de thé collants, la main du Plus Âgé repose sur son fusil d'assaut. Index sur la détente. Cet index qui tout à l'heure a toqué trois coups sur la table. Pour stopper Aslan.

Coudes sur la table, les dix doigts dans sa barbe, Vassili le mecano, en caleçon et maillot de corps, contemple d'un air un peu accablé, mal réveillé, la nouvelle trouvaille d'Inokenti : debout sous l'ampoule, au milieu de la pièce, un homme sans tête. Ou, plutôt, la tête emballée dans une veste nouée par les manches.

— Faut quoi en faire ?

— Adamov est après lui. Tu le caches. Plutôt, tu le boucles. Je t'expliquerai. On pourrait...

Inokenti se rapproche de Vassili et lui dit bas, à l'oreille :

— Dans le fourgon.

Vassili répond sans souci d'être entendu par l'homme sans tête :

— Il va crever de chaud.

— On lui laisse de l'eau. Plein. Ça le changera. Presse-toi, je dois partir.

Et voilà le journaliste Volodia enfermé avec un jerrycan d'eau dans la caisse arrière d'un fourgon blindé de ramassage de fonds qu'une banque en faillite a oublié chez Vassili.

Il est quatre heures. Le jour va se lever. La tempête s'apaise. Paupières plissées pour protéger leurs yeux de la poussière Inokenti et son frère, au centre d'une farandole de chiens, regagnent la maison de bois. On entend, dans le troupeau de véhicules de Vassili, des tôles bringuebaler au vent.

Inokenti déclare :

— C'était bien Adamov.

Sans répondre, Vassili, une main glissée sous son maillot de corps, se gratte la poitrine. Inokenti répète :

— C'est le député Adamov qui a fait kidnapper Ulyana. Je vais me mettre après lui. Tu me laisses l'auto ?

— Adamov ? Le patron des gangs ?

— Je croyais que tu le connaissais pas.

Vassili ne répond pas, entre dans la maison, fourrage dans sa tignasse de pope en préparant le thé, Inokenti raconte. Comment le journaliste Volodia s'est trouvé mêlé à l'affaire.

— Je l'aurais étranglé.

Et Inokenti referme son avant-bras en ciseau sur son biceps. Puis il parle du flic.

— Tu te souviens. je l'avais senti.

Le mécano lappe bruyamment son thé, sert deux derniers verres de vodka. Coups de menton pour les avaler d'une seule gorgée.

— Alors c'est d'acoord, Vassili, tu surveilles le papa.

— Et, en échange, tu gardes l'auto ?

Rire voyou d'Inokenti. Dernière vodka.

En conduisant, Inokenti réfléchit. Le député Adamov ? Inapprochable. Ses hommes ? Il y en sûrement qui vont descendre chez Volodia. Les attendre là-bas ? Conduisant réglementairement, prudemment, Inokenti, pour la quatrième fois depuis quelques heures, traverse la capitale. Direction, l'appartement de Volodia. Puis sa pensée passe à Nastasia. Si Adamov était encore chez elle ? Pas possible. Un vieux, ça doit faire ça vite et retourner à ses affaires. En débouchant sur l'esplanade où rouillent la victoire des peuples soviétiques et le vieux tank T 34 qui l'illustre, Inokenti, machinalement, tourne à droite. Vers chez Nastasia. Juste passer devant son immeuble. Vérifier, pour Adamov.

Le jour est levé. Filtrant le soleil, des nuages cuivrés, vert-de-gris, dévalent vers le nord. Sur le trottoir, un goéland, bec jaune, manteau gris, bedaine blanche, court en se dandinant vers une poubelle renversée. Au pied d'un immeuble, deux saoulards enlacés se disputent à savoir qui soutient l'autre. Devant le terminus de la ligne 7, trois autobus lamentables. On pourrait croire qu'ils se sont couchés là pour mourir. Inokenti manœuvre entre les immeubles. Toutes ces fenêtres. Tous ces gens, chez eux, qui dorment. Moi, je n'ai même pas un lit. Et après ? Coup d'œil sur le parking. Pas de Volga. Assis sur le perron, une espèce de dogue avec, en laisse, un type en T-shirt moulé, pantalon flottant. Inokenti approche sa voiture, se gare à proximité du perron. Le dogue dresse les oreilles. Inokenti descend sans prendre le mal de fixer ses antivols. Ici, on est bien gardé. Caché par sa voiture, il sort le pistolet de sa poche, l'arme, le coince derrière son dos, dans la ceinture. Puis il marche droit vers l'homme-chien de garde. Qui reconnaît aussitôt le salaud du marché.

— Avance pas, j'le lâche !

Inokenti dégage son pistolet, le braque sur la tête du chien. Dans sa figure encore amochée, les yeux du voyou ont l'air de chercher quelque chose. Fuir du regard ce type qui l'a dérouillé, l'autre jour. À son tour, Inokenti le reconnaît.

— Accroche ton chien à la rampe.

Le voyou noue à la rampe l'extrémité de la laisse.

— Plus serré ! Qu'il aille pas bouffer sa laisse.

Le garçon accroche son dogue si serré qu'on le croirait pendu.

Conciliant, soumis, il demande, montrant une muselière pendant à sa ceinure :

— J'y mets ?

Inokenti lui a déja saisi un poignet. Puis, l'a aussitôt forcé, d'une torsion, à faire demi-tour. Et maintenant, il le pousse vers l'auto, avant-bras retourné entre les omoplates. Le fait mettre à genoux, décroche la muselière, ouvre le coffre, trouve un chiffon, en bourre la muselière avant de la passer au voyou qui se retrouve bâillonné dans le coffre, caché sous une bâche graisseuse. Coup d'œil d'Inokenti. Personne en vue. Il rejoint le perron, décroche le chien, pousse les triples portes, traverse le hall, monte les étages en tenant le dogue par le collier, serré à l'étrangler. Arrivé devant la porte de Nastasia, il tourne, tourne, encore et encore, le timbre fixé sur la porte. Au bout d'un moment, Nastasia ouvre la porte. Elle est en T-shirt, bas du corps nu.

— Tu vas réveiller tout le monde.

Voyant le chien, elle se jette en arrière.

Inokenti entre, repousse la porte. Dos tourné, à Nastasia, occupé à attacher le chien au radiateur :

— T'aurais pu me dire, pour Adamov.

Elle ne répond pas. Il se redresse et sent, dans son dos, qu'elle le fixe. Indignée, furieuse :

— Tu crois que je fais ce que je veux ?

Inokenti lui fait face :

— Moi, je fais ce que je veux. Et je suis venu te dire qu'à partir de maintenant, entre moi...

Il se frappe la poitrine.

— Adamov et moi, c'est la guerre.

Inokenti prend le bras de Nastasia, la pousse vers le dogue à qui il demande :

— Pas vrai ?

Le chien émet un reniflement idiot. Nastasia, penche la tête, bouche de travers, comme pour mordre. Coquette et mauvaise à la fois.

— À cause de moi ?
— À cause de toi, quoi ?
— La guerre ?
— Pour qui, sans quoi !
Pas la peine de lui parler d'Ulyana.
Nastasia regarde le chien.
— Mais Nikita, en bas ?
Inokenti fait de la main le geste de balayer.
— Tu l'as pas... ?
Inokenti hausse les épaules.
— Adamov, tu le revois plus !
Un ordre.
— Et si je le revois ?
Inokenti va pour décrocher le chien. Elle l'arrête.
— Tu es fou !
— C'est ta faute.
— Je peux quand même pas me débarrasser d'Adamov en vingt-quatre heures !
— C'est pas une question de temps.
— De quoi, alors ?
— Savoir ce qu'on veut. Ton stand au marché, tu le voulais ?
Nastasia se mord les lèvres, comme si elle voulait s'empêcher de sourire.
— Tu sais à qui, des fois, tu me fais penser ?
À qui elle pense, Inokenti s'en fout. Est-ce qu'elle se demande, elle, cul au vent, excitante comme une promesse de bagarre, à quoi il peut penser ? Jamais, d'ailleurs, Nastasia ne dira à qui, ce soir, Inokenti la faisait penser. Parce qu'ils sont déjà sur le lit et qu'après, elle aura oublié. Que c'était à Oncle Volo-

dia qu'Inokenti l'avait fait penser. Leur façon d'enfants boudeurs quand on ne leur donne pas tout de suite ce qu'ils demandent. Accroché à son radiateur, le dogue détourne la tête en clignant des yeux. Première fois dans son existence de chien qu'il voit un homme dévorer sa femelle.

Comme s'ils étaient déjà en fuite, ils reprennent, accéléré, le corps à corps qui, trente-six heures plus tôt, les a portés à une jouissance incendiée. Nastasia gémit. Inokenti rugit. Extase. Un instant foudroyé, Inokenti se redresse comme s'il avait été envoyé au tapis.

— Tu t'habilles ! On y va !

Il ramasse ses vêtements.

— Où ?

— Presse-toi !

Deux minutes plus tard, Inokenti pousse Nastasia dans l'auto. Tenant le dogue par le collier, il contourne la voiture, ouvre l'autre porte, se met au volant. Puis, repoussant brutalement le chien vers la rue, il ferme la porte et démarre. Ils roulent deux minutes sans rien dire. Inokenti demande :

— Tu pourrais te cacher où ?

Nastasia, l'air d'un petit fauve, ébouriffée de fureur :

— Parce que tu sais pas où tu vas ?

— J'ai dit ça ?

Silence de Nastasia. Inokenti répète :

— J'ai dit ça ?

Silence de Nastasia.

— Je t'ai demandé où tu pourrais te cacher.

— Eh bien moi, j'ai pas où ?

Derrière l'auto, le dogue trotte à longues foulées, traînant sa laisse. Inokenti prend à gauche, accélère. Le chien change d'allure, passe au galop. Sourcils froncés, Inokenti a repris le chemin de chez Vassili. Pas d'autre idée où cacher Nastasia. Dans son rétro, plus de chien. Ralentissant, Inokenti s'arrête au bord d'un trottoir, sans couper son moteur. Il sent le regard de Nastasia. Sûr, elle voudrait savoir où on va. Pourquoi on s'est arrêté. Mais elle ne va pas demander. Voici le dogue dans le rétro. Inokenti descend. L'attend. En voyant la voiture s'arrêter, le chien a ralenti sa course. Sa langue pend, démesurée. Sa poursuite enragée, sans espoir, lui laisse les yeux fous, les côtes battantes d'un rescapé de la noyade. Il s'approche d'Inokenti. Qui ne bouge absolument pas. Nastasia observe. On dirait que le dogue est désemparé. Qu'il ne sait plus où il est. Où il en est. On pourrait croire qu'il cherche des mots. Il branle la tête, s'approche encore, regarde Inokenti par-dessous. Puis d'un mouvement éclair, comme s'il échappait brutalement à quelque prise, il jette sa gueule vers la main droite d'Inokenti. Dans la voiture, Nastasia pousse un cri. Inokenti n'a pas réagi. La gueule du dogue est sur sa main. Et, d'une langue rêche, lui fait soumission.

Dégageant sa main, Inokenti décroche la laisse du collier, la fourre dans une des poches de son treillis, ouvre en silence une portière arrière de l'auto. Le dogue saute sur le siège. Flaire d'un air surpris, excité, ahuri. L'odeur de son maître, invisible, inaccessible, tassé dans le coffre. Puis le chien et Nastasia se dévisagent. Les yeux du dogue sont les premiers à cligner. Inokenti démarre. On est presque arrivés chez Vassili. Du bout de l'avenue, Inokenti devine le portail, grand ouvert. En entrant, il ne peut pas s'empêcher de regarder le fourgon. Surtout bien dire à Vassili de ne pas parler du Papa à Nastasia.

Elle observe l'endroit. Les voitures et les camions à demi dépecés. L'homme à la barbe de nuit qui apparaît à la porte. La maison de bois dont le faîte s'incurve comme l'échine d'une vache usée. Les chiens, dressés sur leurs pattes arrière, assiégeant la voiture. Inokenti stoppe, descend, ouvre la portière au dogue qui l'interroge du regard avant de bondir à la bagarre. Pendant qu'une mêlée de chiens tourbillonne dans la poussière, Inokenti fait signe à Nastasia de le suivre.

À Vassili : « La fille que je t'ai parlé. Si c'est pas déjà commencé, Adamov va pas tarder à la chercher. »

Vassili va pour dire : « Elle aussi ? » Mais le regard d'Inokenti lui fait comprendre qu'il ne faut pas parler de l'autre, celui qui est dans le fourgon. Et qu'il vaut mieux même ne parler de rien devant cette fille. Silencieusement, Vassili observe Nastasia avec la curiosité amusée, cruelle qu'il met à détailler les mécaniques en panne.

Inokenti : T'aurais pas un seau ?

Vassili marche vers la maison.

Inokenti à Nastasia :

— Vassili va te cacher. Je lui dis de t'enfermer à clef ?

— Le chien, tu l'as enfermé ?

Inokenti sourit un peu bêtement, pose une main sur l'épaule de Nastasia. Avec une étrange raideur, Nastasia tourne la tête, baise la main d'Inokenti. Revenant avec un seau, Vassili les observe. Il a une façon silencieuse, détachée, de regarder les gens vivre. Sans remercier, Inokenti lui prend le seau des mains, remonte en voiture, manœuvre, franchit le portail.

À huit cents kilomètres au sud de Yakoutsk. Un lac sur le cour d'un puissant torrent. Autour du lac, un vallonnement herbu. Au-delà, c'est la taïga et encore la taïga. Au bord du lac, une maison de bois, presque neuve. Une des demeures de Sangi le Nanaï. La plus secrète, la plus modeste. Sa préférée peut-être. Dans la pièce à l'étage, aménagée en bureau sous les deux pentes du toit, la radio vient d'annoncer : « Traître et corrompu, le professeur Viktor Alexandrov est en fuite. »

Sangi, placide, les yeux à l'abri de paupières plus bouffies peut-être encore qu'à l'ordinaire, pose un doigt sur le bouton rouge du gros transistor, le fait taire. Une silencieuse marée de moustiques bat le grillage de la fenêtre ouverte. Tout proche, un hennissement fend la nuit. Angoissé. D'autres chevaux répondent, rassurants. Sangi observe son hôte, le professeur Viktor Alexandrov. Qui ne doit penser qu'à sa fille. Séquestrée dans un endroit aussi isolé, peut-être, aussi introuvable. Sangi se lève. Ses cheveux légèrement frisés touchent presque le plafond de bois.

— Une demi-heure, Professeur. Le temps d'organiser les choses pendant mon absence. De rassembler des hommes.

Puis il invite Viktor à se sentir chez lui. Qu'il se repose ici, sur le divan. Se restaure en bas. Ou prenne un bain, s'il préfère. Viktor remercie, descend au rez-de-chaussée. Une servante russe achève de couvrir la table de plats qu'elle a dû commencer à préparer depuis des heures. Conformes à la richesse du maître, à la dignité de l'hôte. Un esturgeon à la gueule malveillante. Des perdrix des neiges. Un marcassin cuivré par la cuisson. Debout ou assis d'une fesse sur un tabouret, des Russes dévorent sans parler. À l'arrivée de Viktor, ils s'écartent. Quelqu'un emplit pour lui un verre de vodka. Viktor fait signe qu'il n'en boira pas. Ni soif ni faim. Une demi-heure, a dit Sangi. Trop peu pour dormir.

— Où se trouve le bain ?

Ivan, le géant, se lève pour accompagner Viktor à la cabane de bain. Ivan respire bruyamment et dégage une odeur fauve. La présence alliée de cette force animale calme un peu l'angoisse de Viktor. Montrant la cabane de bain à la porte liserée de lumière, Ivan dit d'une voix de basse :

— Je crois que votre chauffeur est là-dedans.

Viktor se déshabille au vestiaire, pousse la porte du bain. À son entrée, Iouri, étendu sur un gradin de bois, se redresse, s'assied, se penche, saisit une botte de rameaux de bouleau, la trempe dans un seau, bénit les pierres rougies comme des braises. Une explosion de vapeur sèche envahit la cabine.

Iouri geint sous la brûlure, s'enveloppe la tête d'une serviette pour éviter de cuire à son crâne rosi. D'un brusque à-coup, l'aiguille du thermomètre vient d'atteindre 100°. Protecteur, le chauffeur académique observe discrètement Viktor. Il voudrait bien savoir. Si on a du nouveau pour Ulyana ? Qu'est-ce qu'on fabrique chez ce millionnaire ?

L'amitié de Viktor et de Sangi le Nanaï remonte à dix ans. Un singulier dossier avait été transmis, pour avis, au professeur Alexandrov : le chef d'une coopérative forestière demandait au président de lui concéder, à titre privé, quelques milliers d'hectares. Un de ces territoires ravagés, lunaires que laissent les dragues après avoir écumé les vallées aurifères. Viktor avait reçu l'homme. Un tout jeune entrepreneur Nanaï. Puissant. Froidement passionné. Leur attachement à la nature, leur indignation devant sa dévastation les avaient aussitôt rapprochés. Sangi proposait de remodeler, à ses frais, ces espaces morts. Il espérait que la flore y reviendrait spontanément. Alors, il reconstruirait une ferme, achèterait des chevaux yakoutes. Viktor avait soutenu le projet. Et c'était dans ce domaine, vallée en convalescence, que Sangi, devenu multimillionnaire, l'accueillait aujourd'hui.

Dans la cabane de bain, Viktor est assis en tailleur sur le gradin inférieur. Très vite, son corps mince et musclé ruisselle. Presque closes, ses paupières laissent à peine filtrer le regard. Iouri reprend la botte de bouleau, s'en fouette le torse, les bras, les jambes. Puis il sort de la cabine. Dehors, se guidant aux reflets du lac, il court, battant des bras pour écarter les moustiques. Quand il plonge, des dizaines de canards décollent à grands remous.

Vingt minutes plus tard, Viktor, défatigué, un peu détendu, regagne la maison. Les hommes du Nanaï sont rassemblés debout, autour de deux nouveaux venus : Semion et Piotr qu'une quatrième voiture vient de ramener de Nahkodka. Sur un signe de Sangi, Ivan le colosse fait sauter le bouchon d'une bouteille de champagne, emplit une rangée de coupes.

Sangi lève la sienne.

— À Semion qui m'a alerté.

Viktor lève la sienne, cherchant son chauffeur du regard :

— À Iouri qui a cru bien faire !

En levant sa coupe, l'énorme Ivan hoche la tête tandis que l'œil gauche de Iouri tique avec avec émotion.

— La prochaine fois que nous boirons ensemble, ajoute Sangi, Ulyana Alexandrova aura retrouvé son père. Et ceux qui l'ont enlevée n'auront plus soif.

Dix minutes plus tard, pendant que la servante en est encore à rassembler les restes du buffet, quatre traînées de poussière modelées par la froide lumière de la lune, roulent au fond de la vallée. Ce sont les deux Toyota, la Niva de Iouri au pare-chocs grimaçant et une de ces ambulances militaires réformées que les Sibériens appellent parfois familièrement *sanitar.* À leur bord, treize hommes armés. Les véhicules suivent la piste forestière qui rejoint la Magistrale.

Une dizaine d'heures plus tard, elles ont abattu sept cent cinquante kilomètres. Un seul arrêt pour faire le plein à l'aide des jerrycans qu'on avait embarqués. À onze heures du matin, Sangi fait stopper le convoi. On approche de Yakoutsk. Il tombe une pluie continue. Les hommes descendent de voiture, le pas hésitant. Indifférents à l'averse, ils bâillent en s'étirant, se frottent les yeux, se grattent les cheveux, urinent, crachent.

À l'écart, Ivan, Viktor, Semion et Piotr écoutent Sangi le Nanaï leur exposer son plan. Il va conduire Viktor, Semion et Piotr jusqu'à un endroit où la Milice n'ira jamais les chercher. Ivan et les autres vont gagner Yakoutsk et commencer à s'occuper du clan Adamov. On se sépare. Sangi s'est mis au volant d'un 4×4. Viktor Alexandrov à son côté. Semion et Piotr à l'arrière. Les trois autres véhicules poursuivent leur chemin vers la capitale.

Sangi s'engage sur une piste qui longe le fleuve Lena. Navires abandonnés, demi-coulés, rouillés. Appontements basculés sous les crues, béton éclaté par la banquise d'hiver. Grues effondrées. Hangars en ruine. Loques de plastique flottant, accrochées aux tôles, aux buissons, aux squelettes d'acier qui crèvent le béton. De loin en loin, une fumée, une meute de chiens, une troupe d'enfants pieds nus dans la boue. Sangi décroche le radio téléphone. Annonce son approche. À travers les grésillements, une voix d'homme précise en sakha une position. Dix minutes plus tard, le 4×4 stoppe à proximité d'un appontement. Des corbeaux aux pattes raides y font gravement les cent pas. Planant sur le fleuve, large de plusieurs kilomètres, une brume de chaleur estompe la rive opposée. Un bateau trapu se dirige vers la rive. Arrimé sur le pont, un side-car jaune. Au milieu du fleuve, guidé par un bateau qui semble minuscule, un train de bois flotté s'étire vers le nord.

On descend de voiture. Les corbeaux ont des velléités d'envol. Piotr et Semion sortent leurs valises du coffre. Sangi prend celle de Viktor, insiste pour la porter lui-même, désigne du menton les milliers de troncs flottés.

— C'est à nous. Destination Japon.

Pour « moi » Sangi dit volontiers « nous ».

Le bateau fait un quart de tour, manœuvre pour accoster, face au courant. *Téméraire*. Un de ces petits remorqueurs militaires dits *B.M.K.*, dont l'Union Soviétique avait peuplé ses fleuves par dizaines de milliers.

La machine du *Téméraire* bat pesamment mais régulièrement. Un radar et une touffe d'antennes hérissonnent sa cabine. À la barre, une femme sakha, visage encadré par un foulard. Un homme et un garçonnet, sakhas également, torse nu, s'emploient à arrimer le *B.M.K.* à une échelle métallique scellée dans le béton du quai. Sans attendre la fin de la manœuvre, sans lâcher la valise de Viktor, ne se tenant que d'une main, le Nanaï se coule le long de l'échelle. Alexandrov et Piotr se regardent, surpris.

Les ours ont cette souplesse, cette impensable sûreté de mouvement.

À leur tour, Viktor, Piotr et Semion descendent l'échelle, prennent pied sur le pont. Sangi les conduit au deuxième sous-pont. Une cabine assez large, l'ancien carré, sans doute. Dégagé, balayé, aménagée pour eux. Une table, trois fauteuils au dos raide. Trois couchettes. La télévision, son coupé, diffuse une romance indienne. La femme qui était à la barre vient déposer un plateau sur la table. Vodka, thé, saucisson, poisson séché, biscuits. Son mari apporte une mallette qu'il confie à son boss.

— Mikhaïl, capitaine du *Téméraire,* dit sobrement Sangi.

En se retirant la capitaine entraîne par l'oreille son fils qui s'était déjà installé sur un des trois fauteuils, face à la télé. Dans la mallette posé sur la table, un computer.

— Le monde entier, dit Sangi.

Coup d'œil à Piotr et Semion. Traduire : vous saurez bien faire marcher ça ? Hochement de tête de Semion.

— Personne n'ira vous chercher ici. Le *Téméraire* surveille nos trains de bois. Assiste à l'occasion les autorités portuaires de Yakoutsk : contrôle, réparation des équipement de signalisation des navires circulant sur le fleuve. Entretien des balises flottantes et des signaux sur berges. Mikhaïl peut aller partout, aborder n'importe qui. Le capitaine du port est un ami.

Viktor écoute, préoccupé. Sangi regarde la montre de Semion.

— Nos hommes doivent être à Yakoutsk. D'abord localiser votre fille. Est-ce que votre policier pourrait nous aider ?

— Il m'a fait bonne impression. Mais rien n'est sûr.

— On verra vite qui c'est, Professeur.

Sangi serre les mains des trois hommes, sort du carré. Trente secondes après, remonté sur l'appontement, il se met au volant du Toyota, démarre brutalement vers le nord, dispersant les corbeaux.

Dans leur cabine, sans prêter attention au plateau de boissons, sans même penser à couper la télé qui diffuse dans leur dos ses couleurs fades, Viktor, Semion et Piotr, épaule contre épaule, détaillent l'équipement que leur a confié le Nanaï.

— Je dois appeler Krukauskas, dit Viktor. Quelle heure peut-il être en Alaska ?

Semion répond, sans avoir l'air d'avoir eu besoin de calculer. Viktor sort de son portefeuille la carte du journaliste alaskan. Semion compose le numéro, passe le combiné à Piotr. Qui ferme soudain les yeux pour mieux entendre, sort son stylo, écrit un numéro sur la nappe en papier qui couvre la table, raccroche, compose un nouveau numéro. Suit une conversation en anglais dont Viktor, figé, tente anxieusement de capter le contenu. Sans raccrocher, Piotr dit enfin, montrant le récepteur :

— C'est le rédacteur en chef du journal pour lequel travaillait Krukauskas.

La voix de Piotr se fait soudain rauque, presque sauvage :

— Vitautas est à l'hôpital. Réanimation. On lui a tiré dessus.

Les trois hommes se regardent sans se voir. Piotr explique :

— Vitautas enquêtait sur la Polar. Il était apparemment dans sa cabine quand la forêt, autour, a pris feu. Incendie volontaire. On a retrouvé les jerrycans. Il a dû réussir à fuir l'incendie. Abattu par balle, à deux kilomètres de là. Et personne, au journal, ne sait rien de ce qu'il avait pu trouver sur Spencer.

Piotr reprend le téléphone, discute un moment, en anglais, avec le rédacteur en chef, lui explique leur situation actuelle, indique comment les joindre. Puis, il sert à chacun une tasse du thé devenu tiède. Les yeux fermés, Viktor Alexandrov s'enferme dans une méditation, presque une prière que les autres protègent de leur silence. Comme si leur pensée pouvait, là-bas, en Alaska, arracher Vitautas au coma.

*

Pas difficile de trouver, à Yakoutsk, le garage où le clan Adamov vend ses voitures volées. Le député a réussi à faire attribuer à ses hommes, à la sortie sud de la capitale, un hangar laissé vacant par l'armée de l'air soviétique. On a peint en blanc le mur visible de la route. Et en grosses lettres rouges : *Confiance-Auto*. Comme place, il y a tout ce qu'il faut. Et pendant les huit mois et demi d'hiver, c'est chauffé. Aux frais d'on ne sait plus qui, puisque, de toute façon, armée russe ou état sakha, personne ne paye la facture. Barbelé, guérité, l'endroit, est facile à surveiller. Mais c'est un vrai garage, avec directeur des ventes. Un Sakha qui se fait appeler Richard Nixon. Le nom d'un homme qui savait parler aux Russes. Nixon porte jeans, chemise à carreaux, bottes cow-boy. Sa fierté : un système de commande sur catalogue. Modèle, année, couleur, options, tout ce qui est japonais peut-être commandé. Et sera, sans délai, volé au Japon ou en Corée par les fournisseurs de Nixon. On devine que Nixon s'y connaît en hommes.

Ce géant par exemple, qui approche, en tanguant, lourdaud, costume bleu, lunettes noires, est sitôt évalué. Ça doit peser dans les cent quarante kilos. Un Russe, genre président de sovkhoze oublié au fin fond d'une province. Brutasse et juste assez malin pour avoir privatisé à son compte le magazin du village. Comme le sovkhoze est en retard de salaires, chacun se retrouve en dettes au magazin. Et y laisse le profit de son travail privé : carré de patates, poulailler, troupeau familial, bûcheronnage du dimanche. Du coup, notre gros enrichi peut tout se permettre. Venir à la capitale s'acheter une voiture. La plus grosse. La plus chromée. Y en aurait-il une en or, il en tirerait sa langue de bœuf.

En voyant approcher ce client, Nixon reste assis, pieds bottés sur le bureau, silencieux, impassible, cigarette au bec. L'énorme type s'arrête. Un peu hésitant, impressionné sans doute. Il ôte ses lunettes. Yeux de vache. Saillants. Mouillés. Comme un écolier, il dit sa leçon en hésitant. Ce qu'il cherche, Nixon l'aurait parié : quelque chose, surtout, qu'on voie de loin. Le directeur des ventes fait pivoter sa chaise, pousse du pied la porte du coffre-fort vide dont les aviateurs russes ont emporté avec eux la combinaison. Puis il se lève, main ouverte, soudain souriant, chaleureux, familier. Se présente : Richard Nixon, directeur des ventes et des après-vente. Son front arrive à peine au mouchoir que le géant porte en pochette et tire toutes les trente secondes pour s'éponger. Nixon qui ne parle pas un mot d'anglais s'est inventé un accent qu'il espère américain. Le client s'y trompe. Nixon, modeste, répond non, il n'est pas américain. L'accent, il faut l'excuser, c'est à force.

Commence la revue des voitures. Sous les hautes charpentes du hangar, des martinets croisent en piaillant. Les talons de Nixon grattent avec nonchalance le ciment poudreux du sol. Le client dévisage les autos. Il doit, pense Nixon, détailler comme ça les femmes de ceux qui commencent à lui devoir trop de roubles. On passe entre les rangées : japonaises, coréennes, Mercedes, B.M.W. et même un lot de Ford tout-terrain comme on n'en voit peut-être même pas à Moscou. Son mouchoir à la main, traînant des pieds épais comme des sabots d'élan, le gros s'emplit goulûment les yeux. Marmonnant. Combien, celle-ci ? Celle-là ? Marque ? Cylindrée ? Chevaux ? Nixon regarde sa montre américaine. Une demi-heure bientôt qu'on piétine. Il a chaud. Et mal aux pieds dans ses bottes. Le client montre du doigt. Nixon lui répond que celle-ci n'est pas en vente. Le géant insiste, à croire qu'il est sourd, ouvre une portière, inspecte, retire les clefs de contact.

— On l'essaye ?

Le ton un peu insinuant dont on demande une faveur. Et le géant prend affectueusement le bras du directeur des ventes qui se sent soulevé, installé au volant comme un enfant qu'on pose sur une chaise.

— Pour me faire plaisir, Richard.

Le gros Russe contourne la voiture, monte, s'assied, tend les clefs à Nixon, s'agite en cherchant quelque chose dans sa poche. Sous lui, le 4×4 tressaute. Le client trouve ce qu'il cherchait, le pose sur son genou. Un pistolet.

— Juste un petit tour. Un essai.

À la grande porte, la barrière est abaissée. Le garde reconnaît le directeur des ventes. Qu'un gros passager dont la tête touche le plafond de l'auto, observe avec une attention un peu niaise. La barrière se lève. Pour Nixon, c'est le moment. Lâcher l'embrayage. Laisser bondir l'auto, rater la porte, foncer dans le mur, sauter en marche. Maintenant ou jamais. Il accélère, un peu trop, sans doute, débraye brutalement. Le 4×4 se déporte sur la gauche, pique droit vers le montant de la porte. Mais, au dernier dixième de seconde, il évite l'obstacle, passe la porte, tourne dans la rue en chantant de ses quatre pneus.

De la main gauche, le gros a redressé la trajectoire du 4×4 emballé. Sa main droite recouvre presque entièrement le pistolet posé sur son genou.

*

Questionné par ce gros type qui l'a bien couillonné, Nixon finira par en dire beaucoup. Mais rien sur l'usage qui a pu être fait du 4×4 le jour où des Tchétchènes sont venus le lui emprunter. Ce qui laisse Ivan et son boss Sangi le Nanaï en possession d'une piste coupée. Une piste qui aurait pu les conduire à la ferme où les deux Autres ne laissent plus Aslan seul. L'accompagnant désormais quand il va porter le seau. L'obligeant à les suivre quand ils vont à l'étable nourrir la fille.

— C'est qu'on t'aime, dit le Plus Âgé.

Aslan attendait ça. Et c'est peut-être à force d'y penser, que l'idée est passée de lui à eux. L'idée distrayante, utile, de faire de lui leur femelle.

En une nuit, le temps a changé. La température a plongé de vingt degrés. D'un ciel d'aluminium terni, tombe une pluie dure, engloutissant l'été. Deux, trois jours qu'on n'a pas vu le chef, Mansur, le Singe. Aslan a peur. Ce n'est pas le genre des chefs, de leur faire confiance. De les laisser sans surveillance. Avec cette fille qui est comme un trésor. Ou une bombe.

Le Plus Âgé regarde sa montre, se lève. L'Autre l'imite en observant Aslan. On sort tous les trois. Dehors, le temps de courir de la maison à l'étable, c'est la douche. Drue. Froide. Le Plus Âgé braque sa torche sur le visage d'Aslan. Puis, sans raison, lui met les clefs dans la main. Ébloui, Aslan peine à ouvrir le cadenas.

— Sait pas trouver un trou.

— On lui fera voir.

Le cadenas s'ouvre enfin, Aslan pousse la porte.

Sa carapace de boue séchée maintient dans l'étable une certaine tiédeur. Le Plus Âgé cale la torche entre deux pièces de la charpente. Aslan a gardé les clefs. Pour détacher la fille, il se met à genoux. Dans la terre durcie, battue par le piétinement ancien des bêtes, il lit des chiffres. Il est presque certain de ne pas les avoir vus la dernière fois qu'il est venu dans l'étable. Elle les aura gravés avec ses ongles. Un numéro de téléphone, sûrement. Aslan se le récite, essaye de l'effacer du genou, puis du pied, en se relevant, espérant ne plus l'oublier. Cette fille commence à être très sale. Cheveux aplatis en mèches collées. Sa jupe dégage une odeur d'alcali. Une fois libre, elle se lève. Son regard, glissant entre les paupières, détaille les visages trempés dont la lampe arrache les reliefs à l'ombre. La face macabre du Plus Âgé, usée, tourmentée, comme les racines d'une souche de pin. Le profil de l'Autre qui ne sait pas regarder en face, qui aurait pu être beau, énergique, mais reste inachevé, faute d'esprit, de caractère. Et le visage d'Aslan, fin, délicat, frémissant, ovin, tout en nez, en yeux, en lèvres ; front en longue pente.

Le Plus Âgé tend une gamelle à la prisonnière. Qui la prend sans gratitude, avec une distraction un peu hautaine. Tarde à manger. Puis mastique lentement, avec une application absente. Pain, poissons séchés en lambeaux filandreux. À intervalles, elle s'interrompt pour boire à son quart de thé, dévisageant ses gardiens ou bien passant, avec une attention étrangement concernée, l'inspection de ce qui l'entoure. On entend la pluie gratter le dos de l'étable, gargouiller devant la porte. Mais, surtout, on respire toutes les senteurs emprisonnées pendant des semaines de sécheresse et que, soudain, l'averse a libérées. L'étable a retrouvé son odeur de vache, de lait. Mouillés, les hommes du Caucase ont des relents de suint. Et Ulyana sent la pouliche. Dehors, une autre vie va commencer. Une vie de ciel bas, de vêtements pesants de pluie. De boue qui alourdit le pied, transforme les pistes en fleuves pâteux et la conduite en navigation.

Le Plus Âgé tousse. En deux temps. Ça veut peut-être dire quelque chose. Que cette fille a assez mangé. Assez bu. Aslan ne peut s'empêcher de comprendre ce que les autres ressentent. Et mieux même que les autres. Qui vivent le plus souvent sans rien comprendre, sans rien chercher à comprendre. Aslan observe la fille. Qui lui dit quelque chose du regard. Le seau ? Aslan s'approche, dépose le seau derrière elle, s'éloigne, s'arrête, nez au mur. Est-ce que les autres la regardent pendant qu'elle fait ? Évidemment ! Et Aslan comprend ce qu'elle essayait sans doute de lui dire, à l'instant, avec les yeux. Malgré lui, il entend le bruit, dans le seau. Il imagine les autres en train de regarder. Puis il devine que c'est fini. Que la fille s'est redressée. Qu'elle attend. Il se retourne, va vers elle sans regarder les autres. Enlaçant le poteau, elle tend ses poignets serrés l'un contre l'autre. Son visage est levé, regard attentivement posé sur la charpente de sa prison.

Avec l'impression de recevoir un courant chaque fois que ses doigts touchent la peau de cette fille, Aslan lui encercle les poignets dans les menottes. Claquement. Tour de clef. Vérification machinale. Le loquet a bien tourné. Ils marchent tous les trois vers la porte. Le Plus Âgé en tête, l'Autre faisant signe à Aslan de le précéder. Manière de l'encadrer. Le Plus Âgé pousse la porte, baisse la tête sous la pluie qui cascade. Aslan franchit le seuil, baisse aussi la tête, se retourne vers l'Autre pour lui tendre les deux clefs. L'Autre hésite, fronce les sourcils. Pourquoi cet idiot lui tend-il les clefs ?

Et le front d'Aslan vient percuter le visage de l'Autre. Devant eux, pressé de se mettre à l'abri, le Plus Âgé n'a rien entendu. Ni le bruit de la face enfoncée ni le floc du corps s'affaissant dans la boue devant la porte de l'étable restée ouverte. Aslan court déjà. Il sait exactement où il va. Depuis des jours qu'il se le récite, pour se prouver que c'est possible. Courir d'abord vers le coin de l'enclos où la barrière est la moins haute. Sauter la barrière, trente foulées, plonger dans le bras mort de la rivière, nager sous l'eau, dix douze mètres, émerger sous les branches des saules. Le feuillage les empêcherait de le voir se hisser sur la berge. Ensuite, courir derrière la ligne d'arbres qui bordent la rive. Les autres le verraient mal. Devraient tirer au jugé.

Mais tout est plus facile puisqu'il fait nuit. Les autres ne l'ont pas même vu s'enfuir. Et maintenant, pour eux, c'est trop tard. Aslan se sent fort. Joyeux pour la première fois depuis des mois, des années. Fier. Ce coup de tête. Jamais seulement espéré qu'il oserait. Il ne court plus. Marche dans l'obscurité ;

tout en oreilles. Les chevaux ne peuvent pas être loin. Il les a bien observés. Ils aiment être près des arbres. Pour l'ombre, quand il faisait si chaud. Pour les brindilles, l'écorce à ronger. Et cette nuit, peut-être, contre la pluie. Les voici ! Ça souffle, ça éternue. Ils vont bientôt l'entendre. Le sentir, peut-être. Traîne-t-il, pour les chevaux yakoutes, son odeur d'étranger, de khatchi ? Ne pas les surprendre, les effrayer. Aslan se met à ronronner, comme il a toujours entendu faire chez lui, à qui veut approcher un cheval en liberté, le rassurer. Il devine les oreilles dressées, tournant sur elles-mêmes pour situer l'arrivant. Les postérieures, sabotant le sol, préparant leur détente. Et il chantonne en marmonnant. Qu'il n'est pas un voleur de chevaux. Que c'est pas pour lui. Que c'est pour libérer une jeune fille. Une fille de chez vous, dit-il aux chevaux yakoutes. Une sorte de princesse. Et les chevaux se laisssent approcher. Aslan les distingue dans l'obscurité. Masses noires, luisantes de pluie. Il avance. Toujours s'expliquant. Exalté par son exploit. Son coup de tête. Sans même penser qu'il aurait pu ramasser l'arme de l'Autre, abattre le Plus Âgé. Qui n'avait même pas daigné s'armer pour aller nourrir et faire pisser cette fille. Qu'on aurait mieux fait de noyer depuis le début. C'est ce qu'il répétait, le Plus Âgé. La noyer.

Aslan parle toujours. Il n'est plus qu'à deux mètres de la première bête du troupeau. Une jument. Ça se sent. Pas jeune. Ni apeurée ni hostile. Il distingue le blanc de l'œil dans la tête aux trois quarts tournée. Il sait, avant d'avoir besoin de le voir, que la bête vient de reporter son poids sur l'arrière-train. Il voit les deux sabots antérieurs se détacher du sol avec légèreté. Il entend les autres chevaux prendre le galop pendant que la jument se cabre sans frayeur ni mauvaise intention, pivote sur elle-même, s'éloigne. Gracieuse. Nonchalante. Aslan sourit. « Morsures de jument, caresses pour l'étalon. » On dit ainsi, chez lui.

Mais deux heures plus tard, tremblant de froid, de fatigue, de fièvre peut-être, il piétine toujours en vaines approches, hébété par l'indéfectible coquetterie de la jument. Finit par trébucher, tomber sur les genoux. Ne se relève pas. La pluie, la nuit ont tourné son esprit en boue. Une boue sombre d'où émerge un chiffre. Un numéro. Celui que cette fille avait gravé dans la terre battue. Un téléphone dans ce bout de steppe cerné par la taïga !

Suivie par son troupeau, la jument revient vers l'homme à genoux, aux vêtements, à la peau plaqués de boue. Et elle reste à portée. Docile enfin, peut-être. Mais le regard, l'oreille, l'esprit de l'homme sont ailleurs. Aimantés par un signe lointain, encore à peine perceptible. Venant de son monde. Celui des hommes. Un point lumineux rampant au pied de la barre noire du plateau d'où la taïga encercle la plaine. Un bruit de moteur, deviné plutôt qu'entendu, à travers les tambours de la pluie. Désorienté dans la plaine obscure, Aslan ne saurait plus situer la cabane d'où il s'est enfui. Ni le bras mort de rivière qu'il a traversé. Mais ces phares, là-bas, encore confondus en un seul point, lui dessinent le tracé de la route. Et le bruit du moteur va bientôt lui permettre d'évaluer les distances. Il a tant de fois, ces derniers jours, ces dernières nuits, suivi de loin le passage sur la route d'autos, de camions dont il n'aurait pu dire ce qu'il espérait. Mais il est libre à présent. De se mettre debout. De courir vers la route. De faire signe aux conducteurs. Leur inventer n'importe quoi. Qu'il a laissé sa voiture en panne, sur une piste de la taïga. Qu'il est tombé dans un fossé. Qu'il doit, d'urgence, téléphoner.

Là-bas, les phares ralentissent, s'arrêtent presque. Éclairent en plein, de face. La voiture aura quitté la route, se sera engagée sur la piste. Aslan perçoit à présent le bruit du moteur. Et soudain s'effare. Si c'était la jeep du Singe ! Aslan voit nettement les phares, l'écran de pluie, la piste vernie de boue qu'ils semblent pousser devant eux. Impossible, sûrement, au conducteur de distinguer quelque chose au-delà de quelques mètres.

Mais Aslan reste paralysé, hypnotisé. Et la jeep avance, crabotant coléreusement, phares tanguant des nuages aux fondrières. Elle avance droit sur Aslan. Il comprend qu'il a tourné en rond. Qu'il est au bord de la piste, à hauteur de l'isthme miniature qu'elle emprunte pour franchir le bras mort de la rivière. À cinquante mètres à peine de la cabane, du Plus Âgé, de l'Autre qui a dû reprendre conscience. À portée de leurs fusils d'assaut, de leur poursuite. Et c'est tout juste si Aslan parvient à plonger face au sol au moment où les phares vont l'illuminer, à genoux, moignon d'homme sur le fond de nuit. Et la jeep — le Singe c'est sûr — passe tout près. Si près qu'Aslan reçoit une giclée d'eau épaissie de terre. La jeep s'arrête mais le moteur continue à tourner. Aslan entend claquer la portière, tourne la tête, voit le Singe courir sous la pluie vers la cabane inondée par les phares. Aslan est aussitôt à genoux, puis debout, courant lui aussi, mais sans savoir ce qu'il fait, vers la jeep haletante. S'il comprenait, s'il mesurait, Aslan fuirait dans l'autre direction. Mais il ne sait pas qu'il ouvre la portière, s'assied, débraye, tâtonne vers le levier de vitesse, passe la première car il n'est pas certain de trouver la marche arrière. La jeep patine, danse sur place. Absurdement, Aslan accélère. Les roues s'enfoncent, la caisse chavire. Des silhouettes surgissent de la cabane. Ordres. Jurons. La jeep tangue, vire, s'arrache aux ornières, bondit. Aslan tire sur le volant, réussit un demi-tour, fonce tout droit, éteint les phares. Détonations. Ses oreilles se bouchent. Il ne sait toujours pas ce qu'il fait. Mais il a retrouvé cette force, cette joie de tout à l'heure. Et il rallume ses phares. Et la pluie brouille les yeux de ceux qui tirent.

Sorti délibérément de la piste, mouton changé en fauve, Aslan fait louvoyer sa jeep comme un meneur de meute. Et les tirs se noient dans la pluie, ne dérangeant que les chevaux.

Dans l'étable, menottée en attitude de prière, Ulyana invoque à haute voix l'esprit de la nuit. « Aide le khatchi aux yeux d'agneau ! »

Après avoir hurlé, injurié, menacé ses hommes, Mansur le Singe, bloqué dans cette ferme perdue, fou de rage et d'humiliation, a dû prévenir son commanditaire, Markhasev. Surnommé le Secrétaire Général, Markhasev est l'homme de l'ombre du député Adamov. Son bureau est sous le toit du Marché Neuf de Yakoutsk. Il vient d'y passer la nuit, seul, à entendre tomber la pluie et les nouvelles négatives. Le journaliste Volodia ? Toujours pas retrouvé. Ni Vadim, le garde du corps. Ni la dernière maîtresse du député Adamov. Disparus le tout-terrain, le chef des ventes Nixon. Et, dernière nouvelle : un Tchétchène qui déserte avec la jeep du Singe.

— Je t'envoie une voiture, Mansur. Pour déménager la fille. Sans couper la communication, Markhasev pose le téléphone, ventre en l'air, sur le bras du fauteuil. Dans un mouvement coulissant, ses paupières se ferment comme celles des salamandres. Il voudrait surtout comprendre. On était plus que tranquilles. Depuis des mois, personne, même pas la Milice, ne se risquait à nous contrarier. Il suffisait de prononcer le nom du député Adamov. Les yeux toujours fermés, Markhasev ressaisit le téléphone. Questionne le Singe. Une idée pourquoi ce type a déserté ? Ils étaient bien trois ? Et c'était le plus jeune ? La chèvre ?

Là-bas, dans la ferme, le Singe, expression mauvaise, dévisage ses hommes, leur met son portable sous le nez ?

— Vous entendez ? C'était votre chèvre ?

Le Plus Âgé et son masque de sournoiserie indurée. L'Autre imbécile et son arcade saignante. Sans lâcher son téléphone, le Singe ébauche la prise, universellement stylisée, du primate pénétrant sa femelle. C'est une question. De la tête les deux hommes font non. Certain qu'ils mentent, le Singe crache.

Le Plus Âgé, de sa voix ankylosée :

— Je parierais que la fille l'a enfariné.

Le Singe traduit pour Markhasev :

— Il y a peut-être eu complicité avec la fille.

— Elle est bien toujours là ?

— Venez voir vous-même.

L'insolence du Singe, bien dans les manières des khatchis, renforce le mépris de Markhasev qui coupe la communication. Et doit perdre encore cinq bonnes minutes — yeux fermés pour y voir plus clair — à expliquer à un de ses hommes le chemin qu'il devra suivre pour atteindre la ferme où les attend le Singe. En interceptant, s'il venait à le croiser, le déserteur tchétchène au volant de la jeep volée.

Puis le Secrétaire Général Markhasev rouvre les yeux. Distraitement, il suit à travers les triples fenêtres le dégoulinement argent sur fond noir de la pluie qui bat la vitre extérieure. Secrétaire Général du cabinet du député Adamov ! Plus idiot que jamais, ce titre. Caprice du patron. Si seulement Adamov lui avait dit pourquoi on enlevait cette fille. Qui elle était. Pourquoi on devait coincer le journaliste Volodia Kyseliov. À quoi, à qui, on s'attaquait.

Refermant les yeux, Markhasev se donne jusqu'à l'aube pour prévenir le député. D'ici là, trouver quelque chose, attraper un fil de ce qui commence à ressembler à un filet, un piège. Sans quoi, ce serait :

« Si je dois faire le travail, autant me passer de toi. »

Le refrain d'Adamov. Que Markhasev reprend souvent à son compte au bénéfice de ses subordonnés. Souriant rêveusement au cruel soulagement qu'il éprouverait à le servir au Singe, mercenaire de rebut, à Vadim, gros bras gonflés à la kasha, à Nixon, le faux Américain et même au député Adamov, pourquoi pas, le moment venu :

« Si je dois faire votre travail, autant me passer de vous. »

Mais le travail reste à faire.

Quelques minutes plus tôt, cabrée, moteur emballé, dans un giclement de terre boueuse, la jeep d'Aslan s'est arrachée au fossé. Puis elle a esquissé, en patinant, quelques absurdes entrechats sur la berge. Pour s'immobiliser enfin, comme apaisée, campée de ses deux ponts sur la route asphaltée.

La joie fauve d'Aslan, sa rage hagarde de liberté sont retombées, presque mollement, avec l'aiguille du compte-tours. En délayant de gris l'obscurité du ciel, l'aube est en train de retourner le monde comme une poche et Aslan avec lui. Le jeune Tchétchène se voit dans le rétroviseur. Le démon noir et rouge, aveugle, invisible, insensible est redevenu un gosse grelottant, emmailloté d'humidité gluante. Il sent la vase, le crottin. Le champ de bataille de tout à l'heure, lacéré de pluie, traversé à la charge, n'est plus qu'une plaine beige, fumant d'un brouillard qui gomme fermes et troupeaux. Les phares de la jeep projettent sur la route une lueur pisseuse.

Aslan roule vers Yakoutsk. Encore une vingtaine de kilomètres. Il a branché le chauffage. Le ronronnement de la soufflerie, la tiédeur de l'air pulsé, le confort de l'habitacle lui font monter les larmes aux yeux. Il frissonne. Comme si, arraché au sommeil, il se voyait accorder vingt minutes de sursis sous ses couvertures. Vingt minutes avant de se retrouver dans la capitale, froide, hostile, insensible au désarroi d'un khatchi renégat, infect et sans le sou, à la recherche d'un téléphone.

À Yakoutsk, où, dans son salon minuscule, tapissé de photos de cosmonautes, Iouri, chauffeur académique se sent acculé dans le coin du ring. En face de lui, Madame frappe sous tous les angles.

« Comme les autres, ton Viktor Tifonovitch ! Pourriture et trahison ! Et toi, Iouri, pire que lui, bêtise en plus. En mission dans le sud avec le professeur. Et je t'ai cru ! Où étais-tu donc, pendant que ton professeur, c'est écrit là (giflant le journal) était en Amérique avec tout l'argent qu'il a volé au peuple ? »

La vraie vérité, impossible à lui dire. À se demander, même, si la propre épouse du professeur comprend son mari. Pourquoi il préfère sa science et sa Yakoutie à l'Amérique, pourquoi il se sent mieux dans les montagnes du Grand Nord que dans ce foutu Yakoutsk plein de bonnes femmes affolées par les histoires des feuilletons capitalistes, princesses, stars, femmes de présidents ! Si seulement Iouri pouvait parler à sa femme de la petite Ulyana kidnappée par une bande de Tchétchènes !

Il l'entend déjà :

« Et qu'est-ce que t'attends ? C'est tout ce que tu trouves à faire pendant que ces khatchis... ? J'ose même pas y penser, la pauvrette. Et pendant ce temps-là, Monsieur s'amuse à donner des coups de maillet sur l'aile de sa voiture. Qu'il a cabossée, en faisant quoi ? Parce que tu reviens d'où, au fait ? »

L'envie désespérée de se retrouver dehors inspire à Iouri une idée qu'il aurait dû avoir beaucoup plus tôt. Découvrant soudain son devoir d'homme, il se précipite vers la porte et se rue dans l'escalier. Tant pis pour l'aile et le pare-chocs de la voiture. Elle roulera bien comme ça. Et Iouri de foncer là où il aurait dû aller direct en arrivant à Yakoutsk, sans même passer par chez lui.

À cinquante-trois ans, l'Américain Richard Spencer, directeur adjoint de la Polar, a encore toutes ses dents. Qu'il cure de l'ongle, avec une application distraite. Autour de lui, dans la cabine « Affaires » du Tupolev, estomacs chahutés, fronts moites, beaucoup de nervosité. L'avion a quitté l'éden ensoleillé de la haute atmosphère pour plonger vers Yakoutsk et voilà près de vingt minutes qu'il tangue, vire, s'affaisse puis se cabre en vibrant de toutes ses tôles. Il y a beau temps déjà qu'on est ceinturé, privé de fumer et que les trains d'atterrissage se sont dépliés avec une raideur arthritique.

Spencer prend une ample inspiration. Il se sent vivre. Front contre le hublot griffé de pluie, il guette une échappée dans la grisaille que fouille le Tupolev. Au fond, il aime ces bouts du monde. À condition de compter parmi les forts, on s'y sent au large. Enfin, l'avion touche le sol, rebondit, freine en branlant de toutes ses nervures. Applaudissements naïfs dans la cabine « Touristes ». Les « Affaires » suivent, avec plus de réserve. Un Yakoute, en chemise à fleurs, vient serrer la main de Spencer comme si l'Américain était pour quelque chose dans cet atterrissage heureux. Une hôtesse forte et blonde décapsule sans sourire une dernière bouteille de vodka.

*

Sur la ville, la nuit reflue comme une crue. Face à face, forteresse blanche et silo gris béton, stade et marché émergent, ruisselant sous la pluie grise. L'aube ternit la brillance de la seule fenêtre éclairée, au dernier étage du marché. Moustachés de gerbes brunes, des camions passent en tressautant sur l'avenue inondée. Dans un passage défoncé, entre deux rangées d'isbas aux rondins disjoints, un 4×4 vient se tapir, phares éteints, comme ramassé sur lui-même. En position pour surveiller le marché et ses boueux abords. Sur la banquette arrière, Sangi le Nanaï, Gennadi l'inspecteur, Inokenti le déserteur. Le Nanaï fait bien deux fois le poids du policier. Tout haut, il se demande pourquoi l'inspecteur Gennadi a préféré qu'on surveille Markhasev plutôt qu'Adamov. Sur le même ton impersonnel, Gennadi pose l'hypothèse que le député Adamov n'a pas été mis au courant des récents coups subis par Markhasev.

— Lorsque des hommes à vous, Sangi, pataugent dans une mission, commettent des bourdes, est-ce que leur premier réflexe est de vous en faire part ?

Dans la face impassible du Nanaï, quelque chose signale au policier qu'il est suivi dans son raisonnement : Markhasev n'aurait pas encore prévenu Adamov de ses derniers revers. Espérant, sans doute, dans un réflexe de subordonné ambitieux, s'en tirer par ses propres moyens.

Sur le siège arrière du 4×4, Inokenti, le déserteur, tête dans les épaules, poings serrés entre les genoux, écoute sourcils froncés, absorbé comme par l'exposé d'un entraîneur lui expliquant un enchaînement de prises. Soudain, il se déplie comme un ressort.

— Et si les khatchis changeaient de camp ?

Surpris, dérangés dans leur reflexion, le Nanaï et Genadi se sont tournés vers lui, sans pouvoir, dans l'ombre, distinguer son expression. Inokenti s'explique : Comprenant que les choses vont moins bien pour Markhasev, les khatchis pourraient essayer, pour sauver leur peau, de marchander la libération d'Ulyana.

— Et, dans ce cas-là, ils n'auront personne à contacter.

Gennadi sent, sur son avant-bras, le poids de la main de Sangi. Comme sous l'effet d'un court-circuit, la question d'Inokenti les a secoués, simultanément. Inokenti a raison : si les Tchétchènes demandent à Ulyana le numéro de ses parents, ils ne pourront joindre ni son père ni sa mère. Sangi décide aussitôt un changement de plan. Abandonner provisoirement la surveillance du marché, Q.G. de Markhasev. Déposer l'inspecteur à l'appartement des Alexandrov. Inokenti indiquera la route au chauffeur.

Moins d'une minute après le départ du 4×4, un des vantaux du marché bascule dans un lent bâillement.

Un jet de phare transfigure l'averse en pluie d'étincelles. Capot en l'air, une jeep surgit au sommet de la rampe. Deux hommes de Markhasev. Deux braconniers yakoutes venus de la circonscription d'Adamov. Des hommes maigres, durs, à la sensibilité tannée, arrachée au fil des ans, à la pointe du couteau, comme leurs dents, inutilement douloureuses. Leur mission, ce matin, c'est de ramener la fille et les trois khatchis qui la gardent encore. Vivants ou morts. Et s'ils le croisent en chemin, abattre le khatchi qui a trahi en volant une jeep.

La porte de l'avion s'ouvre. À terre, il fait aussi gris qu'en l'air. Dans le demi-jour, au pied de la passerelle, pas d'Adamov pour accueillir le directeur adjoint de la Polar. Après le contrôle des passeports, un Yakoute en costume cravate vient s'incliner un peu cérémonieusement devant Spencer, tend la main pour le décharger de sa mallette, débite quelques phrases. Spencer ne lâche pas sa mallette et croit comprendre qu'on va le conduire à l'hôtel, que le député Adamov l'y attend. Le Yakoute lui fait signe de le suivre. Devant l'aéroport, une petite poignée de véhicules garés en désordre attendent sous la pluie. Au moment de monter dans la berline noire, un peu avachie, dont le Yakoute lui ouvre la portière, Spencer pense à sa valise, questionne. L'homme répète ce qu'il a déja dit. « Hôtel. Député Adamov. » Spencer mime le geste de porter une valise. Le chauffeur fait celui qui a compris, tout en pressant l'Américain de monter en voiture. Une fois au sec, à l'abri, Spencer reparle de sa valise. « OK, hôtel, député Adamov » récite le chauffeur en démarrant. Spencer hausse les épaules. L'important est dans la mallette qu'il a posée sur la banquette de cuir rouge, à coté de lui.

Le chaufeur démarre. La berline plonge dans l'averse. Foutu temps ! Est-ce que par ici, l'été serait déjà fini ?

Aslan aussi navigue dans l'averse. Les essuie-glaces de sa jeep ont beau gesticuler, entre chaque coup de balai, la pluie les prend de vitesse. En séchant, les vêtements d'Aslan dégagent une buée qui voile les vitres. Il lui faut deviner le paysage. À gauche, le poids obscur de la taïga. À droite, le flottement de la plaine sous son drap de brume. Tenant le volant d'une main, il a eu le temps de faire l'inventaire du vide-poche. Rien. Ni cigarettes ni vodka qu'il aurait pu négocier. À côté de lui, derrière, les sièges sont nus. Reste à fouiller le coffre.

En roulant vers Yakoutsk, Aslan sait qu'il se jette au-devant de ses poursuivants. Le Singe a sûrement prévenu. On lui aura envoyé des hommes. Deux fois déjà, Aslan a distingué, au loin, des véhicules venant dans sa direction. Anxieusement, il a scruté leurs silhouettes, évalué l'ampleur des gerbes d'eau projetées. Il a vu se préciser leurs contours. Qu'il n'a pu, la vue brouillée par la pluie, identifier qu'à la dernière seconde. Camion, la première. Berline, la seconde. Il n'a pas ralenti. Mais senti ses mains faiblir sur le volant à l'instant du croisement. Puis tout son corps a frissonné, une fois le danger noyé dans son rétro. À présent, la route est déserte. Dans le jour gris, ses phares ne servent plus à grand-chose. Qu'à se faire repérer. Il éteint ses feux. L'aiguille du compteur est à quatre-vingts. Chaque minute le rapproche de Yakoutsk de plus d'un kilomètre. Et Aslan sait ce que serait, ce matin, de parcourir un kilomètre à pied, sous la pluie, rangers glués de boue, aspergé au passage de chaque véhicule, espoir perdu de prévenir à temps. Car, dans moins d'une heure, c'est certain, la ferme sera vide. La jeune fille embarquée vers une autre cache.

Nouveaux phares au loin, crevant à peine la brouillasse. Lui, brusquement certain que ce sont eux. Se donnant espoir. Se disant qu'ils doivent plutôt l'imaginer fuyant vers la province que se risquant sur la route de Yakoukst. Qu'ils n'y voient pas mieux que lui. Lâchant l'accélérateur, penché vers l'avant, le nez à toucher le pare-brise, il détaille les bas-côtés. Soudain, sur sa gauche, une tache sombre dans le prolongement du fossé. L'œil rond, noir d'une buse en ciment. Un chemin de traverse. Coup de freins. La jeep titube, stoppe trop tard, au-delà du chemin. Et toujours cette marche arrière qu'il ne trouve pas ! Aslan pèse de toutes ses forces sur le levier. Grincement. Les pignons s'entremordent enfin. La jeep recule. Nouveau bras de fer pour repasser la première. Là-bas, devant, les phares des arrivants se déportent, obéissant à une courbe de la route invisible pour Aslan.

Il suit à présent des traces de pneus, à peine marquées dans l'herbe. La piste gravit une pente puis, au bout d'à peine une centaine de mètres, butte en cul-de-sac sur la taïga dont la lisière serrée de jeunes mélèzes se ferme comme un mur. Entre les arbres, des pelotes de brouillard empêtrées dans les branches basses. Aslan avance encore, manœuvre pour passer derrière une touffe de sorbiers, espérant se cacher de la route. Puis saute de voiture en emportant les clefs. Coup d'œil vers la route. C'est bien une autre jeep qui approche. Aslan ouvre le coffre de la sienne, à la recherche d'une arme, n'importe quoi pour se défendre. Vide ! Sauf un jerrycan qu'il empoigne et emporte en courant vers le point où les arbres lui semblent le plus serrés.

Dans son dos, sur la route, la jeep ralentit, roule au pas. La vitre de la portière de droite s'abaisse. Le passager est un Yakoute au visage large et creusé, front enfoui dans une chapka. Grenade dans la main droite, fusil d'assaut entre les genoux, il hoche silencieusement la tête. Sa main droite, pointée, désigne les traces fraîches que la voiture du khatchi vient de laisser dans l'herbe. Le conducteur manœuvre, quitte la route et engage durement, sans précaution, sa jeep sur la piste. On leur a dit que le khatchi n'était pas armé. Et cette jeep qui sort soudain de la brume, luisante de pluie, immobile, bloquée par la forêt, doit être celle qu'il a volée. Le conducteur se fouille, sort un papier, compare en épelant les chiffres. C'est bien ça. Grenade d'une main, fusil de l'autre, le passager saute à terre, court à la jeep, ouvre, à l'arraché, la portière toilée. Vide. Sans dire un mot, les deux hommes évaluent la situation. Ne pas laisser les jeeps sans surveillance. Du menton, l'homme au fusil d'assaut désigne, bien visibles, double sillon d'herbe foulée, les traces filant vers la lisière. Le conducteur répond d'un clignement de paupières. Puis, toquant sa montre de l'index, rappelle les ordres : « Si vous le poursuivez, pas plus de dix minutes. On l'aura autrement. »

Giflé par les branches trempées des mélèzes, Aslan s'est enfoncé sous le couvert. Il a entendu l'autre voiture changer de régime, grogner en grimpant la piste. Sans s'arrêter de courir, il lâche son jerrycan, se sent projeté en avant par l'allégement soudain. Et il court, l'esprit, le corps strictement employés à contourner les obstacles.

Son poursuivant s'est arrêté. Avant de pénétrer sous les arbres où le bruit de sa propre marche couvrira les autres, il écoute un instant. Puis il s'engage sur la piste du khatchi, flairant des effluves de sueur, d'essence, de vase, tranchant sur le parfum résiné des mélèzes. Cent mètres de trot dans la pénombre du sous-bois, penché en avant pour ne pas rater les traces. L'odeur d'essence se fait à chaque pas plus violente. Et voilà le jerrycan abandonné par le fuyard. Cursive pensée de mépris pour ce khatchi. Le feu à la taïga ? Avec toute l'eau tombée !

Aslan galope, éperdu. Le Yakoute trotte, précis, infatigable. Coureur de bois, tout ce qui l'entoure lui est familier. Il devine le khatchi, sa course maladroite de gibier diminué. Et, malgré le tambour de la pluie, il perçoit déjà, droit devant lui, les craquements, les froissements, les piétinements de l'homme en fuite.

Son taxi a enfin déposé Richard Spencer devant l'hôtel Tougoun.

« Oui, monsieur le Député Adamov vous attend. Je le préviens. »

Sans quitter Spencer de son sourire appris à l'école d'hôtellerie suisse, la toute jeune réceptionniste sakha décroche, parle, repose le téléphone, fait signe au voyageur de la suivre. Spencer se retourne vers le chauffeur resté près du comptoir, agite sa mallette, dessine autour d'elle, de la main gauche, la forme d'un bagage plus important. Le chauffeur balance la tête, affirmativement. S'adressant à la réceptionniste, Spencer parle de sa valise restée à l'aéroport. Qu'elle traduise, pour le chauffeur. Ce qu'elle fait. Dans les yeux du chauffeur, sous les sourcils froncés, un embarras soudain. Ce type n'avait rien saisi de ce que son passager s'acharnait depuis tout à l'heure à lui faire comprendre. Et malgré ses courbettes, ses sourires et ses OK, il aurait tout bonnement continué à oublier la valise.

L'incident agace Spencer. Trop voyagé pour

s'étonner vraiment. N'empêche : Adamov pouvait lui envoyer quelqu'un de moins borné. Mauvais signe. La réceptionniste conduit l'Américain au premier étage, jusqu'à un grand salon d'une moderne neutralité. Adamov est là. Seul, debout devant une table garnie de petits plats froids et chauds. Un samovar, plusieurs bouteilles de vodka et de vin de baies. Une carafe de ce petit-lait de jument que Spencer a eu un jour la faiblesse de faire semblant d'apprécier et qu'on lui ressert à chaque visite. Trois bouteilles de bourbon dont une portant l'étiquette préférée de l'Américain.

Le député se lève, débarrasse Spencer de sa mallette, prononce quelques phrases de bienvenue, un peu fleuries peut-être, mais chaleureuses. Spencer, impatient, l'observe. Quelle tonalité auront les nouvelles qui vont suivre ? Adamov est tout affabilité, entrain. Mais cet allié reste, pour Spencer, aussi indéchiffrable que l'était, quelques jours plus tôt à Denver, leur adversaire commun, le profeseur Alexandrov.

Adamov, à présent, verse à boire à l'Américain. Montre les plats. Spencer, la bouche pleine, questionne :

— Alexandrov ?

Avec un sourire satisfait, dans un américain très maîtrisé, le député sakha répond que la Milice recherche le professeur Alexandrov, accusé de corruption.

— Vous avez apporté les témoignages, les preuves que je vous ai demandés ?

Spencer ouvre sa mallette, en sort une photo sur

laquelle on distingue Viktor Alexandrov quittant le siège d'une banque de Nassau, aux Bahamas. Puis des bons de dépôt portant sa signature. Deux millions de dollars.

— J'ai également les témoignages de deux de mes collaborateurs. Vous dites que la Milice le recherche ?

De la tête, Adamov confirme.

— Ça veut dire que vous l'avez raté.

Adamov écarte les mains, paumes offertes, baisse légèrement le front. Raté, il en convient. Mais avec une expression de contrition sans réserve. Au cas où Spencer chercherait à le provoquer.

— Et sa fille ?

Adamov fait un geste rassurant.

— Votre président ?

— On dit qu'il est furieux, bien sûr, contre Alexandrov. Il nous reçoit tout à l'heure.

— Pour signer le contrat ?

— On va essayer.

— Pas essayer, Adamov, réussir.

En parlant Spencer a frotté son pouce contre son index.

— Je commence à combien ?

— Surtout pas ça ! Le président mise contre la corruption. Sans quoi ce serait signé depuis longtemps.

Spencer hausse les épaules, soufflant son incrédulité :

— Croyez-moi, Adamov, même votre Alexandrov, j'étais pas loin...

— En le menaçant d'enlever sa fille ?

— Justement, je crois que vous vous êtes trompé, Adamov. Ce n'est pas un homme qu'on tient par la menace. Mais je suis sûr que si je lui avais parlé de la situation incertaine de la Fédération de Russie, de l'avenir de sa fille, du prix des études à l'étranger, du besoin qu'aurait sa mère de l'accompagner. À propos, le président a des enfants ?

— Surtout pas de ça, Spencer ! Le sauvetage économique du Grand Nord, la protection de la nature, le développement durable de la république sakha, l'instruction, le renouveau des traditions, la lutte contre l'alcoolisme, ça, vous pouvez y aller.

Spencer souffle en haussant les épaules. Puis il avance les mains, opposant ses deux index, comme pour rapprocher deux pôles électriques :

— Le président et vous, Adamov ?

— Amis de toujours. Quand les temps étaient mauvais et quand ils étaient meilleurs. Deux hommes faits, on le savait, on nous le disait, pour gouverner la nation sakha.

— Sauf que... tout en haut...

Spencer laisse inachevée sa phrase. Adamov sourit, exprimant un regret, sincère à sa façon.

Spencer lève son verre à bout de bras vers le plafond :

— Tout en haut, il n'y a qu'une place.

Adamov regarde sa montre :

— Il nous attend à sept heures. Son premier rendez-vous.

En confiant ses hôtes au capitaine du *Téméraire*, Sangi le Nanaï a été formel, impérieux.

— Tu fais tout ce que te demande le professeur.

Ainsi, quand le professeur rejoint le capitaine sur le pont, montre le side-car, demande s'il est en état de marche, s'il peut l'emprunter, le capitaine, sans discuter, fait le plein de sa machine, sort deux casques, deux vestes de cuir. D'un coup de palan, le *Jupiter* jaune est hissé sur le quai. Le grand Ukrainien prend le guidon. Le professeur se case dans le side. Le capitaine les regarde partir à grande vitesse. Il n'a même pas pu prévenir le boss, temporairement impossible à joindre.

Fonçant comme un plongeur à travers les trombes d'eau, Piotr, l'ancien pilote, ressuscite l'increvable *Jupiter* 1000. Dans la nacelle, ramassé sur lui-même, Viktor ne pense plus qu'à sa fille. Si elle avait téléphoné pendant son absence. Rejoignant Yakoutsk par le sud, ils viennent de laisser à leur droite les totems en bois signalant l'aéroport. À fond d'accélérateur, saisissant au centimètre la moindre chance de doubler camions, autobus et voitures, Piotr le nonchalant semble devenu fou.

Pendant ce temps-là, à quatre pattes sous les arbres, Aslan le renégat, blessé, ne sent pas de douleur. Mais il perçoit le tiède mouillé du sang.

Il y a eu ce raffut d'avertisseur. Et ces rafales. Les balles claquant tout autour de lui. Sa chute. Un instant d'inconscience. Le silence. Et très vite, les bruits de moteur s'éloignant.

Entendant son compagnon le rappeler à coups de klaxon, l'homme lancé à la poursuite du khatchi a obéi aussitôt. Mais, avant de faire demi-tour, il a vidé son chargeur, au jugé, en éventail, dans la direction du fuyard. Et, sans le savoir, atteint sa cible.

Machinalement, sans même penser à ce qu'il fait, Aslan, blessé, trouve l'énergie de se redresser, de revenir sur ses pas, de ramasser l'absurde jerrycan. De le traîner jusqu'à l'endroit où il a laissé sa jeep. Disparue. Il n'en reste, dans l'herbe pillée, que des traces de manœuvres.

Pendant que son compagnon poursuivait le khatchi, le conducteur a déconnecté, puis court-circuité les fils de la serrure de démarrage de la jeep abandonnée. Le moteur a toussé deux fois et, docilement, s'est mis à battre. Son compagnon n'aurait plus qu'à se mettre au volant. À pied, le khatchi n'irait plus ni loin ni vite.

À moins de dix kilomètres, dans l'étable sans fenêtre, l'imperceptible fil de demi-jour qui détoure la porte suffit aux yeux d'Ulyana, accoutumés à distinguer les nuances de l'obscurité. Pour endiguer sa peur de la brutalité, son désespoir devant l'absurdité, Ulyana s'est contrainte, depuis qu'elle s'est retrouvée enchaînée, à écouter, à flairer les invisibles présences qui l'environnent. Ces troupes de chevaux dont elle sent, dans le sol, à travers ses genoux, résonner les sabots ? Pourquoi, soudain, s'emballent-ils en troupe ? Et ces Caucasiens, consumés de malveillance, que sont-ils venus chercher ici ?

Soudain, la porte s'ouvre. C'est le Plus Âgé. Le Singe lui a donné l'ordre d'aller chercher la fille. De lui enfiler sur la tête le sac qui avait déja servi le jour de l'enlèvement. Il sait pourquoi le Singe a commandé ça. Que la fille ne puisse pas voir où elle est. Où on va la conduire. Et puis, surtout, qu'elle ne puisse pas le reconnaître lui, le Singe. Tandis qu'eux...

Sous ses pieds nus, Ulyana sent la boue froide, l'eau des flaques, la pluie qui frappe ses mains, ses mollets. Le khatchi la pousse. Puis les trois hommes et leur prisonnière se rassemblent sous l'avancée de toit qui protège la porte de l'isba. Le vent les transperce, mais ils sont à l'abri de la pluie. Ulyana sent le désarroi des khatchis. Pourvu que le jeune aux yeux d'agneau ait pu leur échapper. Malgré le sac qui assourdit les sons, elle entend des voitures qui approchent.

Les Tchétchènes observent les deux jeeps qui progressent en cahotant vers la ferme. Chacun, derrière son dos, tient son fusil d'assaut. Et le Singe a placé la fille devant lui. Bouclier aveugle.

Puis le Singe reconnaît la jeep de tête. C'est la sienne. Ils ont rattrapé le renégat. Les jeeps s'arrêtent. Le type qui conduit celle du Singe repousse sa portière, saute dans la boue. Un Yakoute. Que le Singe n'a jamais vu. Et qui s'immobilise carabine à la hanche, jambes écartées, genoux fléchis, canon pointée vers les khatchis.

— Jetez vos armes !

Carabine contre trois fusils d'assaut, le Yakoute n'a aucune chance. Ulyana a entendu les bruits de portières. Puis, toute proche, elle entend cette voix au fort accent sakha, crier en russe aux khatchis de jeter leurs armes. Silence. Elle devine la nervosité de ses gardiens. Chutes de ferraille. Les khatchis ont obéi. Des larmes de reconnaissance noient les yeux d'Ulyana. On est venu la libérer.

Aslan atteint le bord de la route, s'accroupit, épuisé. Agrippé à son jerrycan, il ferme les yeux. La première voiture qui passe s'arrête. Une jeep du service régional de protection de l'environnement. Au volant, un jeune lieutenant yakoute, en treillis. Aslan s'est redressé, mis debout, sans lâcher son bidon. De sa main libre, il ouvre la portière. Le lieutenant voit le sang sur le treillis. Mais le blessé désigne avec un air de supplication véhémente le récepteur fixé au tableau de bord.

— Ils vont la tuer.

— Qui ça ?

Le blessé, un Caucasien, s'est hissé sur le siège et tend la main pour s'emparer du téléphone. Fronçant les sourcils, le lieutenant décroche. Aslan récite le numéro retenu par cœur.

Le téléphone sonne dans l'appartement des Alexandrov. Quelqu'un, justement, y veille. Iouri le chauffeur académique. Une intuition : si la petite Ulyana cherchait du secours, elle appellerait chez elle. Iouri a donc foncé à son poste d'homme. Il a toujours une clef de chez son patron. Une fois à l'appartement, il ne restait plus qu'à monter la garde. Aussi longtemps qu'il faudrait. Pour tenir, Iouri s'est accordé quelques gorgées. Finissant d'abord — on n'est pas un parasite — sa bouteille personnelle. Provision minima qu'il porte toujours sur lui. Puis une bouteille trouvée dans le frigidaire du patron. Entamée, celle-là. Et une autre encore, découverte dans un placard.

À présent il ronfle, sa joue aplatie sur le buvard du bureau, les paupières de son œil droit agitées de tics féroces.

La sonnerie du téléphone déchire son repos. Il tressaille, redresse la tête. Saoul. Et après ? Avec une attention extrême, scientifique, on peut le dire, le chauffeur académique observe ses doigts. L'index a pris la tête. Index, majeur, annulaire et auriculaire suivent, marchant docilement au pas sur le terrain plat du bureau vers ce foutu téléphone. Il voit — il sent même — son pouce et son index, légèrement fourmillants, soulever le récepteur. Et son oreille perçoit une voix d'homme. Du russe avec un fort accent. Là, c'est sûr, le devoir d'un chauffeur académique serait de parler. Mais la langue de Iouri ne peut pousser jusqu'à ses lèvres aucun des mots d'usage. Tout juste un grognement.

— Allô ? fait la voix.

Et Iouri grogne à nouveau.

*

Au bord de la route, dans la jeep, alerté par l'expression désespérée du Caucasien, le lieutenant lui prend l'appareil des mains, se présente. Mais ne capte que des syllabes informes où se reconnaît vaguement le mot « Yeut'nant ». Ce type est saoul perdu. Le lieutenant demande au Caucasien le nom de la jeune fille qui aurait été enlevée. De la tête, énervé, Aslan fait signe qu'il ne sait pas. Tend la main pour reprendre l'appareil. Sans le lui donner, le lieutenant ordonne rudement à l'ivrogne de ne pas raccrocher. Si ce garçon pouvait, au moins, lui indiquer le prénom de la jeune fille. Mais Aslan avec une grimace énervée, douloureuse, exprime à nouveau son ignorance

Affalé sur le bureau de son patron, téléphone au poing, Iouri, inondé de mépris pour lui-même, l'œil battant frénétiquement, essaie en vain de prier ce lieutenant de lui expliquer de quoi il s'agit. Parce que lui, Iouri, quand il est sur orbite, il ne peut pas transmettre, mais il peut capter.

« Ulyana », tente-t-il d'articuler. Mais ses doigts lâchent le téléphone qui tombe sur le bureau, communication coupée.

Découragé, le lieutenant hausse les épaules, raccroche l'appareil au tableau de bord, fait signe à ce garçon de lui montrer sa blessure. Aslan refuse, portant un regard presque haineux sur l'homme qui cherche à l'aider. C'est à la ferme, tout de suite, qu'il faut aller. Le lieutenant manœuvre. La jeep fait demi-tour. Aslan parle, forçant la voix pour dominer les bruits de la pluie qui frappe la capote, rebondit sur la tôle. Il raconte l'enlèvement, le Singe, les deux autres, la ferme, l'étable, le numéro gratté par la fille dans la terre. Comment il s'est enfui dans la voiture du Singe. S'est fait rejoindre, blesser. Entre les phrases, les mâchoires d'Aslan se crispent. Dents serrées sur sa douleur. Au loin, un croisement. Du menton, le lieutenant interroge : tout droit ? Aslan opine, ferme les yeux, poignardé par les cahots de la jeep poussée à pleine vitesse.

Le lieutenant montre le jerrycan serré entre les jambes d'Aslan. C'était pour quoi ? Pour échanger contre un transport, en voiture ou en camion. Ou contre un coup de téléphone. À un khatchi, on ne donnerait rien pour rien. Attention ! On approche de l'endroit où il faudra tourner. On devrait voir, au loin, une ligne de saules, un bras de rivière, une ferme. Le lieutenant reprend le téléphone. Essaye à nouveau le numéro de l'ivrogne.

Iouri, chauffeur académique, sanglote. Sous sa joue grise, épatée sur le buvard du bureau, une tache de bave, de larmes s'élargit, dessinant la carte de son avilissement. Sa main tient toujours, non raccroché, le récepteur du téléphone.

Le lieutenant ralentit en approchant du point désigné par le Tchétchène. Une piste y rejoint bien la route. Mais, à travers la pluie, les traînées de brume, impossible de distinguer les saules, la rivière, la ferme décrits par l'évadé. Le lieutenant stoppe. Nouvel essai au téléphone. Toujours occupé.

Une fois atteint Yakoutsk, Piotr, pour gagner du temps, pilote au plus court, circulant à travers les blocs d'immeubles. En explosions boueuses, il coupe les flaques. À chaque bosse, la moto paraît sur le point de réussir à larguer sa nacelle. Comme un attelage emballé, le *Jupiter* tranche les parkings, les terrains vagues. Arrivé devant l'immeuble où demeure Viktor Alexandrov, il ralentit à peine, avant de stopper pile au pied de l'escalier de béton. Sans prendre le temps de boucler la panoplie d'antivols que lui a confiée le capitaine du *Téméraire*, Piotr monte les marches, obligé comme Viktor de se tenir à la rampe pour soutenir ses jambes ankylosées par ces cinquante minutes de conduite frénétique. Sans croiser quiconque, ils atteignent l'ascenseur. Dans la cabine, maquillés de boue, dégoulinant, les deux hommes se dévisagent, hagards. Viktor tient déja ses clefs à la main. Personne sur le palier. La porte est intacte. Tendu, prêt à devoir foncer ou plonger, Viktor tourne la clef du verrou, puis celle de la serrure, pousse le battant. Aussitôt, il perçoit les ronflements. Index posé sur les lèvres, il désigne pour Piotr, grande ouverte, la porte de la pièce qui lui sert de bureau. Piotr entend. Il connaît bien l'appartement. À grands pas, sur la pointe des pieds, les deux hommes foncent vers le bureau, découvrent l'homme affalé, le reconnaissent.

Les paupières du chauffeur académique s'écartent, battent, se referment. Grognement. Hoquet. Viktor grimace de déception, remarque le téléphone décroché, le rajuste sur son socle.

Piotr traîne Iouri vers la salle de bains, le laisse tomber dans la baignoire, branche la douche, tourne à plein le robinet. N'en coule qu'un maigre pinceau d'eau froide.

*

Devant la ferme. Son arme toujours braquée sur eux, le Yakoute fait signe aux deux khatchis de descendre les marches de bois, d'approcher l'un après l'autre. Brutalement, il les palpe, arrache au Singe son portable. Son compagnon a empoigné la fille comme un sac et l'a jetée à l'arrière d'une des jeeps. Les khatchis sont poussés vers l'autre jeep. Le Singe, au volant. Les deux autres serrés contre lui sur la banquette avant. Pour les surveiller, le second Yakoute s'installe à l'arrière.

Demi-tour, et les voitures repartent sur leurs traces déjà presque effacées par la pluie.

Dans l'appartement des Alexandrov. Viktor et Piotr ont tout juste eu le temps d'ôter leurs vestes de cuir alourdies de pluie. Sonnerie du téléphone. Viktor décroche. C'est un lieutenant des services de la protection de l'environnement. Viktor pressent aussitôt qu'il s'agit d'Ulyana. Et le lieutenant, d'une voix tendue par l'urgence, expose la situation. Les kidnappeurs sont, en ce moment même, en train de quitter une ferme où ils se cachaient. Leurs véhicules sont même à présent visibles, malgré l'averse. Ils progressent vers la route sur une piste inondée.

Le lieutenant parle d'Aslan, résume ce que le transfuge lui a dit. Puis il annonce que les jeeps atteignent la route. Plusieurs hommes dans la première, un seul dans la seconde. D'après le transfuge, ils ont chacun un fusil d'assaut. Le lieutenant et son informateur, désarmés, sont à plat ventre, à une cinquantaine de mètres de la route. Impossible d'intervenir.

Viktor remercie le fonctionnaire inconnu, prend en note son numéro, raccroche, parvient enfin à joindre Sangi, lui décrit la situation : les kidnappeurs d'Ulyana roulant vers Yakoutsk. Lui-même, dans son appartement, avec Piotr et son chauffeur Iouri. Jusque-là silencieux, Sangi réagit avec une vigueur presque brutale. Que le professeur quitte immédiatement l'appartement et rappelle plus tard d'un lieu sûr.

Le 4×4 de Sangi le Nanaï fonce avec sauvagerie dans la circulation matinale. En le voyant arriver, les rares voitures et camions se rangent de côté, les piétons gagnent en panique le trottoir le plus proche. Assis du bord des fesses sur la banquette arrière, penché en avant, la vue limitée par le demi-cercle de l'essuie-glace, Inokenti indique le chemin au chauffeur qui boit des yeux la rue, froidement surexcité. Le 4×4 aux vitres fumées freine, vire, dérape, accélère, éclabousse, roule, tangue. Pour rester assis, Inokenti et Gennadi doivent se tenir à deux mains. Massif, comme faisant corps avec la banquette, avec la voiture, le Nanaï enchaîne les coups de téléphone.

Pendant ce temps, dans la baignoire de la salle de bains des Alexandrov, Iouri le cosmonaute opère son amerrissage. Et, comme souvent, au retour d'un vol orbital, sa reprise de conscience s'accompagne d'une intuition fulgurante. Comme s'il y était, il voit quatre hommes en uniformes de miliciens (mais pourquoi n'ont-ils pas chacun le même nombre de boutons à leur vareuses ?) franchir les triples portes de l'immeuble, se séparer. Deux, montant l'ecalier. Deux, pénétrant dans la cabine de l'ascenseur.

Iouri entend les voix du professeur et de Piotr. Il s'arrache à sa baignoire, se précipite vers le bureau :

— La Milice !

En même temps que sa propre voix, comme en surimpression, il entend les heurts de la cabine de l'ascenseur, les pas et les expirations accélérées, sportives, des hommes dans l'escalier.

— Ils arrivent ! Ils sont quatre.

Coups frappés à la porte. Iouri, toujours dégoulinant, bondit vers la salle de bains, ouvre la fenêtre haute, s'y hisse se rétablit avec une souplesse de chat, disparaît.

Nouveaux coups à la porte. Sommations. Viktor et Piotr se regardent. Puis Viktor marche vers la porte, l'ouvre. Deux miliciens. Une mitraillette se braque vers sa poitrine.

— Professeur Alexandrov ?

Un milicien sort une paire de menottes aux anneaux ouverts, la tend vers Viktor qui fait « non » de la tête. Montés par l'escalier, deux autres miliciens apparaissent. De force, Viktor et Piotr sont menottés, fouillés. On leur prend leurs montres, on leur vide les poches. Puis on les pousse jusqu'à l'ascenseur. Pendant ce temps un milicien visite l'appartement, remarque les traces d'eau sur le plancher, le tuyau de la douche se tortillant comme un serpent au fond de la baignoire, crachotant son jet, la fenêtre ouverte. Revenant vers le salon il ouvre la porte-fenêtre donnant sur le balcon. Personne. Seulement des traces de souliers mouillés menant à l'échelle d'incendie. Le milicien se penche, hausse les épaules, rejoint les autres sans même fermer derrière lui la porte de l'appartement, descend en courant l'escalier.

Au quatrième étage, dans l'appartement situé au-dessus de celui des Alexandrov, la veuve Karaganov, du fond de son fauteuil, se demande. Partir en commissions ? Regard vers la fenêtre. Des fois que la pluie aurait cessé. Sur le séchoir du balcon, un des caleçons de son petit-fils enfle soudain sous les deux pinces qui le tiennent au fil. Le vent ? Mais le reste du linge n'a pas bougé, pas gonflé. Le temps que la veuve, intriguée, prenne appui sur les bras de son fauteuil, se mette sur pied, marche jusqu'à la porte-fenêtre, Iouri, entrouvrant du nez la braguette du caleçon du petit-fils Karaganov, a pu, d'un œil clignotant, observer l'embarquement de Viktor et Piotr dans un fourgon civil, l'arrivée du quatrième milicien, le démarrage du fourgon.

Au moment d'ouvrir la porte-fenêtre, la veuve voit le caleçon se vider, le linge s'agiter, et un hooligan nain, tout trempé, se glisser le long du balcon, filer par l'escalier de secours. Jadis, elle aurait téléphoné à la Milice. Mais par ces temps ! Même les voisins d'en dessous, des gens instruits qu'elle croyait honnêtes, les voila devenus gangsters américains, avec les sous du peuple.

*

Pas de fenêtre dans le fourgon où deux miliciens sont montés derrière Viktor et Piotr menottés. On s'observe à la lumière d'un plafonnier. Tambourin de la pluie sur la tôle du fourgon. Viktor uniquement préoccupé d'Ulyana. Piotr, froidement enragé. Dire que, voici deux jours, il était en Alaska. Mieux fait d'y rester. Piotr se voit lancer à toute force ses pieds dans le tibia du milicien assis en face. Lui plonger, tête en avant, dans la figure. Arracher son arme, en frapper l'autre d'un revers, à la volée. Il regarde Viktor qui lui fait non de la tête. En même temps, inexplicable faculté de pressentir des gens d'ici, le milicien se pousse de côté, fait signe à Piotr d'allonger ses jambes, de les poser sur le banc à la place libérée. Agacé, Piotr ne bouge pas. Le milicien insiste. Piotr hausse les épaules. Le milicien lui braque sa mitraillette sur les jambes. Piotr crache sur le plancher métallique. Le milicien renonce mais n'abaisse pas son arme.

Où les conduit-on ? Viktor et Piotr, ont, bien sûr, essayé de deviner le trajet suivi. Mais vite renoncé. Le fourgon a trop souvent freiné, ralenti, viré pendant qu'on devait se raidir sur son banc pour ne pas être projetés l'un sur l'autres. On roule depuis peut-être une demi-heure. Les cahots sont fréquents, marqués. On aura quitté Yakoutsk. Ou simplement tourné en rond pour désorienter les passagers.

Arrêt. Portières ouvertes, claquées. Quelqu'un de l'extérieur ouvre la porte du fourgon, tend aux miliciens des bandeaux protège-yeux comme on en utilise pour dormir en avion. Un milicien les enfile à Piotr et Viktor. Sur ses gardes, il a commencé par le grand Ukrainien. Puis les deux miliciens s'extraient du fourgon, à reculons, tirant leurs prisonniers.

Il pleut toujours. Sans même avoir à y penser, Viktor note qu'il marche sur du sable. L'air, très frais, presque froid est encore imprégné par la respiration nocturne des arbres mêlée à l'odeur de feu de bois. Pins. Bouleaux. On n'est pas dans la ville. Dans un de ces bois proches, sans doute, où les familles de fonctionnaires et de commerçants ont leurs datchas pour la belle saison.

Guidés par une main crochée à leur épaule ou tirés par le bras, Viktor et Piotr, toujours aveugles, sont conduits à travers un jardinet jusqu'à une sorte de guérite en rondins. Dans la guérite, en guise de plancher, une trappe. Un des miliciens soulève l'abattant fait de planches épaisses capitonnées de feutre. Sous l'abattant un autre semblable, puis un autre encore. Une cave traditionnelle des campagnes yakoutes, creusée à la barre à mine dans le sol gelé, durci comme de la pierre. L'été, il a beau faire dehors trente-cinq degrés à l'ombre, la température de ces caves reste toujours largement inférieure à zéro.

Un milicien déverrouille les menottes de Piotr. On place ses pieds sur ce qu'il devine être les barreaux supérieurs d'une échelle. On lui donne l'ordre de descendre, en lui tenant les mains jusqu'à ce qu'il puisse les affermir lui-même sur les barreaux. Piotr se sent plongé dans un air glacial. Il entend, c'est un réconfort, que Viktor Alexandrov est à son tour expédié par l'échelle. Il s'écarte un peu pour ne pas gêner sa descente, avance une main. Viktor, étonnamment agile, est déjà au pied de l'échelle. Il tâtonne, rencontre la main de Piotr, la serre. Écho de bois heurté. On doit remonter l'échelle. Détonations assourdies des trois abattants matelassés refermés l'un sur l'autre.

Leurs mains désormais libres, la même idée vient aux prisonniers, le même geste. Ôter leurs bandeaux. Pour se trouver plongés dans une obscurité encore plus profonde. Qui ne s'arrête plus à leur bandeau. Baigne leurs corps entiers. À quatre pattes, pour ne pas risquer de perdre l'équilibre dans un trou, un escalier, Piotr explore, ses doigts palpant la terre gelée. Trente secondes et il a fait le tour de leur cellule. Une boîte vide, aux parois glacées.

*

La berline du député Adamov stoppe devant le bâtiment de la présidence. Elle n'a eu, depuis l'hôtel, qu'à contourner l'esplanade. Moins de trois cents mètres. Sans attendre que le chauffeur vienne lui ouvrir la porte, Spencer descend, s'étire. Crépitante sous la pluie, l'esplanade luit comme un lac. De la main, un colossal Lénine en bronze salue, à travers la place, la *Switzer Bank,* sa nouvelle voisine. Spencer bâille. Nuit trop courte. Gueule ouverte sans retenue, il désigne du pouce, avec un clin d'œil, le géant fossile. Adamov hausse les épaules.

Le trottoir est désert. Vides, les marches qui mènent au bâtiment du gouvernement. Le milicien de garde, un Yakoute, quitte l'abri du mur, s'approche. Reconnaît-il le député Adamov ? Flaire-t-il seulement un personnage important ? Échange de regards. Adamov comprend que le Président est déjà là. Sans curiosité, le milicien dévisage l'étranger qui franchit les portes, roulant du ventre et des épaules.

Au rez-de-chaussé, large vestibule. Nouveau milicien yakoute. Adamov s'annonce, présente une carte, demande à Spencer de sortir son passeport. Téléphone à l'oreille, le milicien fait coulisser son regard de la photo sur le passeport ouvert jusqu'au visage de ce gros étranger frisé par la pluie. Puis il ferme les yeux en raccrochant le téléphone. Adamov redresse la tête, rentre le ventre, franchit avec importance, comme si ça le grandissait, les trois degrés qui introduisent au hall. Spencer le suit, imperméable aux décors. À genoux, minuscule sous le lointain plafond, une femme de ménage frotte les dalles de marbre. Le préposé à l'ascenseur n'a pas encore pris son service. Derrière Adamov, Spencer monte pesamment l'escalier. Marches disjointes, boiseries décollées, tapis usés. Il n'en est pas à sa première république d'Asie désoviétisée, à son premier président. Étage d'honneur. Le décor s'améliore. Planchers cirés, ampoules au complet dans les appliques. Inattendus, deux fauteuils en cuir, style et confort Banque du Développement Mondial. Adamov et Spencer s'y laissent tomber. Mais, déjà, une porte s'ouvre. Un fonctionnaire leur fait signe d'approcher. On traverse une pièce encombrée de bureaux, puis une salle de réunion. Le fonctionnaire frappe à une porte, fait demi-tour. Le président, en personne, vient ouvrir. Spencer s'étonne de le voir tant ressembler à ses photos officielles. Aussi vivant. Et ces yeux, très légèrement bridés, interrogateurs. Regard d'enfant étonné. On s'assied. En sakha, Adamov présente Spencer. Dans le cours des mots inconnus, Spencer distingue le nom d'Alexandrov. Geste vif du président. Comme s'il dissipait la fumée d'une cigaratte. Spencer comprend qu'Adamov est invité à passer au point suivant. L'Américain flaire chez ce président un homme de projets. Qui ne doit pas facilement en démordre. Même si les moyens de les réaliser lui manquent. Spencer se reconnaît dans les hommes de ce genre. Goût d'agir. De transformer. À grande échelle. Les projets, chez eux, ça part des tripes. Surtout, ne pas se mettre en travers. Au contraire, les pousser. Le plus fort possible, même. Qu'ils se foutent par terre de leur propre élan. S'il avait vraiment connu les projets du président, Spencer en est soudain sûr, le contrat avec la Polar serait déjà signé.

Depuis près de dix minutes que parle Adamov, le président n'a pas prononcé un mot. Il n'a même pas bougé. Assis droit dans son fauteuil, le regard en alerte, comme s'il écoutait avec les yeux. Deux fois, Spencer l'a vu sourire. Et puis soudain, coupant avec une sorte de bienveillance la parole au député, le président se lève. Adamov l'imite. Spencer s'arrache plus lourdement à son fauteuil. Le président prononce quelques phrases. En marchant vers la porte, Adamov, sur un ton grave, traduit pour l'Américain. Le Président se déclare prêt à signer le contrat. Après transmission du dossier, pour la forme, au Premier ministre et au ministre des matières premières. La signature pourrait se faire cet après-midi. En attendant, que monsieur le vice-président Spencer se repose à l'hôtel. Le président leur ouvre la porte. Adamov plonge du buste. Spencer se contente d'un coup de front.

Une fois dans la voiture, Adamov pose sa main sur le poignet de Spencer, le félicite. Spencer ne répond pas. Tout ça lui déplaît. D'instinct. S'il s'écoutait, il prendrait à la minute le premier avion pour n'importe où. Mais c'est devant l'hôtel qu'on le conduit. Spencer, soudain vidé, suit Adamov en traînant les semelles sur le tapis rouge qui mène aux portes coulissantes. Le chauffeur de la Volga en profite pour descendre aller acheter en courant un paquet de cigarettes à un ambulant. Pendant son absence, une Niva, plutôt mal en point, vient se garer derrière la Volga. Le député revenu, le chauffeur qui attendait d'avoir déposé l'Américain, lui tend le téléphone. Rappeler d'urgence le secrétaire général. En démarrant, le chauffeur jette un coup d'œil professionnel dans son rétro, remarque la Niva. Personne au volant. Mais, ce qu'il voit surtout, dans son rétro, c'est l'expression soudainement changée de son patron. Menace d'orage.

Pourtant, en faisant le point pour le député, son secrétaire général, Markhasev, commence par une bonne nouvelle. On tient le professeur Alexandrov. Chopé à son appartement avec un des types qui étaient avec lui aux États-Unis. L'Ukrainien. Adamov respire largement. Mais garde l'esprit tranchant :

— Kyseliov, le journaliste ?

— Introuvable. Il y a aussi un problème du côté de Nastasia Pashkova. Vadim qui gardait l'immeuble a disparu l'autre nuit.

— Et Nastasia ?

— Ni chez elle. Ni au marché.

— Depuis quand ?

— Ça fera vingt-quatre heures.

— Et tu me dis ça maintenant !

À quoi bon rappeler au patron qu'il avait insisté pour ne pas être dérangé ? Markhasev enchaîne sur le vol du 4×4, l'enlèvement de Richard Nixon.

Adamov, sardonique :

— Quoi encore ?

Pour la fin, Markhasev a gardé la désertion du khatchi, l'envoi de deux hommes sûrs à la ferme, leur repli vers Yakoutsk.

— Tu vois qui, derrière tout ça ?

À présent, Adamov a la voix tendue, sans arrière-pensée, de quelqu'un de très inquiet, qui a vraiment besoin de l'avis de son interlocuteur

— Un clan organisé, puissant. Mais personne que je connaisse. Vous pourrez demander à Alexandrov.

— J'y aurais pensé sans toi.

Le temps de regagner sa voiture en soutenant le Caucasien blessé, le lieutenant a largement perdu de vue, comme englouties par la pluie, les jeeps de ceux qu'il aurait voulu poursuivre. Pourtant éperonné par l'impatience douloureuse de son passager blessé, il pousse à fond son moteur. Mais la route, devant lui, reste vide. Contre les jeeps du clan Adamov, sélection des meilleures voitures volées à travers le pays, sa jeep de service, éreintée, entretenue au rabais, n'a aucune chance

Ulyana est à l'arrière de la seconde jeep. Au premier cahot de la piste, après avoir quitté la ferme, sa tempe a frappé durement le tôle. Ses dents se sont plantées dans sa langue, soudain en sang. Et elle n'a plus pensé à autre chose qu'à serrer les mâchoires, tendre le cou, le raidir, pour empêcher son crâne de rebondir sur le métal à chaque trou de la piste. À présent, depuis qu'on roule sur la route, elle peut relâcher sa tension. Essayer à nouveau de saisir, audelà des heurts de la suspension, du grondement du moteur, un son qui lui parlerait des lieux qu'on traverse.

Mais c'est le Plus Âgé des Tchétchènes, dans la première jeep, qui perçoit, devine plutôt, l'événement nouveau, inattendu. Un bruit sorti de rien, si vague d'abord qu'on pourrait seulement l'avoir imaginé. Un sifflement, un battement. Comme celui de l'hélice du ventilateur cognant contre le radiateur. Le Singe, à son tour, entend, identifie. Tourne son regard vers le Plus Âgé. Qui fait oui de la tête. Les vitres embuées, mitraillées de pluie, empêchent de voir sur les côtés. Les deux hommes se rapprochent du pare-brise, tordent le cou pour essayer de voir le ciel. Et le conducteur comprend, entend. Un hélicoptère.

*

À la porte ouverte de l'hélicoptère, épaule contre épaule, l'inspecteur Gennadi, carabine à bout de bras, le déserteur Inokenti, fusil d'assaut en bandoulière. Assis à côté du pilote, inexpressif, comme endormi sous son casque, Sangi le Nanaï.

Gennadi et Inokenti voient les deux jeeps ralentir, s'arrêter en plein milieu de la route. L'hélicoptère se met en allure de sur-place. De la première jeep, trois hommes jaillissent. Ils ne portent pas d'armes. Foncent vers la forêt. Tirs en rafales. Les coureurs trébuchent, culbutent, s'aplatissent. Ni Inokenti, ni Gennadi n'ont tiré. Apparaît un quatrième homme, armé lui, qui prend sa course vers le bois. Au même moment, des claquements cernent l'hélicoptère qui se cabre, vire sur place, penché à 45°.

D'un geste Sangi le Nanaï ordonne au pilote de se poser. Sorti de la deuxième jeep, un autre homme, celui qui a tiré sur l'hélicoptère, court à son tour vers les arbres.

Une troisième jeep apparaît, stoppe. Deux hommes en descendent, l'un soutenant l'autre. Sans armes, ils font des signes pacifiques. Avant que l'hélicoptère ait touché terre, Gennadi et Inokenti sautent au sol. Les voitures leurs masquent les deux hommes en fuite, silhouettes estompées par la pluie.

Nouvelles rafales des fusils d'assaut. En arrivant à leur hauteur, les deux hommes armés mitraillent à nouveau les corps de ceux qu'ils ont abattus quelques secondes plus tôt. Inokenti se projette, à découvert, à la poursuite des tireurs. Gennadi tente de le rejoindre puis, distancé, lui crie de s'arrêter. Mais Innokenti continue a courir.

Dans le coffre de la jeep, le lieutenant et Aslan ont trouvé Ulyana, l'ont libérée du sac qui l'aveuglait. Éblouie, Ulyana porte ses mains menottées à ses yeux, écartant ses doigts à mesure qu'elle parvient à accommoder. Mais quand elle voit soudain vaciller le khatchi aux yeux d'agneau, elle ôte ses mains de ses yeux, se jette vers lui pour le soutenir.

À la toute proche lisière de la forêt, Inokenti se rapproche des fuyards. Ils atteignent les premiers arbres. Distancé, Gennadi voit Inokenti s'immobiliser, s'arc-bouter sur ses jambes écartées. Lâcher une rafale. Un homme culbute, tête première, dans l'herbe haute. Le second pirouette sur lui-même, lâche son arme, tombe à genoux, puis sur le flanc.

Sangi a rejoint le lieutenant, Aslan et Ulyana, s'est penché sur le blessé, l'a soulevé dans ses bras. Bouleversée, luttant contre une émotion qui va, elle le sent, l'étouffer, Ulyana observe anxieusement le visage du khatchi. Puis elle regarde l'homme qui le porte. Ses cheveux bouclés par la pluie, sa courte barbe dégoulinante. Il lui paraît immense, un ours.

Les deux hommes armés reviennent vers le groupe. À sa démarche dansante, un peu balancée, son vieux pantalon de treillis camouflé, Ulyana reconnaît Inokenti. Et ne retient plus les sanglots qui la secouent, en hennissements. Lorsqu'il la rejoint, Inokenti est encore terriblement essoufflé. Il sourit avec peine. Ulyana se jette contre lui, yeux fermés.

Dix minutes plus tard, l'hélicoptère se détache du sol, s'efface dans le ciel bas, pluvieux. À bord, le Nanaï, Ulyana. Sur une civière, Aslan le khatchi. Et, dans la soute, cinq corps roulés dans des couvertures. Sur la route, le lieutenant est reparti dans sa jeep. Gennadi s'est mis au volant de celle du Singe. Inokenti suit, conduisant la troisième. Entre la route et la taïga, il ne reste plus de la tuerie que des sillons d'herbe foulée, du sang que la pluie délaye, et un semis de douilles en laiton. De la teinte jaune qu'ont prise, au premier froid, les feuilles de bouleau.

Cinq pas dans un sens, cinq dans l'autre. Viktor et Piotr marchent dans l'obscurité glaciale. Le froid du sol gelé, le permafrost des terres arctiques, transperce les semelles de leurs souliers de ville. Ils sont en chemises et vestes d'été. Les cuirs, prêtés avec son side-car par le capitaine du *Téméraire,* sont restés dans l'appartement de Viktor. Silence. Viktor et Piotr vont et viennent. Six hommes seulement savent où ils sont ainsi enterrés vivants : le soi-disant Secrétaire Général Markhasev, son patron le député Adamov et les quatre faux miliciens qui les ont enlevés et qui les gardent.

Une autre poignée d'hommes, autour de Sangi le Nanaï, vient d'apprendre, grâce à Iouri le chauffeur académique, que Viktor et Piotr ont été arrêtés.

Mais, pour ses collègues de l'Académie des sciences, pour le petit monde politique de Yakoutsk, pour tous ceux qui l'ont connu, apprécié ou jalousé, Viktor Alexandrov, entouré de sa famille entame, quelque part dans le monde, une vie nouvelle d'homme riche et libre. Immoral. Qui, à sa place, n'en aurait fait autant ? Et qui, demain, s'en souviendra ?

Autre sortie de scène dans la capitale sakha, beaucoup plus discrète : celle du rédacteur Volodia Kyseliov. Deux hommes envoyés en pleine nuit par le Secrétaire Général Markhasev ont trouvé son appartement vide, en désordre, quitté en panique. Et même Vassili, le mécano, ignore l'identité de l'homme que lui a confié son frère. « Adamov est après lui. » Rien de plus.

Une fois Inokenti parti, Vassili est allé libérer le Vieux. Si Adamov était pour de bon après lui, il n'avait sûrement pas envie de s'évader d'ici. Chez Vassili, c'est aussi de la curiosité. Il aime voir gens et animaux vivre en liberté.

Sorti de son camion blindé, le petit homme suit Vassili jusqu'à la maison. La jeune fille est assise dans la salle. Coudes sur la table, menton dans les mains, elle fixe l'écran de la télévision. À la façon dont le Vieux la regarde en entrant, Vassili devine qu'il la connaît. Elle se détourne de l'écran, voit le Vieux. Vassili remarque leur surprise, leur gêne. Une gêne qui se masque aussitôt chez la fille en défi insolent. Tandis que Vieux prend tout l'air d'un chien dominé.

Ils se taisent. Vassili sent qu'ils ne vont pas parler devant lui. Il sort. Corvée d'eau.

À Iakoutsk, les habitants des vieilles maisons de bois qui n'ont pas l'eau courante se servent aux vannes de sécurité. Ces points d'eau improvisés, plus ou moins tolérés, s'égrènent au flanc des longs serpents d'eau potable, matelassés contre le gel. En revenant de la vanne, son coffre gueule ouverte sur une rangée de bidons, Vassili siffle pour appeler les autres à l'aider. À part les chiens, personne ne se montre. À lui de porter les bidons jusqu'à la maison. Avant d'entrer, il déchausse ses bottes dont les déchirures crachotent des petites giclées d'eau. À travers la porte, il entend la télé. Lorsqu'il pénètre dans la salle, la petite est en train de se faire les ongles et le Vieux s'occupe à dessiner sur un carton un plan de jeu de jipto.

Malgré son air concentré, le journaliste Volodia n'est pas du tout à ce qu'il fait. Il vient d'entendre les nouvelles. Le professeur Viktor Alexandrov convaincu de corruption et de trahison. Qui peut trouver intérêt à faire diffuser ce mensonge ? Adamov. Cherche-t-il à faire arrêter Viktor ? Ou, déjà, à maquiller en fuite son assassinat ?

Dans sa glacière, Viktor Alexandrov essaie aussi depuis des heures de deviner quel nouveau coup va jouer le député. Et puis, brusquement, la trappe qui ferme la cave se soulève. Ébloui, Viktor ne peut s'empêcher de fermer les yeux. Lorsqu'il parvient à les ouvrir, c'est pour voir l'échelle descendre par l'ouverture. Apparaissent le buste d'un milicien, le canon d'une mitraillette. Il protège la descente d'un second milicien. Piotr est menotté d'abord. Viktor ensuite. Mains derrière le dos. Puis on les pousse, dos contre la paroi. Un civil descend l'échelle. Adamov. Venu se mettre en face des prisonniers, il reste un moment immobile, silencieux, habituant ses yeux à l'obscurité. Le député frissonne. Ou fait semblant.

— Navré de vous voir traité ainsi, Viktor Tifonovtich. Surtout que j'ai peine à croire aux accusations portées contre vous. Le Président lui-même n'a pas l'air convaincu. Il faut dire que les informations vous concernant lui ont été passées par les services de renseignements de la Fédération de Russie. Il m'a chargé de vous interroger.

Viktor ne bouge pas. Son visage n'exprime rien. Adamov tourne les yeux vers Piotr, comme pour le prendre à témoin.

— Vous êtes revenu à Yakoukst, de votre plein gré. Ce qui plaide en votre faveur. Mais clandestinement. C'est presque un exploit. Ni notre police de frontières ni la police russe n'y ont rien vu. C'est la première question que s'est posée le président, lorsqu'il a appris votre arrestation.

Adamov sourit. Reprend :

— Moi, j'en déduis que vous avez des amis fidèles, convaincus de votre innocence. Et qui pourraient m'aider dans ma mission. Vous pouvez me considérez comme votre avocat.

Silence. Complète indifférence. Le député éprouve l'impression qu'à peine proférés, ses mots givrent en brouillard inaudible.

— D'ici, Viktor Tifonovitch, vous ne pouvez rien pour vous défendre, obtenir qu'on vous relâche. (Pause.) Rien non plus pour faire libérer votre fille. Alors que vos amis et moi, nous pourrions nous entendre, collaborer, vous faire sortir de ce trou. Tout peut se négocier.

Le député observe les prisonniers. Ils doivent encore compter sur leurs alliés. Et ils auront deviné que lui-même ne sait pas qui sont ces alliés. Et qu'il en a peur. Seulement eux aussi devraient avoir peur. De mourir de froid dans cette cave. Et Viktor Alexandrov devrait avoir peur pour sa fille. Une idée vient au député. Réunir la fille et le père. Alexandrov ne laisserait pas sa fille mourir de froid à côté de lui. Le député hausse les épaules, fait un vague geste en direction de ses deux hommes déguisés en miliciens, se tourne vers l'échelle, remonte à la surface.

Deux minutes plus tard, de nouveau dans l'obscurité, Viktor et Piotr reprennent silencieusement leur marche d'emmurés.

*

Le Président vient de faire savoir au député Adamov que la signature du contrat entre la République de Sakha-Yakoutie se déroulerait sur l'*Indépendance.* Une vedette fluviale, de type hydroglisseur, consacrée au transport rapide, parfois louée pour des croisières. Il arrive au Président de l'emprunter quelques heures ou quelques jours à la compagnie qui l'exploite. Pour travailler tranquillement avec des proches collaborateurs. Recevoir des fonctionnaires ou des responsables politiques de la Fédération. Embarquer des hôtes étrangers quelques heures, histoire d'aller se prendre mutuellement en photo devant les peintures rupestres des rochers de la Lena.

Cette invitation sur l'*Indépendance,* le député Adamov la juge de bon augure. Un signe d'hospitalière confiance à l'égard du vice-directeur de la Polar. Téléphone à Spencer. Réveillé, l'Américain répond par un grognement. Puis il dit que, bateau ou pas, il compte bien repartir par le premier avion, sitôt le contrat signé. Adamov lui garantit que tout est déjà organisé. Lui-même accompagnera Spencer à Denver pour reprendre les dossiers là où les ont laissés Viktor Alexandrov et son équipe. Et, à propos d'Alexandrov, on vient de l'attraper.

Sans marquer d'enthousiasme, Spencer demande :

— Les autres ?

— Nous tenons aussi Piotr Tchoub, l'Ukrainien.

— « Nous », ça veut dire qui ?

— Mes hommes.

— Un conseil, Adamov. Liquidez immédiatement Alexandrov. C'est un fanatique. Et l'autre avec. La fille, c'est fait, j'espère ?

Comme s'il n'avait pas entendu la question de Spencer, Adamov conclut, hâtif :

— Préparez-vous, je vais passer vous prendre.

Trente minutes plus tard, Markhasev, le secrétaire général, stoppe devant l'hôtel Tougoun, dépose le député. Il est deux heures. Attaché-case ou pochettes plastique au poing, des piétons entrent et sortent du magazin qui fait le coin de la place. La pluie a cessé. Mais c'est comme si personne ne s'en était avisé. Son poids accable toujours les épaules, courbe les nuques.

Markhasev rumine. Les hommes qu'il a envoyés récupérer le Singe et la fille d'Alexandrov ne sont pas revenus. Disparus. Et le député Adamov exige qu'il perde son temps à le conduire personnellement, avec cet Américain, à un rendez-vous avec le président. Adamov veut aussi qu'il les dépose à l'aéroport, après l'entrevue présidentielle. Ils partent tous les deux pour les États-Unis. Markhasev se sent lâché. Au pire moment.

Le député Adamov et Spencer sortent enfin de l'hôtel. Markhasev ouvre et referme pour eux les portières, monte à son tour, se cale derrière le volant. Adamov annonce la destination : un appontement dans la zone portuaire, au nord de la ville. En conduisant, Markhasev, à brefs coups d'œil dans le rétroviseur, observe l'Américain. Qui regarde défiler les docks déserts, les grues immobiles, les pontons à demi coulés. La Volga tressaute sur le mâchefer d'une route crevassée. Ses roues moulinent l'eau noir-charbon des flaques. Absorbé par la conduite, Markhasev se sent observé à son tour.

Dès sa sortie de l'hôtel, Spencer a remarqué Markhasev. Évalué sa masse, la surprenante rapidité de ses mouvements. Sa sûreté au volant. Un homme comme il les apprécie. Tandis qu'Adamov lui déplaît de plus en plus. Bavardage de démarcheur. Flatteries de politicien. À savourer comme du champagne les mots « Président », « Présidence », « République »,

« Parlement », « mandat ». Une fois le contrat signé, il faudra que les hommes de la Polar se méfient de lui comme de la glace quand approche le dégel. Qu'ils cherchent un autre candidat-président.

On arrive. Seules touches d'organisation dans le chaos environnant, deux longues berlines noires, impeccablement brillantes, garées côte à côte. À proximité, un groupe d'hommes grands et lourds, en costumes sombres, tournent la tête en voyant arriver cette nouvelle voiture. « Député », annonce un des gardes, à la vue du macaron parlementaire. Et ils reprennent leur conversation. Une vedette au blanc défraîchi est amarrée, formant avec la rive un angle incertain. Trois hommes hâlent un tuyau annelé. Un gros ver qu'on sortirait du flanc de la vedette. Dans leur dos, un camion-citerne manœuvre, lâchant des bouffées de gaz bleuâtre. Un jeune homme et une jeune femme, cheveux blonds, font la navette entre une camionnette et la vedette, portant sur l'épaule des sacs de pommes de terre. Markhasev gare la voiture à l'écart des autres véhicules, descend pour ouvrir la portière de l'Américain. Spencer frissonne en descendant. Un vent froid a chassé la pluie. Le député Adamov sort de son côté, marche avec autorité vers le groupe des chauffeurs et gardes du corps.

— Le Président est à bord ?

Adamov fait signe à Spencer de le rejoindre. Puis les deux hommes se dirigent vers la passerelle gardée par deux miliciens yakoutes. Le plus gradé leur demande leurs papiers, regarde leurs photos d'identité, les dévisage tour à tour. Priant le député de l'excuser, il demande au second milicien de fouiller les visiteurs. Enfin les hôtes du Président franchissent la passerelle. Le bureaucrate qui les a introduits le matin même dans le bureau présidentiel les accompagne jusqu'au salon central. Veillé par un jeune homme en tenue de marin, un buffet plutôt discret les attend. À la demande de Spencer, Adamov lui fait servir un whisky. Lui-même prendra de la vodka.

Sur l'appontement, les opérations s'accélèrent. Encore deux gros sacs de jute à travers les mailles desquels on devine des choux.

— Dites donc, Adamov, on embarque pour un mois ?

Rire du député.

— Non, mais la vedette doit repartir ce soir pour Jigansk, au nord.

Montrant les sacs de choux :

— Pas grand-chose ne pousse, là-haut. Il y neige peut-être déjà.

— Il joue souvent à ça, votre président ?

— Ce n'est pas exceptionnel. Nous aimons notre fleuve.

Sans égard, Spencer hausse les épaules. Tout ce que dit cet Adamov semble récité d'une brochure de propagande. Qu'est-ce qu'il a donc leur fleuve ? Qu'ils voient seulement le Congo, l'Amazone, le Mekong !

La vedette commence à danser. Deux matelots remontent la dernière haussière. D'accord, la Lena est impressionnante. Mais si vide, roulant comme en débandade sous le ciel presque jaune. Comme rives, des terrains vagues, des chantiers navals abandonnés, des usines sans toit. Pas un bateau en vue.

La vedette a décollé de la rive. Les machines vibrent, le plancher tremble sous les pieds. Impression soudaine d'ascenseur qui décolle. La vedette s'est soulevée en accélérant. Elle ne porte plus sur l'eau que par deux ailerons. Spencer va au buffet. Demande un nouveau whisky. Faire passer cette stupide excursion.

Dans le carré du *Téméraire*, Sangi le Nanaï a écouté Semion pendant deux heures. Plusieurs fois, le géologue lui a tendu à travers la table un feuillet couvert de schémas. La main curieusement déliée du Nanaï a cueilli le document, comme avec indolence. Son visage est resté inexpressif en lisant, paupières abaissées. On aurait pu croire qu'il dormait. Puis ses doigts se sont écartés, le document est retombé en planant sur la table. Et Semion a poursuivi son exposé.

Il vient d'achever. Sangi fait un signe. Ouvre une main, paume tendue, pour demander une pause. Se lève avec sa silencieuse souplesse, quitte le carré. Quelques secondes plus tard, les moteurs du *Téméraire* qui tournaient au point mort sont mis en régime de navigation. La coque tremble. Le petit B.M.K. prend son élan. Sangi regagne le carré, reprend place en face du géologue, pose simultanément trois questions. Semion prend le temps de reflechir, donne ses réponses, se tait. À présent Sangi en sait autant que lui. Autant qu'il en a découvert en fouillant les arrière-pensées de la Polar Petroleum, de Richard Spencer, son directeur-adjoint, du député Adamov. Quarante-cinq heures de veille, l'œil à l'écran, l'oreille au téléphone. À écouter la voix affaiblie de Vitautas lui parlant, entre deux pertes de connaissance, depuis son lit d'hôpital à Anchorage. Il lui a fallu percer des codes, jongler avec des dizaines de grilles de décryptage.

On frappe à la porte. Grognement de Semion. Apparaît la femme du capitaine. Elle dépose une tasse de thé sur un coin de la table encombrée de cartes et de notes. Elle sait que cet homme n'a pris le temps ni de dormir ni même de manger depuis qu'il est enfermé dans le carré. Elle sort.

— À présent, Semion, toi et moi nous pouvons tout expliquer.

Dans le large visage immobile du géologue, entre ses paupières plus bridées encore par la fatigue, les yeux semblent toujours s'amuser. Mais le ton de la voix est au découragement.

— Trop tard, Sangi.

La disparition de Viktor Alexandrov et de Piotr donne à tout ce qu'il vient de découvrir une accablante tonalité d'« à quoi bon ! ».

Dans un remous marron, la vedette présidentielle s'est éloignée. Sous la lumière réfractée par un ciel vert-jaune, sa coque paraît d'un blanc yaourt, presque phosphorescent. Fleuve et nuages semblent charrier de la boue. Sur la rive, le secrétaire général Markhasev remonte en voiture, démarre. Faisant gicler les flaques du chemin crevassé, la Volga s'éloigne de l'appontement. L'attention du secrétaitre général Markhasev se partage en séquences brèves entre la conduite et la lecture du rétroviseur.

Téléphone. Markhasev ne décroche pas. Ça s'est décidé en une seconde. Il quitte la Yakoutie. En perdant tout. Sauf mille dollars. Dix billets de cent qu'il porte toujours entre ceinture et chemise. Le reste, abandonné : les réserves dans son coffre, l'argent à rentrer des affaires en cours, son appartement, sa datcha. Et pour toujours peut-être. Pas question de revenir sans avoir tout compris. Les jeux d'Adamov, de son Américain et surtout de cette bande qui est après eux. Pas de retour avant d'avoir établi de nouvelles alliances, gagné de nouvelles protections. De toute façon, là où il va, il ne sera ni pauvre ni seul. Il a, au Japon, des obligés. Et des économies. Blanchies. En bons du Trésor U.S.

Reste à rouler jusqu'à la frontière. Sans rien dire, sans rien demander à personne. Pour tout le monde, il doit avoir disparu. Le député Adamov pensera d'abord que c'est un coup de leur ennemis non identifiés. Se pressera d'autant plus de prendre lui-même l'avion.

Coup d'œil dans le rétro. Pas de voiture en vue.

Depuis qu'elle est tout enfant, Ulyana Alexandrova n'a jamais aimé qu'on l'observe. Bébé, prise sous un regard, elle fermait les paupières, comme un chat. Puis elle varia les tactiques d'évitement, baissant ou tournant la tête, cachant les yeux dans ses mains ou dans la vague de ses cheveux. Mais, cet après-midi, assise dans un pauvre fauteuil aux raides accoudoirs de bois, la farouche Ulyana livre son visage, ses yeux à l'observation bienveillante de cette inconnue aux cheveux gris, aux traits usés.

Elle s'est réveillée dans un petit appartement se souvenant à peine y être arrivée quelques heures auparavant, accompagnée par l'inspecteur de police qui avait participé à sa libération. Il fallait, disait-il, qu'elle se repose, qu'elle dorme, dans un endroit sûr. Il l'avait ainsi confiée à sa mère. Cette femme lui parle, lui raconte, lui explique. Qu'elle a été enlevée par un clan cherchant à faire pression sur son père.

Ulyana apprend ce qu'ont fait pour elle Inokenti et le fils de cette femme.

— Où est mon père ?

La vieille femme lui dit que le professeur a été arrêté par la Milice. Sur une fausse accusation. Mais beaucoup d'amis vont témoigner pour lui. Ulyana se redresse avec une soudaineté presque brutale :

— Je ne peux pas rester ici. Je vais aller à la prison. Exiger une visite.

Puis, comme honteuse de pas y avoir pensé plus tôt :

— Et le garçon, comment va-t-il ? Le blessé.

Le khatchi aux yeux d'agneau est à l'hôpital. Ulyana se lève, presque en furie :

— Mais qu'est-ce que je fais ici ?

Elle marche à la fenêtre, presse son front contre la double vitre, perd son regard dans le ciel fienteux, crénelé de béton.

— Le pire, c'est que, maintenant, je comprends. je sais...

Ulyana se retourne, crie :

— Je sais qui m'a trahie, vendue à ces khatchis. Il faut que je parle à votre fils. Il est en danger. Il donne sa confiance à un traître.

Elle tape du pied, hausse la voix, martèle :

— Je-dois-lui-par-ler-tout-de-suite ! Est-ce-que-vous-com-pre-nez ?

La mère de Gennadi regarde sa montre :

— Il a promis d'appeler à cinq heures.

Ulyana va se rasseoir avec accablement :

— Je vous demande pardon. Tout ça est si abject. Injuste.

Moteurs battant au ralenti, *L'Indépendance* avance à peine plus vite que le courant qui la pousse. Sans ôter sa main gauche du bastingage, le député Adamov plie le poignet dégageant sa montre sans en avoir l'air. Précaution de courtisan aussitôt repérée par Spencer. Et ça veut prendre le pouvoir ! Une demi-heure et trois whiskies qu'on navigue. L'Américain sent monter sa méfiance. Son flair, le comportement d'Adamov lui disent que le député yakoute lui aussi commence à s'en faire.

Entre ses rives à présent lointaines, le fleuve berce des souches gluantes aux formes de mains convulsées. Ici ou là, le tiret noir d'un tronc immergé souligne la surface marron du fleuve. Sans même y penser, Spencer se laisse distraire par l'avance d'un petit navire, une sorte de remorqueur qui, laborieusement, comme un gros chien, fait mousser l'eau crémeuse sous son mufle épais. À quelques centaines de mètres en arrière, il suit la même route que la vedette. Clignant un œil et prenant son pouce comme repère, l'Américain essaye de parier qui va le plus vite, du remorqueur ou de la vedette. Mais Adamov lui touche le coude. Ça y est, on les appelle.

Le président les attend debout, dans un sorte de petit salon qui occupe le pont avant. Une table sur laquelle sont posés deux gros dossiers, trois fauteuils. Dans le plancher, des alignements de trous dessinent les rangées des sièges qui ont été démontés pour l'occasion. Le président dit quelques phrases. En russe, remarque Spencer. Pourtant, il lui semble bien que, ce matin, il s'était adressé au député en langue sakha. Dans le regard du président, toujours cet étonnement. Mais nuancée de vigilance, semble-t-il à Spencer, et peut-être même d'ironie.

Pendant qu'on s'assied, à l'invitation du président, Adamov traduit. Le signataire de ce contrat sera, bien sûr, le président, mais c'est la nation sakha, dans son ensemble, qui va s'engager et même au nom des générations à venir. Car c'est la nation qui sera bénéficiaire de cette entreprise ou victime de son échec éventuel.

Adamov s'arrête. Spencer a l'impression qu'il n'a pas traduit jusqu'au bout le propos du président. Que le président s'en est aperçu ou s'en doute. Car il fronce les sourcils, appuie sur les mots, les détachant, comme pour inviter Adamov à être plus précis.

Planant à hauteur d'homme au-dessus de la proue, un goéland d'un blanc opalin, l'œil rond, l'air de se moquer du monde, pousse un gloussement avide. Le président, dit Adamov, félicite Richard Spencer d'avoir été choisi pour ses compétences par le conseil d'administration de la puissante compagnie Polar Petroleum mais il tient à rappeler que lui-même n'est qu'un élu. Que son mandat prendra fin avant que le contrat ait seulement commencé à produire ses effets. Qu'il doit, en conséquence, peser ses chances de rencontrer, en contractant avec la Polar, l'adhésion la plus sincère, mais également la plus éclairée, à la fois de l'opinion et des responsables concernés. Membres de l'administration ou agents économiques privés.

Ce genre de prêche, Spencer en a subi cent fois, sous toutes les latitudes. Plus l'orateur est soucieux du bien commun, plus il se doit d'arroser. Le montant du pot-de-vin à verser s'établit ainsi en proportion des convictions démocratiques de son bénéficiaire.

Le président continue, feuilletant machinalement le dossier ouvert devant lui, reprenant, de mémoire, les termes du contrat. Et Spencer se demande si ce président n'est pas finalement, comme tant d'autres, à vendre. Et si sa prétendue intégrité n'est pas un bluff de plus dans le jeu compliqué d'Adamov.

Sur son radar et même dans ses rétroviseurs, le pilote de la vedette suit distraitement l'avance du B.M.K. Très vite, il identifie le *Téméraire.* Quand on se rencontre, on se rapproche toujours. Parfois même on met en panne et on s'aborde. Un message à se transmettre, des colis. Ou bien une carte du fleuve remise à jour. Parfois même des passagers. Le patron du *Téméraire* est un type sérieux. Un de ceux grâce à qui la navigation est encore possible sur la

Lena. Mais on a beau être en confiance, c'est le président qu'on promène aujourd'hui.

Le pilote de la vedette préfère donc s'en remettre à son propre capitaine. Il décroche son téléphone et signale que le *Téméraire* va bientôt franchir le périmètre de sécurité protégeant la vedette.

— Dis-lui de ne pas approcher. Que le président est à bord.

— Mais c'est une information classée secrète.

Silence du capitaine. Puis :

— Alors accélère et sème-le.

— Si j'accélère, on va tomber en panne au retour. Tu sais bien qu'on n'a pas pu faire le plein avant de partir.

— Je monte.

Le *Téméraire* n'est plus qu'à cent mètres. Par radio, le capitaine de la vedette lui demande de ne plus approcher. Sur le pont de la vedette, miliciens et gardes du corps présidentiels se déplacent sans propos avec la lourdeur inquiète et menaçante d'un troupeau de morses surpris au sec. Coudes au bastingage, le plus gradé des miliciens de la vedette, un adjudant, observe le *Téméraire* à travers ses jumelles.

Surgit alors, à peine précédé par le grondement de son moteur, le museau camouflé d'un hélicoptère de l'armée russe. Il vole au ras des saules qui grisonnent la rive droite du fleuve, la plus proche. Et se dirige droit vers la vedette. Sur la vedette, personne ne ressent une menace. L'adjudant, ses hommes et même les gardes du corps du président ignorent que l'armée russe loue ses hélicoptères à qui peut payer : qu'il s'agise d'un businessman japonais, d'un producteurs de film allemand, d'un chasseurs d'ours américain ou d'un gangster moscovite.

L'adjudant a repris ses jumelles. Encadré dans la porte ouverte de l'hélicoptère, grossi huit fois et demie par les lentilles, un personnage énorme. On le dirait prêt à se jeter sur le pont de la vedette. L'adjudant a baissé ses jumelles, à présent inutiles. Émergeant du sous-pont, le radio crie une phrase qu'engloutit le fracas de l'hélicoptère dont l'ombre a déjà traversé le pont de la vedette. On peut voir, toujours à la porte de l'hélicoptère l'énorme personnage se préparer à lancer un objet sur le pont. Il le lance, l'objet tombe au milieu du groupe des hommes figés par l'indécision. Un garde du corps a pris son élan, plongé sur l'objet. Il est maintenant couché sur lui. On le regarde surpris, hésitant à blaguer ou à se jeter à plat ventre. Les secondes passent. L'héroïque garde du corps, une main sous le ventre, attend la mort, les yeux fermés.

Cou cassé, bec perpendiculaire au vol, un goéland projette à son tour son ombre en croix sur l'homme étendu. Visage soudain ridé, comme vieilli, l'adjudant suit du regard la trotteuse de sa montre. Puis, lentement, gravement résolu, il se détache du bastingage, marche vers le héros.

On entend hoqueter les moteurs débrayés de la vedette.

L'adjudant se penche sur l'homme immobile et aveugle, lui frappe l'épaule.

— Passe-moi ÇA.

Le garde du corps ouvre les yeux, scrute le visage de l'adjudant qui répète :

— C'est bon. Tu peux me passer ça.

Précautionneusement, le héros roule sur lui-même. Son bras se déplie. Sa main apparaît, tenant un paquet enveloppé de papier kraft. L'adjudant prend l'objet, fait signe à tous de s'écarter, dégage précautionneusement une enveloppe qu'un élastique retenait au paquet. Écrit à la main sur l'enveloppe : *Monsieur le Président de la République Sakha. Extrêmement urgent. Ultra-confidentiel.*

Impressionné, méfiant, l'adjudant soupèse l'enveloppe, la regarde en transparence. Tenant toujours le paquet, il se dirige vers l'avant du bateau, en direction du salon où le président reçoit ses hôtes. Puis à mi-chemin, il stoppe, revient sur ses pas, confie le paquet au héros. Personne ne pense plus au *Téméraire* qui continue à descendre le fleuve, à distance réglementaire de la vedette présidentielle.

*

Dans la cabine avant, on ne s'est aperçu de rien. Raidis dans leurs fauteils, le député Adamov et Richard Spencer sont trop occupés à deviner où veut en venir le président. On frappe à la porte. Un adjudant de la milice. Il entre, se met au garde-à-vous, salue. Une lettre ultra-confidentielle, extrêmement urgente pour le président. Lancée par l'hélicoptère qui vient de survoler la vedette.

Dans les yeux du président, l'air d'étonnement quasi permanent peut prendre toutes les nuances. L'agacement, par exemple. Regardant ses interlocuteurs avec une politesse un peu distraite, machinale, il les prie de lui acorder le temps de prendre connaissance de ce message.

Richard Spencer pourrait écrire un *Livre des ruses à l'intention du négociateur*. Il sait que la liste de ces ruses est sans fin. À chaque seconde, elle s'allonge. Et pourtant, les plus vieilles des ruses restent souvent les plus efficaces. Le coup du message urgent, par exemple, reçu à l'improviste par l'un des négociateurs.

Pendant que le président lit, Spencer travaille à se détendre tout en se préparant au pire. Un pire encore imprévisible. Et quand le président relève la tête en souriant l'Américain ne s'y laisse pas prendre. Ni au ton familier, amical, que prend le président pour demander quelque chose au député Adamov. Qui se lève et sort, sans traduire ni donner d'explication. Restés seuls, assis en tête à tête, le président et Richard Spencer ne peuvent faire autrement que se regarder en silence, échanger des sourires de convention.

Retour du député porteur d'un petit paquet. Derrière lui, une pâle jeune femme russe aux cheveux courts. L'électricienne et radio du bord. Trop étoffée pour elle, la vareuse de son uniforme tient de travers sur ses épaules. Le député tend le paquet au président qui le remercie et l'invite à se rasseoir. Le président fait alors signe à la femme de s'approcher.

Spencer remarque les dents gâtées de la technicienne. On entend distinctement les moteurs de la vedette. Ce battement lent envahit le salon tandis que la jeune femme s'applique, de ses doigts maigres, à éplucher le paquet. Papier brun, boîte en carton, emballage protecteur en polyester moulé. Apparaît un petit boîtier en plastique. La jeune femme regarde le président qui lui demande de mettre l'appareil en fonctionnement, de lui indiquer comment le mettre en route. Sourcils froncés, la jeune femme manipule le magnétophone quelques instants, indique la fontion des touches principales. Le président fait signe qu'il a compris, qu'elle peut les laisser. Elle sort. Le président enfonce une touche. Crépitement de la bande magnétique, puis, une voix encore faible, difficilement audible :

— Excusez-moi de vous réveiller, Viktor, mais je devais vous parler seul. Vous me comprenez ?

Le président stoppe la bande, lui fait faire retour en arrière, augmente le son. Et, de nouveau :

— Excusez-moi de vous réveiller, Viktor, mais je devais vous parler seul. Vous me comprenez ?

C'est la voix de Spencer. S'exprimant très clairement, lentement, pour être sûr de se faire comprendre de son interlocuteur.

— Tu traduis, s'il te plaît, dit le président en souriant à Adamov.

Dans le salon, on n'entend plus que le frottement de la bande qui se déroule, rendant compte du silence qui pesait, au moment de l'enregisrement, dans la chambre du Hilton de Denver où Richard Spencer venait de rejoindre Viktor Alexandrov.

La voix de Richard Spencer reprend :

— Ce contrat est vital pour moi. Pas seulement pour la Polar. Pour moi. Vous comprenez ?

Blanc de quelques secondes. Adamov traduit.

— Un million de dollars si vous décidez de signer. Pour vous tout seul, Viktor. Vous comprenez ? Vous choisissez la banque. Vous choisissez le pays : Suisse, Bahamas, n'importe où. Ça ne fait pas de différence.

Blanc. Rire enregistré de Richard Spencer.

— C'est loyal, non ?

Blanc. Puis :

— Un million de dollars. Vous comprenez ? Vous voulez que j'écrive ?

Traduction par Adamov. Blanc. Une minute. Deux minutes.

Dans le salon de la vedette, on entend respirer Spencer. Le président a fermé les yeux.

Froufrou de la bande. Bruit d'une porte qu'on ouvre. Qu'on referme.

Immobiles, figés, le président de la République Sakha, le député et le vice directeur de la Polar commencent à ressembler à des mannequins disposés là pour commémorer une rencontre historique à l'intention des visiteurs d'un musée. Enfin le président élève une main, comme s'il demandait le silence. Sur l'écran indiqué par la radio-téléphoniste, il suit les date et heure auxquelles ont été réalisés ces enregistrements. Et la bande continue à se débobiner. Voix de Spencer :

— Deux millions.

Voix de Viktor Alexandrov :

— Je ne comprends pas l'américain. Parlez à Piotr. Il traduira.

Bruits divers. Puis, à nouveau Spencer :

— C'est oui, ou c'est non ?

Réponse en russe de Viktor Alexandrov :

— Nous n'acceptons pas d'être exclus des campagnes de prospection.

Quelqu'un traduit en anglais. Spencer crie :

— Alors, c'est non ?

Alexandrov reprenant les termes anglais de Spencer :

— Alors, c'est non.

Bruits divers, puis Spencer :

— Je vous propose un contrat qui donnerait du travail à des milliers de gens, chez vous. Mais vous, vous préférez les laisser crever de faim. Pourquoi ? Parce que vous n'avez pas faim. Des fonctionnaires, il leur reste toujours quelque chose à confisquer aux autres. Mais moi, Richard Spencer, vous savez qui nourrit ma femme, ma fille ? C'est pas les États-Unis. C'est pas la Polar Petroleum. C'est mon travail. Mon travail !

Bruits divers sur la bande, pendant que, dans le salon, Spencer, enfin ranimé, exprime à grands coups de front à quel point il est toujours d'accord avec ce que la bande lui fait dire à propos de l'irresponsabilité des bureaucrates.

— Ça vous amuse de démolir mon travail. De me ruiner. Et de rentrer chez vous. Après un coup de tourisme aux frais de ces idiots d'Américains. Eh bien, puisque ça vous amuse, vous y reviendrez. Et plus tôt que vous ne croyez. Et à vos frais. Pour me supplier de vous laisser signer.

Court silence.

— Et toi, n'oublie pas d'avoir peur !

Traduction d'Adamov. Le président enfonce un bouton. Claquement. La bande arrête de tourner. Mentalement, Spencer fait le point : Qu'est-ce que prouve cet enregistement ? Qu'il a tenté sa chance de négociateur en proposant de l'argent à un fonctionnaire. Qu'impatienté, il a menacé. Et alors ? Si ça se trouve le président va simplement réclamer sa part.

Le président a décroché un téléphone, donné un ordre en russe. Spencer regarde le député Adamov. Savoir de quoi il s'agit. Mais Adamov garde les yeux baissés. Spencer devine que le député essaie, de son côté, de deviner ce qu'on leur prépare.

Pendant ce petit coup de théâtre, l'hélicoptère s'est immobilisé à la verticale du *Téméraire.* Assis sur un trapèze, au bout d'un câble, deux hommes ont été successivement déposés sur le pont du M.B.K. De son côté, la vedette présidentielle a ralenti, s'est mise au point mort, dérivant avec le courant. Le *Téméraire* s'en approche. Manœuvres d'abordage. Un homme apparaît sur le pont du M.B.K., passe sur celui de la vedette. Deux autres suivent. L'adjudant de la milice salue les trois arrivants et les conduit jusqu'au salon où les attend le président.

Spencer et Adamov croyaient s'être préparés à

tout. Sauf à voir apparaître Viktor, Piotr et Semion. Aux nouveaux venus, le président fait, en silence, signe de s'asseoir.

Viktor et Piotr reviennent de loin. Sans avoir encore vraiment compris comment. Voici quelques heures, luttant contre un ensommeillement mortel, ils se forçaient à marcher dans leur tombe. L'esprit déjà si engourdi qu'ils n'avaient pas entendu les trappes se soulever. Seulement perçu un courant d'air tiède dans leur glacière.

— Viktor Tifonovitch !

Ils avaient vu la trappe se découper sur un fond de nuit moins noir que leur cave.

Quelqu'un avait manœuvré l'échelle.

— Montez vite ! C'est moi, Iouri.

Dit à voix basse, pendant que l'échelle touchait le fond du réduit. Viktor y avait grimpé, puis Piotr.

Et ils s'étaient retrouvés à tituber dans le jardinet. Ils avaient aussitôt suivi Iouri à travers une brèche de la clôture. Dans la datcha, les hommes de garde buvaient, les yeux fixés sur une marmite où l'eau bouillonnante faisait tressauter les formes écailleuses de deux carpes.

— On dirait pas qu'elles sont vivantes ?

— Se sauveront pas, toujours.

Sur le chemin sableux circulant entre les datchas d'été, Iouri, Viktor et Piotr trottaient silencieusement. Iouri les avait conduits jusque chez lui. D'où ils avaient pu téléphoner à Sangi. Une voiture était venue les y chercher. Les avait conduits dans un terrain vague de la périphérie où les attendait un hélicoptère. Qui les avait déposés sur le *Téméraire*. Sangi avait alors juste eu le temps de leur exposer la situation, pendant que le BMK rapprochait sa courte silhouette de la vedette où le président était en train de recevoir Adamov et Spencer.

Viktor, Piotr et Semion sont à présent assis en face du député et de l'Américain. En bout de table, le président détaille un moment leurs cinq profils. Puis, se tournant vers Viktor :

— Vous avez demandé à me parler.

Viktor fait de la tête un signe affirmatif, désigne Semion qui prend aussitôt la parole. D'une voix plutôt plate, sans effets, le géologue rappelle d'abord ce qu'il sait de la mission confiée par le président au professeur Viktor Alexandrov. Puis il résume les négociations menées à Denver avec le vice-président de la *Polar,* ici présent. Spencer écoute, front levé, yeux fermés, comme attentif à ne pas laisser passer d'inexactitude.

Semion se tait un instant, replongeant le salon dans l'atmosphère de théâtralité qu'il avait dissipée en prenant la parole. Spencer ouvre les yeux, regarde par la baie vitrée le ciel vert marbré de filaments violacés. Une lumière malsaine donne soudain aux visages des teintes cadavériques. Semion rend à présent compte de la tentative de corruption opérée par monsieur Richard Spencer, son comportement devant le refus répété du professeur Alexandrov, l'étape en Alaska, la nouvelle reçue par le professeur Alexandrov de l'enlèvement de sa fille à Yakoutsk, l'atterrissage à Nakhodka, l'aide offerte par un ami, la tentative d'assassinat contre le journaliste alaskan Vitautas Krukauskas, la diffusion mensongère par les médias de la trahison de professeur Alexandrov, le retour vers Yakoutsk des trois membres de la mission. L'enlèvement de Viktor Alexandrov et de Piotr Tchoub par de faux miliciens. Puis Semion en vient à résumer les résultats du travail d'investigation des dernières quarante-huit heures, mené en colaboration avec Vitautas Krukauskas émergeant à peine de réanimation.

Depuis trois ans, paquets d'actions par paquets d'actions, la *Polar Petroleum*, petite société canadienne spécialisée dans l'exploration pétrolière arctique, a été intégralement rachetée par des prête-noms. D'après Interpol, argent du crime. Entrée en scène de Monsieur Richard Spencer. Toujours selon Interpol, un professionnel compétent, craint, sans scrupules. Déjà repéré successivement comme expert dans des opération de rachats mafieux d'intérêts pétroliers en Indonésie et au Gabon. Plus récemment en Azerbaïdjan. Premiers contacts entre monsieur Richard Spencer et le député Adamov. Montage par ce dernier en Sakha-Yakoutie et dans les milieux spécialisés de la Fédération d'une opération de lobbying. Objet : concession exclusive à la *Polar* de droits de prospection sur les territoires du Grand Nord.

Semion se tait, comme s'il attendait une réaction de ceux qu'il vient de mettre en cause. Mais le président, d'un claquement de doigts impatient, lui donne l'ordre de continuer.

Et Semion expose les vraies intentions de la Polar et d'Adamov. Le contrat entre la république de Sakha-Yakoutie et la *Polar Petroleum* va justifier l'introduction de millions de dollars en Yakoutie. Adamov touchera de quoi renforcer son clan, acheter ce qu'il faudra de politiciens, neutraliser les autres. Objectif : remporter les prochaines élections présidentielles. Son programme politique, encore tenu secret, mais résolument nationaliste soulèverait l'enthousiasme dans le nord et le centre du pays, peuplés majoritairement de Sakhas. Pour éviter une réaction violente de la fédération de Russie, Adamov proposerait une partition de la Yakoutie. Le Grand Nord et la Yakoutie centrale, berceau historique des anciennes tribus sakhas, formerait un territoire ethniquement presque homogène. Un pays très vaste, peuplé d'un demi-million d'habitants, promis grâce aux futures exploitations de pétrole et de gaz de la *Polar*, à une extrême prospérité. Une manière d'Alaska. Une seconde entité politique serait constituée en Yakoutie du Sud, au bénéfice des Russes et Ukrainiens qui s'y trouvent largement majoritaires. À eux les diamants, l'or les innombrables gisements de centaines de métaux rares.

Bilan : deux états acquis d'un coup par une seule mafia. Deux banques centrales. Deux sièges à l'ONU. Une meutes de diplomates à impunité.

Semion s'est tu. Son exposé n'a pas duré plus de sept minutes. Le géologue a parlé vite mais sans émotion. Spencer et Adamov ne se sont pas regardés une seule fois. Depuis un moment, les yeux du président ne quittent plus le profil du député, immobile, tête baissée, comme si une main lui pesait sur la nuque.

Le président prend alors la parole. D'une voix étrangement jeune et claire pour son âge et sa carrure. À Adamov, il demande de reconduire Spencer au premier avion puis de faire rassembler tous les membres de sa bande présents à Yakoutsk dans ses bureaux du Marché Neuf. Qu'ils apportent leurs armes et se préparent à les remettre à la police criminelle.

Pendant que le président parle, un grain blanc vient se poser sur une des vitres de la baie. Quelques secondes plus tard, le reflet de la neige, soudain drue, illumine le salon.

Au volant de la Volga, quelque part sur la Magistrale, Markhasev a plusieurs fois entendu la sonnerie de son téléphone. Il n'a pas pris la ligne. Qu'Adamov et son Américain se débrouillent.

En approchant de la frontière, après vingt bonnes heures de conduite sans histoire, il s'arrête prudemment pour mettre de l'ordre dans ses papiers. Ranger les vrais et tenir prêts les faux. Puis il met pied à terre, fait quelques pas. Dos tourné à sa voiture, occupé à pisser droit, il ne voit pas le coffre de la Volga s'ouvrir, un petit homme en sortir. Lorsque Markhasev se retourne, doigts bataillant avec les boutons de sa braguette, il est un instant immobilisé par la surprise. À deux pas, surgi de nulle part, un nabot grimacant, une mèche ridiculement longue en travers du visage. Dans la main gauche du nabot un long couteau de chasse. Markhasev a laissé son pistolet dans la voiture mais il pèse deux fois le poids de cette apparition grotesque. Et ce n'est pas la première fois de sa vie qu'il se trouve en face d'un couteau.

Débute une danse étrange. Markhasev cherchant à se rapprocher de l'auto, pour la mettre entre lui et l'homme au poignard. Iouri, le chauffeur académique, forçant, par de brèves attaques, le gros homme à s'écarter de la route, à reculer jusqu'au fossé. Markhasev est très calme. Prudemment, économisant ses mouvements, il évite les bonds de ce clown surexcité. Jamais il n'a vu quelqu'un se battre en tenant et en agitant son couteau comme ça. À croire qu'il est en train de dépecer un phoque imaginaire, pendu par la queue. N'empêche que le pistolet est sur le siège, dans la voiture et qu'il vaut mieux ne pas s'en éloigner. Markhasev esquisse un pas en direction de la voiture. Le clown saute en l'air, couteau brandi au-dessus de la tête. Markhasev feint un recul, l'autre retombe sur ses pieds, baisse le bras. Markhasev fonce et lance, à la volée, un coup de pied dans la main qui porte le couteau. Il manque son coup mais profite de l'élan pour faire un grand bond en direction de sa voiture. Tournant sur lui-même avant de toucher le sol, Markhasev fait à nouveau face au nabot. Il n'a plus qu'à reculer pour atteindre la voiture. En surveillant le couteau du cinglé qui continue sa danse du scalp, une mèche en travers de la gueule, l'œil clignotant. Markhasev recule lentement. Il sait exactement comment il va s'y prendre pour contourner l'auto, plonger par la portière ouverte, récupérer son pistolet. Pendant que l'autre, en le poursuivant, fera le tour de la Volga, Markhasev sortira par la portière du passager.

Il y a du sang sur la lame du couteau mais Markhasev n'y fait pas attention. Pas plus qu'au lambeau de tissu tombé dans la poussière à l'endroit où était le clown quand il l'a raté du pied. Tout au combat, Markhasev ne sent même pas qu'une tranche manque à son mollet droit. Et ça ne le gêne pas pour opérer sa manœuvre : reculer soudain, à toute vitesse, passer derrière l'auto. Sans perdre de l'œil le nabot qui se révèle être plus encore qu'un clown, un acrobate. Parce que Iouri, voyant le mouvement du gros, a pris son élan, bondi sur le toit de la Volga, roulé sur lui-même. D'une détente, talons joints, il lance ses pieds vers l'adversaire. Markhasev, déjà baissé pour entrer dans l'auto, reçoit le coup en plein front, encaisse, se laisse tomber sur la banquette, main tendu vers le porte-documents sous lequel se trouve le pistolet. Mais l'autre s'est déjà laissé glisser du toit de la voiture. À sa portée, ce large corps à quatre pattes sur la banquette. Il frappe, de haut en bas, un peu au-dessous de l'omoplate gauche, comme les garçons du village tout là-haut dans le nord, s'exercent toute leur jeunesse à frapper l'ours. Et c'est bien ainsi, à trente-deux ans, que Iouri Kondratiev, chauffeur académique, vient de tuer son premier ours.

Bruit de moteur. Iouri arrache la bête de la voiture, la remorque jusqu'au fossé, l'y fait rouler. Passent deux voitures et un camion. Indifférents. On ne s'en fait guère pour autrui, sur la Magistrale. Surtout lorsque, dos à la route, autrui est en train de pisser dans le fossé, pudiquement masqué par sa voiture. Le camion passé, Iouri, au poignard, déshabille Markhasev, hisse le corps nu hors du fossé, le traîne sur cinquante mètres, à travers les branches basses des sapins. Si quelqu'un doit l'y découvrir, grignoteurs et becqueteurs lui auront déjà sculpté un nouveau museau.

La décision de retrouver le député Adamov et de le suivre, coûte que coûte, Iouri l'avait prise juste après l'enlèvement du professeur Alexandrov. Crucifié de dégoût pour lui-même, il aurait fait n'importe quoi. De la place Lénine, devant l'immeuble de la présidence où il avait réussi à localiser la voiture du député, il l'avait suivie jusqu'à l'hôtel Tougoun. Et là, lui était soudain venue l'idée suicidaire de se fourrer dans le coffre de la Volga. En fin d'après-midi, on avait changé de chauffeur. À ce qu'il parvenait à entendre, lorsque la voiture ne roulait pas sur un trop mauvais terrain, Iouri avait compris que le député allait voir le professeur, son prisonnier. Il avait ainsi réussi à libérer Viktor Alexandrov et Piotr Tchoub. Pendant leur fuite à trois, une voiture les avait pris. Conduit jusqu'à l'appartement de Iouri. Il avait donné sa clef au professeur. Qu'il téléphone de là-haut à Sangi. Lui-même était aussitôt reparti, avec son chauffeur de hasard. Jusqu'à l'hôtel. Car il avait entendu qu'Adamov passerait y prendre l'Américain. La Niva de Iouri était toujours là. Il avait attendu au volant, prêt à tout, mais sans plan précis.

La Volga était arrivée. Au volant, le même gros gangster que le matin. Le député était descendu, entré dans l'hôtel. Markhasev restant au volant. Jusqu'à ce qu'un espèce de nabot lui fasse des signes. Apparemment, quelqu'un l'appelait de l'hôtel. En haussant les épaules, le secrétaire général avait mis pied à terre, enfilé le tapis rouge, croisé dans le hall le député et son Américain.

— Vous m'avez fait appeler ?

— Non, pourquoi ?

Sur le trottoir, le nabot n'était plus là. Markhasev avait craché. Puis pensé à autre chose. Dans le coffre, Iouri attendait que la Volga le mène là où le député cachait la petite Ulyana. Il ne savait pas, alors, qu'elle était déjà libre. Et il ne le sait toujours pas, à présent, assis derrière le volant de la Volga, garée sur le bas-côté de la Magistrale. Il n'avait pas l'intention de tuer si vite cet ours. Mais il dû, à cause du pistolet.

Iouri prend le téléphone, compose le numéro d'Ivan le colosse. Ivan répond. Iouri lui demande où on en est. Apprend que les choses vont bien. La fille du professeur est libérée. Le professeur a été reçu par le président. Iouri remercie, dit, et c'est sincère, qu'il aimerait bien revoir Ivan, à l'occasion. Ivan répond pareil.

La Volga démarre, fait demi-tour, direction Yakoutsk.

Richard Spencer n'a jamais été revu. Ayant reçu mission du *New Frontier's News* de le rechercher à travers le monde, une agence de renseignements n'a pu retrouver que sa valise, jamais réclamée, à la consigne de l'aéroport de Yakoutsk. D'où, les registres sont formels, il n'a jamais pris place dans aucun vol.

Un soir, celui de sa disparition, peut-être, quelque part en aval de la capitale, à la verticale d'un bout de rive marécageux de la Lena, un pêcheur solitaire a été témoin d'un curieux spectacle. Alerté par un rassemblement criard de goélands gris, il avait ramé dans leur direction, espérant tomber sur un banc de poissons. En effet, sous les yeux élargis d'avidité des goélands, se déroulait et s'enlaçait un frénétique ballet de nageoires et de dos scintillants. Une mêlée de sandres, si distraits dans leur curée, que les goélands avaient réussi à en déchiqueter quelques-uns. Témoin sans le savoir des obsèques de Richard Spencer, impressionné, vaguement inquiet, le pêcheur s'était éloigné.

Le même soir, le journaliste Volodia Kyseliov

s'était retrouvé seul avec le mécano Vassili. Inokenti venait de passer, annoncer sobrement qu'on avait gagné. Et il était reparti, Nastasia avec lui, dans une des voitures de son frère. Assis face à face, deux verres et une bouteille entre eux, le journaliste et le mécano étaient restés seuls. Le journaliste avait soif. Vassili, gourmand de secrets, l'avait fait boire. Volodia avait bu mais c'est en silence qu'il s'était attendri sur son existence. Une respectable carrière. À nager dans les couches les moins obscures des eaux politiques. Assez prudent, depuis le crépuscule de l'ordre bureaucratique, pour se tenir au large des filets mafieux. Côté vie privée, un divorce sans enfants lui avait ouvert une nouvelle vie. Il n'avait eu qu'à laisser se nouer toute espèce d'intrigues et d'aventures. Avec les femmes de ses amis. Avec de jeunes débutantes dans le journalisme.

Grattements à la porte. Vassili s'était levé, avait ouvert le battant sur la nuit. Halètements, cliquetis de griffes sur les planches du parquet. Certains s'étaient couchés sans façon, sitôt entrés. D'autres avaient pris la pose assise. On avait tiré sa langue, on se l'était passée sur les babines, on avait bâillé. Puis refermé sa gueule sur un claquement de dents. Des yeux s'étaient plissés, fermés. Des oreilles s'étaient dressées. Comme si ses chiens avaient été aussi curieux que Vassili d'entendre la confession du rédacteur Kyseliov.

Mais l'histoire de Volodia était restée en lui. Et, surtout, cette attirance extrême, soudaine, inattendue, d'un homme de quarante-trois ans pour Nastasia, sa nièce de douze ans. Il en faut, de la volonté, face au fruit défendu, pour ne pas flancher, pour ne pas céder aux scrupules, à la morale, à la frousse du scandale. Cette volonté, Volodia avait su se la forger. Et il avait osé, pendant deux ans d'approches haletantes, scabreuses, donner corps à sa passion. Jamais il ne s'était senti si fort, maître de lui. Un halo d'inavouable attirait à lui les femmes. D'autant qu'il se montrait moins pressant, sincèrement distrait. Tout à la bouleversante métamorphose de Nastasia, à leurs manœuvres de réciproque séduction. Le jour de ses quatorze ans, elle avait enfin été sa maîtresse.

Des larmes avaient coulé sur les joues rondes et grises de Volodia, métamorphosant en lustre à mille reflets l'ampoule solitaire qui pendait du plafond. Fatigué, ivre, lassé d'attendre, le mécano Vassili s'était endormi. De la goulette du réservoir mural, une goutte tombait avec une insistance inutile dans le lave-main de tôle. La suivante, déjà, lentement enflait, minuscule ballon liquide.

Trois ans d'amours clandestines. Dévastatrices. De séducteur, Volodia s'était senti rétrécir en pitoyable mendiant d'amour. Pour finir par se voir, dans le regard de Nastasia, en demi-vieux pervers et sentimental. Ravalé à négocier d'incestueuses faveurs. Mille fois, il s'était juré d'en finir. Mais Nastasia le tenait. Par la peau. Par les sentiments. Par le chantage au scandale. Utile à toutes fins. Cette place sur le marché, par exemple. Nastasia s'était mis en tête d'y vendre des cassettes. Elle s'était renseignée. C'était simple. Volodia n'avait qu'à demander à monsieur Adamov. Il connaissait sûrement. Bien sûr qu'il connaissait. L'homme à éviter par excellence. Mais comment raisonner Nastasia ? Elle n'avait plus en tête que son stand de cassettes. Elle se prit à le harceler. Lui, le grand journaliste, avec toutes ses relations, ne pas même composer un numéro de téléphone pour l'aider ! Elle qui lui avait confié son corps, livré son cœur, sa réputation.

À la septième scène, il avait cédé. Le député Adamov s'était montré compréhensif. Flairant puis perçant le compromettant secret de Volodia. Moins d'une semaine plus tard, Nastasia déballait ses cassettes sur un stand du marché. Et lui franchissait le second cercle de son enfer. Invité par Adamov, il avait dû lui révéler ce qu'il savait sur la mission de son beau-frère à Denver. Lui parler en détail de sa nièce Ulyana. Lui indiquant même le jour et l'heure où elle viendrait chercher ses résultats, à l'Université. Et pendant ce temps, Nastasia couchait avec Adamov, avec Inokenti le déserteur.

Ce soir, amour crevé, piétiné, rien ne retenait plus Volodia. Honte et peur lui étaient comme deux membres engourdis. Restait la soif. Une soif de mort. Il se saoula donc. Vassili, ronflait, écheveau de boucles noires, tête sur la table. À son réveil, le mécano retrouva Volodia pendu au crochet de la dépanneuse. Dans sa poche, une enveloppe fermée, à remettre à son beau-frère, le professeur Alexandrov. Viktor fut touché par la mort volontaire, pour lui inexplicable, de ce proche qui lui était toujours resté opaque. Mais du travail l'attendait. Qu'il avait appétit de reprendre. Ses recherches. Ses cours à l'université. Ses expertises de terrain à travers l'immense Yakoutie.

Le *Journal de la Jeunesse Sakha* publia une élogieuse nécrologie de son rédacteur disparu. Sur le suicide du journaliste, Gennadi garda pour lui ses hypothèses. Ulyana ses certitudes. Inokenti ses intuitions.

Le géologue Semion, invité à enseigner par une université d'Alaska, attend pour bientôt son visa. Piotr l'Ukrainien a refusé, sans pouvoir lui-même s'expliquer pourquoi, l'offre de leur ami Vitautas Krukauskas de venir avec lui à Valdez travailler pour le *New Frontier's News*. À paraître bientôt, le reportage-témoignage du journaliste alaskan, intitulé *Tache d'huile,* dévoilera le rôle joué par les compagnies pétrolières dans le dépeçage de la Russie d'Asie. En attendant, veillé méditativement par son chien Sig rendu plus noir encore par la première neige, Vitautas Krukauskas reconstruit une nouvelle cabine dans la forêt. Malgré sa blessure encore douloureuse, il tient à le faire entièrement seul, choisissant, abattant, débardant les arbres qu'il débitera lui-même en rondins.

Sur intervention du président, le déserteur Inokenti a été dispensé de retourner à l'armée et réintégré par la fédération sakha de lutte. Il a emménagé chez Natalia qui tient toujours son stand. Elle ne rate pas un combat d'Inokenti.

L'inspecteur Gennadi Orsoniev a donné sa démission de la police. Sous la direction et avec les avis de Sangi le Nanaï, il est en train de se reconvertir dans le commerce des métaux rares. Mais il s'est, pendant les quelques minutes de leur seule rencontre, périlleusement épris d'Ulyana Alexandrova. Et, dans ce domaine, l'expérience du commissaire Maigret ne peut lui être d'aucun secours. Pour les mois qui viennent, d'ailleurs, Ulyana poursuit ses études à Khabarosk où elle vit avec sa mère, loin des gangs de Yakoutsk. Ulyana reste très choquée par la mort, à l'hôpital, du jeune khatchi aux yeux d'agneau.

Depuis quelques semaines, la neige a recouvert Yakoutsk, la taïga. Au volant d'une chenillette vingt fois ressuscitée depuis la guerre de Corée, rampant trois mille six cent cinquante-quatre kilomètres durant sur la glace qui transforme les fleuves en pistes, Iouri Kondratiev, chauffeur académique en retraite volontaire, a regagné son village natal. Sa mère et treize des anciens jeunes l'ont accueilli sans surprise. Puisqu'il avait dit qu'il reviendrait. C'était il y a aura bientôt vingt ans, deux cent trente et un mois exactement. Pour fêter, on n'a pas dessaoulé une semaine durant. Puis Iouri a exposé son projet. Avec les conseils de Sangi le Nanaï et les dollars de Markhasev, organiser, au pays, la pêche à l'esturgeon. On n'en espérait pas moins de lui, retour de la capitale. Quant à sa femme de la ville, elle sait où le retrouver. Le plus beau coin du monde. Plus d'un mois par an, il n'y gèle pas.

Adamov est encore député. Membre visible de

l'entourage du président. Moins à craindre en adversaire épargné qu'en allié ambitieux.

De Moscou, la fédération de Russie s'agrippe à la lointaine Yakoutie, comme à son drap la main d'un grand malade. À Yakoutsk, rêvant à leurs trésors enfouis, supputant l'héritage, politiciens sakhas et russes patientent, dans une fraternité forcée. La masse des gens d'en bas, colonisés de toujours ou colons abandonnés d'hier, finit d'apprendre à ne compter sur personne.

Et il y a ceux qui n'ont pas le sang à subir ou patienter. Qui repoussent le vide. Sinistres. Ou flamboyants comme Sangi le Nanaï.

DU MÊME AUTEUR

LA PENTE, Série Noire nº 2493

LA BOURDE, Série Noire nº 2434

LA PELOUZE, Série Noire nº 2381

EL LOCO : CHRONIQUE FLAMENCA, Julliard, 1990

UN SABRE DANS LES NUAGES, Plon, 1984

SALAUDS LES COPAINS, Presses de la Cité, 1968

Composition Nord Compo.
Reproduit et achevé d'imprimer sur Roto-Page
par l'Imprimerie Floch
à Mayenne, le 22 août 2000.
Dépôt légal : août 2000.
Numéro d'imprimeur : 49392.
ISBN 2-07-049963-4 / Imprimé en France.

96400